EL
OTRO

ALI BLOOD

EL OTRO

Editado por HarperCollins Ibérica, S. A.
Avenida de Burgos, 8B - Planta 18
28036 Madrid

El otro
Título original: The Other Fiancé
© Ali Blood 2024
© 2025, para esta edición HarperCollins Ibérica, S. A.
Publicado por HarperCollins Publishers Limited, UK
© De la traducción del inglés, Carlos Ramos Malavé

Diseño de cubierta: LookAtCia

ISBN: 978-84-1064-220-1
Depósito Legal: M-22786-2024
Impreso en España por: BLACK PRINT

MIXTO
Papel procedente de fuentes responsables
FSC® C159065
www.fsc.org

*Para Sonny y Alessia, las más recientes incorporaciones
a nuestra familia en constante crecimiento.
Les deseo a ambos una vida larga y próspera.*

PRÓLOGO

Sigo sin poder creerme lo que acabo de oír. Las revelaciones me han dejado sobrecogida. Noto la frente perlada de sudor y el corazón como loco en el pecho. Lo único que puedo hacer es quedarme quieta en mitad de la estancia y dejarme arrastrar por el tumulto de emociones que me desgarra por dentro.

—Es todo culpa tuya, Gemma —me dice él—. No tenía por qué acabar así.

Sus palabras hacen que se me vuelva a helar la sangre en las venas y me siento vulnerable, indefensa, impotente.

Lanzo una mirada a la puerta que conduce al pasillo y me pregunto qué ocurrirá si corro hasta allí. Ni siquiera estoy segura de si lo conseguiría. Y, si lo hiciera, entonces ¿qué? En ningún caso lograría salir de la casa. Estoy atrapada en mi propio hogar con un hombre armado con un cuchillo que me quiere ver muerta.

—He estado dándole vueltas a qué hacer, Gemma, y he decidido que tiene que ser así. Has hecho demasiado y ahora sabes demasiado. Y, tal como yo lo veo, esta es la única opción que me queda. Lo siento.

El pánico se apodera de mi pecho, hace que me cueste respirar y, al ver que da un paso hacia mí, me invade una oleada de terror paralizante.

Solo hay una cosa que puedo hacer, así que me lanzo a un lado y corro a la puerta. Pero solo logro dar dos pasos antes de chocarme contra una silla que no debería estar ahí y caerme de cara contra la moqueta.

Ruedo y, al elevar la vista, lo veo de pie sobre mí, con una pierna a cada lado de las mías y el cuchillo en la mano. Sacude la cabeza y aprieta la mandíbula.

—Será rápido —me dice—. Tú cierra los ojos.

CAPÍTULO 1

Gemma

Nada más salir de la aplicación de citas de mi teléfono, se me acelera la sangre en las venas. Es la predecible reacción de mi cuerpo ante lo que acabo de hacer.

Tras dos semanas de mensajes, he aceptado quedar con mi último *match* y hemos dado el paso monumental de intercambiarnos los números de teléfono.

Se llama John Jackman y, en su perfil de la aplicación, se parece a George Clooney de joven. Al igual que yo, vive en la zona sur de Londres; según parece, es asesor financiero. Pone que tiene treinta y dos años. Hemos decidido que nuestra primera cita sea el viernes por la noche —dentro de tres días—, y yo he sugerido una vinoteca y restaurante de Balham.

Dejo caer el teléfono sobre el sofá y voy a la cocina a servirme otra copa de vino blanco bien frío. La necesito porque noto que en mi pecho se ha instalado una presión que me inquieta. Me sucede siempre que accedo a acudir a una cita. Se me acumulan las dudas. ¿Será demasiado pronto? ¿El hombre será tan auténtico como parece? ¿Me volveré a decepcionar?

Me aventuré en el mundo de las citas *online* hace cinco meses, hasta ahora he tenido nueve citas. Pero, por desgracia, ninguna estuvo a la altura de mis expectativas. Hubo un tío que no paraba de hablar de sí mismo. El imbécil que insultaba a su exmujer y hacía comentarios racistas. Y el que aseguraba tener treinta años cuando estaba claro que, como mínimo, era diez años mayor.

Pero sin duda el que se llevó la palma fue el irlandés arrogante. Después de decirle que trabajaba para un periódico dominical como periodista de investigación, fue como si se le hubiera comido la lengua el gato y, desde ese momento, esquivaba todas mis preguntas, hasta que se inventó una excusa para dejarme tirada en la cafetería.

Luego anduve haciendo algunas averiguaciones, cosa que reconozco que debería haber hecho de antemano, y descubrí que su perfil era totalmente falso. No se llamaba Kevin y no tenía su propia empresa de *software* informático. De hecho, hoy por hoy, todavía no sé quién es en realidad ni a qué se dedica. Supongo que le dio miedo que pudiera descubrirlo antes de que lograra llevarme a la cama. O tal vez sospechara que le había tendido una trampa a fin de delatarlo como un fraude en la aplicación de citas.

Alice, mi mejor amiga, ya me había advertido de que las citas *online* pueden ser una experiencia desalentadora, en especial para mujeres con poca seguridad en sí mismas. Ella se había pasado un año saliendo con hombres a través de distintas aplicaciones y páginas web, hasta acabar atada a un matrimonio infeliz con uno de ellos.

Me digo a mí misma que quizá esta vez tenga suerte y John Jackman cumpla todos los requisitos y me enamore. La idea casi me hace sonreír. Pero por lo menos sé que es quien dice ser. Desde mi experiencia con «Kevin», me esfuerzo por averiguar todo lo posible sobre los hombres con los que accedo a quedar.

Doy un sorbo al vino mientras regreso al salón. Me noto cansada, pero no es de extrañar, porque hace un rato que he vuelto a casa después de salir a correr, como suelo hacer. Dentro de poco me iré a la cama, pese a que ni siquiera son las ocho. Viviendo sola en una pequeña casa alquilada de dos dormitorios, casi todas las noches tienden a hacérseme largas y aburridas, así que no acostumbro a quedarme levantada hasta tarde. Además, hace algún tiempo que no tengo mucha vida social. Podría haberme esforzado más en cultivar una después de encontrarme sola en el mundo; sin embargo, elegí no hacerlo.

Decido ver la tele un rato, aunque, al alcanzar el mando a distancia, desvío la atención hacia la fotografía enmarcada de Callum que hay sobre la repisa de la chimenea. Fue la última que le hice. Habíamos salido a celebrar su cumpleaños y llevaba puesta la camisa azul brillante que le había regalado.

No puedo creer que hayan pasado tres años desde que me lo arrebataron de forma tan brutal e inesperada. El amor de mi vida, el hombre con el que iba a casarme, la persona más amable y cariñosa que jamás había conocido. Lo único que me queda de él son los recuerdos y el anillo de compromiso que me regaló.

Como siempre, el sentimiento de culpa por haber aceptado quedar con alguien asoma su fea cabeza. Una vez más, debo repetirme a mí misma que no puedo permitir que eso me impida seguir adelante. Ahora tengo veintiocho años y me siento preparada para embarcarme en otra relación larga. Callum no habría esperado que me quedara soltera el resto de mi vida. Habría querido que volviera a enamorarme, que tuviera hijos y fuera feliz.

Llevábamos juntos poco más de un año cuando me pidió matrimonio. La boda iba a tener lugar en el registro civil que había cerca del piso que compartíamos en Wandsworth, después celebraríamos el banquete en un *pub* cercano. Estaba todo organizado. Todos habían recibido su invitación. Incluso me había comprado ya el vestido que iba a ponerme.

Pero, dos semanas antes del gran día, mi mundo se vino abajo. Y todavía no he logrado reconstruirlo.

Media hora más tarde, sigo sentada en el sofá, bebiendo vino y rememorando el pasado, cuando me suena el teléfono.

Doy un respingo e instintivamente me pregunto si será John Jackman, que llama para asegurarse de que le he dado mi verdadero número. Aliviada, compruebo que no es él.

—Siento molestarte tan tarde, Gemma —dice mi jefe y editor, Ryan Tapper, que tiene por costumbre llamar a cualquier hora—. ¿Puedes hablar?

—Desde luego. ¿Qué sucede?

—Bueno, ahora necesito que vengas a la oficina mañana a primera hora de la mañana.

—Pero se supone que tengo que acudir a una rueda de prensa en Basingstoke.

—Ya no. En tu lugar irá Russell. Y puede cubrir él esa historia.

—Vale. Así me ahorro el viaje. Pero ¿a qué viene el cambio de planes?

—Han surgido un par de asuntos. Nos ha llegado información sobre otra posible exclusiva y quiero que lo investigues.

—¿Puedes explicarte un poco más?

—Ya te daré los detalles cuando nos veamos, pero tiene que ver con una acusación de corrupción contra un poli de alto rango de la Policía Metropolitana.

—Suena interesante. ¿Y cuál es el otro asunto que ha surgido?

Se aclara la garganta antes de responder.

—Es relativo a la entrevista que has accedido a dar para la revista *Capital Crime*. Ahora quieren adelantar un mes su edición

14

especial y sacarla el próximo martes. Está casi todo terminado ya y me piden si pueden venir a hablar contigo mañana a las once en lugar de la semana que viene.

—¿Y sabes qué es lo que los ha llevado a cambiar de fecha?

—Sí que lo sé. A última hora de esta tarde han encontrado muerta a una mujer en Richmond Park. La policía dice que ha sido asesinada.

Noto que me recorre un escalofrío.

—Dios mío, otra no.

—Como sin duda podrás observar, eso le da a la revista un buen motivo para adelantar su edición especial.

—Desde luego que sí.

—Pero ¿sigues dispuesta a hacerlo, Gem? —agrega Ryan tras una breve pausa—. Aún estamos a tiempo de cancelar la entrevista. Estoy seguro de que lo comprenderían.

—No pasa nada, tranquilo —le digo—. He accedido a hacerlo y esta última víctima me da aún más razones para no echarme atrás. Diles que allí estaré.

Y así termina la conversación.

Cuando quince minutos más tarde me voy a la cama, no es mi inminente cita romántica lo que me quita el sueño, sino darle vueltas a lo doloroso que me resultará contarle mi historia al reportero de la revista cuando me siente mañana a hablar con él.

CAPÍTULO 2

Jackman

Empieza a llover en cuanto sale del *pub*. Pero está de muy buen humor como para dejar que eso le moleste.

La fiesta de cumpleaños a la que acaba de acudir para uno de sus compañeros de la oficina ha sido un gran éxito. Mucha comida y bebida; todos lo han pasado bien.

Pero no es esa la única razón por la que se siente animado. El hecho de que Gemma Morgan haya accedido a tener una cita con él ha resultado ser una agradable sorpresa. No puede creerse la suerte que tiene. Solo espera ser capaz de causarle una buena impresión.

Desde que le saltó el *match* en la aplicación de citas hace dos semanas, no ha parado de pensar en ella. Ahora está deseando que llegue el viernes y ansía poder acercarse a esos deslumbrantes ojos azules, a sus delicadas facciones y a su melena negra y lustrosa.

Está decidido a decir y hacer todo lo que pueda para ganarse su confianza, y, si lo logra, quién sabe adónde le llevará eso.

Desde el *pub* hasta su casa solo hay quince minutos andando por las calles bien iluminadas de Brixton. De camino, un frío chaparrón de octubre le empapa el pelo, la cara y la cazadora, y a lo lejos se oyen los truenos. Pero eso no le estropea el ánimo, porque la cara de Gemma se aparece en sus pensamientos. Y, cuanto más se aparece, más emocionado está ante la idea de conocerla.

Solo hay una cosa que deberá tener en cuenta cuando llegue el momento: andarse con mucho cuidado para no revelar la verdad sobre sí mismo.

Su casa es una vivienda adosada de dos dormitorios situada al final de la hilera de casas, cerca de St. Matthew's Garden. Lleva alquilándola los últimos dos años y no tiene intención de mudarse a otro sitio en un futuro próximo.

La estación del metro está cerca, de modo que el trayecto hasta su oficina, situada frente al río en el West End, es corto y rápido. Además, hay abundancia de animados bares, *pubs* y restaurantes a los que se puede ir andando.

Ahora existe otra ventaja añadida: Gemma Morgan vive a tan solo cuatro kilómetros de distancia, en Balham. Cerca de High Road y no muy alejada del sitio donde van a quedar.

Son cerca de las diez y media cuando llega a casa. Una vez dentro, cuelga el abrigo en el perchero y pasa al baño de abajo para secarse el pelo con una toalla. Luego se va directo arriba, a su dormitorio.

Justo cuando está a punto de entrar, oye una voz procedente del interior.

—¿Eres tú, John?

No puede evitar sonreír cuando abre la puerta. Albergaba la esperanza de que ella estuviera aquí porque está bastante cachondo.

—Pensé que tenías otros planes —dice él.

Simone está tendida en la cama con actitud seductora, las sábanas retiradas y la luz de la mesilla encendida. Una figura pequeñita de cabello rubio, pechos grandes y labios carnosos. Lo único que lleva puesto es una amplia sonrisa.

—Mi amiga canceló el plan —responde ella—. Me aburría en casa, así que se me ocurrió venir y esperar a que volvieras de tu fiesta. ¿Te alegras de verme?

—Ya lo creo. Eres justo lo que necesito ahora mismo.

—Qué bien —exclama ella sonriendo más abiertamente—. Para entrar he usado la llave que tienes escondida debajo de la maceta.

—Para eso está allí —responde mientras empieza a quitarse la camisa.

No se cree ni por un segundo que su amiga la haya dejado tirada. Es más probable que haya sido ella quien ha cancelado su velada para poder estar aquí cuando él llegara a casa y ver si venía con otra mujer.

Sin embargo, no piensa sacar el tema ahora porque sabe que eso desembocará en una pelea y ella le acribillará con las mismas preguntas de siempre:

«¿Por qué no permites que nuestra relación pase al siguiente nivel?».

«¿Por qué no puedo mudarme a vivir contigo?».

«¿Me estás poniendo los cuernos?».

«¿Hablas en serio cuando dices que me quieres?».

La verdad es que no la quiere y que, en cuanto aparezca alguien mejor, su relación de cuatro meses tocará a su fin. Hasta entonces, está encantado de tenerla comiendo de su mano, porque es divertida y el sexo con ella es fantástico.

A Simone se le iluminan los ojos cuando él se baja los pantalones y ve que ya está excitado.

—Cuanto antes empecemos, mejor —le dice mientras se humedece los labios con la lengua—. Los dos tenemos que levantarnos temprano para ir a trabajar.

—Una pena que no sea fin de semana —responde él mientras se lanza sobre la cama.

CAPÍTULO 3

Gemma

El miércoles por la mañana me levanto a las seis, solo he conseguido dormir unas tres horas. Cuando me miro en el espejo, doy auténtica pena, tengo la cara marcada por la emoción y el cansancio.

Ya antes incluso de meterme en la ducha, empiezo a pensar en la entrevista que tendré que concederle esta mañana a la revista *Capital Crime* y eso me provoca un escalofrío de ansiedad. Sigo sin arrepentirme de haber accedido a hacerlo. Lo que pasa es que pensaba que tendría más tiempo para prepararme para lo que sin duda será una experiencia incómoda.

Hablar con un compañero periodista sobre lo sucedido hace tres años no es lo mismo que revivirlo día tras día y noche tras noche en mi cabeza. Lo sé porque no será la primera vez que permito que me entrevisten.

Por aquel entonces, era reportera no especializada en el *Daily Mail,* así que sabía que, siendo la prometida de Callum, los diferentes medios de comunicación querrían hablar conmigo. Pese al estado en que me encontraba, sentí que era mi deber hacer lo que pudiera por contribuir a la investigación policial y ayudar a garantizar que la noticia obtuviera toda la repercusión posible. De modo

20

que hablé para periódicos y telediarios, además de formar parte de un llamamiento televisado durante el cual me vine abajo y empecé a llorar.

Con el tiempo, la vida siguió y perdieron interés en mí. No volvieron a solicitarme entrevistas hasta hace dos semanas, cuando un amigo que trabaja en la revista *Capital Crime* me llamó para decirme que iban a dedicar una edición entera al abrumador número de homicidios que se han producido a lo largo de los últimos años en diferentes parques y zonas comunitarias de Londres. Y me preguntó si estaría dispuesta a contar mi historia como parte de un segmento dedicado al impacto que tenían los asesinatos en los seres queridos de las víctimas. Le dije que sí sin dudarlo un instante, en parte porque no quiero que lo que le sucedió a Callum se olvide jamás.

Para cuando estoy duchada y vestida, le tengo menos miedo a la entrevista. Me digo a mí misma que no pasará nada y que no debería suponerme un problema controlar mis emociones.

Tras aplicarme un poco de maquillaje, llevo a cabo mi rutina diaria consistente en una taza de café y una rebanada de pan tostado con mantequilla para desayunar. Eso es lo único que necesito para aguantar la mañana.

Después, preparo el bolso y me planto delante del espejo de la entrada para asegurarme de estar presentable.

Llevo un jersey de astracán de cuello alto combinado con unos pantalones negros anchos, y en general me satisface mi aspecto. Tras perder a Callum, caí en una depresión profunda y me abandoné. Bebía demasiado, comía en exceso y engordé muchísimo. Pero a lo largo de los últimos dieciocho meses, más o menos, he vuelto a la talla cuarenta gracias a una dieta saludable y al ejercicio regular. Sigo bebiendo, pero con moderación.

Antes de salir de casa, me recojo la larga melena en un moño y me pongo el forro polar con capucha.

En la calle, el nuevo día aparece envuelto en nubes grises y ondulantes, y una brisa fría y áspera me empuja mientras camino hacia la estación del metro. La Northern Line me llevará hasta London Bridge, desde ahí solo hay unos pocos minutos andando hasta las oficinas de *The Sunday News,* donde trabajo desde su lanzamiento hace dos años. Ryan se puso en contacto conmigo y con otro compañero del *Daily Mail* para ofrecernos trabajo como reporteros de investigación con mejores condiciones. Como es natural, ambos aceptamos la oferta y nos trasladamos.

El periódico ya ha logrado fidelizar en torno a doscientos mil lectores en un mercado muy competitivo. Políticamente es neutral y yo soy una de sus veinte periodistas a jornada completa. Me gusta lo que hago porque está bien pagado y cada día supone un nuevo reto.

Mientras voy en el metro, vuelvo a pensar en lo que dijo el jefe sobre mi próximo encargo. Debo investigar otra acusación de corrupción contra un agente de policía de Londres. Sin duda es algo a lo que estoy deseando hincarle el diente.

En los últimos años, la Policía Metropolitana ha recibido numerosas críticas por lo que se ha denominado enfoque «fundamentalmente fallido» para abordar la corrupción. Muchos de sus agentes son corruptos y no se ha hecho lo suficiente para expulsarlos.

Cuando se destapa a policías individuales, eso siempre vende e invariablemente genera una respuesta significativa por parte de los lectores.

Al bajarme del metro en London Bridge, tengo la cabeza llena de preguntas que pienso hacerle a Ryan nada más me dé los detalles.

Pero, al salir de la estación, recibo un mensaje que proyecta mis pensamientos en una dirección totalmente distinta.

«Buenos días, Gemma. Solo quería decirte que estoy deseando conocerte el viernes. Tengo un buen presentimiento al respecto y confío en que sea la primera de muchas citas juntos. No dudes en llamarme si te apetece charlar por teléfono antes. Hasta entonces, que pases un buen día y ve con cuidado. Besos. John».

El mensaje es del todo inesperado y su elección de palabras me hace sonreír. Sin duda está precipitándose con respecto a dónde podría llevarnos esto, pero parece que tiene una actitud positiva y eso me gusta. Solo espero que no esté fingiendo y que no resulte ser otra gran decepción.

Me dispongo a escribir una respuesta, pero no se me ocurre nada, así que decido dejarlo para más tarde. Seguro que no le importará.

Tras guardarme el móvil en el bolso, me subo el cuello de la chaqueta y me dirijo hacia la oficina. De camino, no puedo evitar preguntarme si John Jackman acabará siendo el hombre con el que desee pasar el resto de mi vida.

CAPÍTULO 4

Como de costumbre, la amplia oficina diáfana de *The Sunday News* es un hervidero de actividad. Los periodistas aporrean sus teclados y los ayudantes editoriales corren de un lado a otro cargados con archivadores y carpetas.

Casi puede palparse la energía, e irá en aumento conforme se acerquen las fechas de entrega.

El jefe está de pie frente a la máquina de café cuando me ve caminando hacia mi escritorio y me hace un gesto para que me acerque.

Ryan Tapper ha sido editor del periódico desde su lanzamiento y cuenta con el respeto de todo el equipo. Es muy activo y le gusta implicarse en todos los aspectos del proceso de producción. Se trata de un hombre alto, con gafas, de cuarenta y muchos años, con el rostro fino y anguloso y la piel cetrina.

—¿Quieres un café, Gem? —me pregunta.

—Sí, por favor. Americano. Con leche y sin azúcar.

—Marchando.

Una de las cosas que me gustan de Ryan es que no actúa con superioridad, al contrario que los demás jefes para los que he trabajado. Se considera a sí mismo uno más y le encanta contribuir a la hora de ir a por tés y cafés.

Coloca una taza sobre la bandeja y pulsa el botón correspondiente.

—Te daré los detalles de la nueva investigación en mi despacho dentro de quince minutos —me dice—. Pero, primero, ¿puedes enviarle adjuntas en un *email* a Russell tus notas sobre la noticia de las organizaciones benéficas? Está ahora mismo en la rueda de prensa en Basingstoke a la que ibas a ir tú.

—Enseguida lo hago, aunque, como bien sabes, me acababan de asignar la historia, así que no tengo mucho que pasarle.

—No te preocupes. Ya lo sabe.

Cuando me entrega el café, le pregunto por qué no le han dado a Russell la nueva historia.

—Bueno, hay un buen motivo, Gem. Verás, el poli contra el que se han presentado acusaciones de corrupción no es otro que el inspector jefe Elias Cain.

El corazón me da un vuelco al oír su nombre.

—La última vez que supe de él, me llamó «zorra de mierda» —le recuerdo.

Ryan sonríe.

—Y por eso eres la persona indicada para averiguar si las acusaciones son ciertas. Sabes más cosas sobre Cain que ningún otro miembro del equipo.

No había oído hablar del inspector jefe Elias Cain hasta hace un año. En aquel entonces, formaba parte de una de las unidades de delitos graves de la Policía Metropolitana.

Llamó mi atención cuando Pamela Cain, su mujer desde hacía cinco años, desapareció de pronto en extrañas circunstancias. Él aseguró que su esposa no estaba en casa cuando regresó una noche después del trabajo y no sabía adónde había ido. Su coche seguía aparcado en la entrada, pero faltaban una maleta y algunas de las pertenencias de la mujer, incluido el pasaporte y el bolso. Tenían problemas conyugales y, según parecía, ella ya había amenazado con abandonarlo en más de una ocasión. Él dio por hecho que eso era lo que había sucedido.

No tenían hijos, pero los padres de su mujer se negaban a creer que su hija hubiera huido sin decirles adónde iba. Les dijeron a los compañeros de Cain de la Metropolitana que estaban convencidos de que la había matado y había escondido el cuerpo. Según ellos, la relación de la pareja atravesaba dificultades, en parte porque habían intentado sin éxito tener hijos, y también porque, según parecía, Cain era adicto al juego *online* y había acumulado deudas considerables.

Fue entonces cuando me asignaron la historia y me pasé varias semanas investigándola. Hablé con el protagonista tras una rueda de prensa en la que pedía a su mujer que le comunicase que estaba a salvo.

También hablé con sus vecinos en Lewisham, con sus compañeros del cuerpo y con los padres de Pamela. Descubrí, entre otras cosas, que la situación entre la pareja se agravó cuando Pamela se enteró de que su marido había tenido un rollo de una noche con una mujer a la que conoció en la despedida de soltero de un amigo en Benidorm. Él le rogó que no lo abandonara y no lo hizo, pero dejó claro que jamás lo perdonaría.

El artículo que escribí apareció publicado en la doble página central con el titular la misteriosa desaparición de la mujer del inspector. Me aseguré de que estuviera bien documentado y fuese preciso, pero inevitablemente planteaba más preguntas de las que respondía.

A Cain no le hizo ninguna gracia y llamó a Ryan para quejarse de que no debería haber incluido los testimonios de sus suegros, quienes estaban convencidos de que su hija había sido asesinada. Se cuidaron de no decir que debía de haberla matado él, aunque estaba implícito.

Al día siguiente, Cain me llamó al móvil y amenazó con demandarme por difamación antes de ponerse a despotricar contra mí. Arrastraba las palabras, lo que me hizo pensar que estaba borracho, e insistió una vez más en que no tenía ni idea de lo que había sido de su esposa.

—Deberías ceñirte a los hechos, zorra de mierda —me gritó—. Y los hechos son que Pam hizo la maleta y me dejó por voluntad propia. Lo más seguro es que le parezca gracioso que yo tenga que vivir bajo una nube de sospechas el resto de mi puta vida.

Después de aquello no volvió a llamarme, pero curiosamente me gustaría que lo hubiera hecho. Tal vez así habría logrado sonsacarle más información.

Transcurrido un año, Pamela Cain sigue sin aparecer, ni viva ni muerta. Su marido conservó su trabajo en el cuerpo porque no se encontraron pruebas que demostraran que tuvo algo que ver con su desaparición. Sin embargo, mi instinto de periodista me dice que los padres de ella bien podrían estar en lo cierto y que sí que la mató, escondió su cadáver en alguna parte y después lo escenificó todo para que pareciera que lo había abandonado. Al fin y al cabo, en las cárceles de todo el mundo hay muchos hombres que hicieron justo eso, y algunos de ellos son ex agentes de policía.

De modo que ahora se sospecha que el inspector jefe Cain es un policía corrupto además de un asesino. Y a mí me encargan la tarea de tratar de descubrir si es cierto. Estoy deseando que mi jefe me dé todos los detalles para tener más información, pero primero me acerco a mi mesa para mirar el correo. No hay nada que requiera mi atención inmediata, así que me dispongo a enviarle a Russell mis notas sobre la historia de las organizaciones benéficas. La investigación se centra en las acusaciones de que varias organizaciones benéficas de renombre están despilfarrando fondos públicos en proyectos insignificantes mientras pagan sueldos exorbitantes a sus directores, además de primas no merecidas. La rueda de prensa a la que ha acudido Russell en Basingstoke ha sido convocada por una de las organizaciones benéficas para que su director ejecutivo pueda responder a las acusaciones.

Tras enviarle el *email* a Russell, me voy directa al despacho de Ryan. Cuando llego, no está solo. Se le ha sumado Martin Keenan, uno de nuestros investigadores; el miembro más reciente del equipo editorial.

Tiene treinta y pocos años, siempre viste con elegancia y es, de lejos, el hombre más guapo de la oficina. La mala noticia para todas las solteras es que mantiene una relación sentimental con una glamurosa modelo que utiliza su cara y su cuerpo para promocionar una línea de ropa de mujer en internet.

—Martin será tu número dos en esta historia —me informa Ryan cuando me siento—. Fue él quien respondió a la llamada del tipo que nos dio el chivatazo. Y, al menos por ahora, me intriga lo suficiente como para creer que deberíamos tomárnoslo en serio e investigarlo. —Se vuelve hacia Martin y le pide que me cuente los detalles.

Martin consulta la libreta que lleva en la mano y dice:

—El tipo llamó ayer por la tarde a la centralita y comentó que tenía una historia que creía que nos interesaría. Me lo pasaron a mí, pero se negó a darme su nombre y el número estaba oculto. Dijo trabajar para una banda criminal que opera por todo Londres y que Cain ha estado suministrándoles información de manera regular desde hace algún tiempo. Dijo que, por motivos personales, quiere que desenmascaren a Cain y está dispuesto a darnos información que nos ayude a lograrlo. Y dejó claro que no busca dinero. Solo venganza.

—¿Y por qué no le transmite esa información a la policía? —pregunto.

—Ahí es donde la historia se pone aún más interesante —contesta Martin—. Hasta que el tipo no me lo dijo, yo no sabía que hace cinco meses a Cain lo transfirieron de la Unidad de Delitos Graves a la de Anticorrupción y Abusos.

—Eso es nuevo para mí —le digo alzando una ceja, sorprendida—. ¿Estás seguro?

—Lo he comprobado y es cierto —responde con gesto afirmativo—. Por esa razón nuestro hombre misterioso teme que, si acude a las vías oficiales, Cain se entere y corte de raíz cualquier investigación antes de empezar. Además, es probable que a sus jefes criminales les llegue el soplo y el hombre acabe muerto. Así que quiere que nos encarguemos nosotros.

—Entonces, ¿cómo nos pasará la información?

—Está dispuesto a reunirse con uno o con los dos en alguna ubicación que él escoja, pero insistió en mantener el anonimato. Aseguró haber elaborado un expediente con pruebas incriminatorias que servirán para meter a Cain entre rejas. Me llamará al móvil en algún momento del día para saber si queremos escuchar lo que tenga que decir. Si es así, nos dirá cuándo y dónde reunirnos con él.

—Por ahora, damos por hecho que el tipo dice la verdad y no pretende hacernos perder el tiempo —interviene Ryan—. Es posible que no volvamos a saber nada de él, pero, si nos llama, hemos de estar preparados.

Empezamos entonces a debatir cuál será la mejor forma de abordar el tema y a quién podemos pedirle ayuda para elaborarlo.

Pero nos vemos obligados a interrumpir la reunión cuando la secretaria de Ryan asoma la cabeza por la puerta para informarnos de que la periodista de la revista *Capital Crime* ya ha llegado.

CAPÍTULO 5

La periodista resulta ser alguien de quien he oído hablar, pero a la que no conocía en persona. Se llama Kendra Boyle y es una escocesa de treinta y tantos años, sonrisa cálida y melena pelirroja y rizada.

Me reúno con ella en la recepción y la llevo a una de las pequeñas salas de conferencias. De camino, saco dos cafés de la máquina.

Cuando ya estamos sentadas a la mesa, la una frente a la otra, me cuenta que lleva cinco años trabajando para la revista *Capital Crime* y que es lectora habitual de *The Sunday News*.

—Muchas gracias por acceder a reunirte conmigo hoy —me dice—. Como sabes, tomamos la decisión de adelantar nuestra edición especial en cuanto nos enteramos del asesinato de Richmond Park. Ahora lo publicaremos la semana que viene.

—¿Qué novedades hay con eso? —le pregunto—. Solo sé que una mujer fue apuñalada ayer por la tarde, pero, la última vez que lo comprobé, no la habían identificado oficialmente.

—Pues revelaron su nombre hace tan solo una hora: Gillian Ramsay. Una enfermera de veintiséis años que regresaba a casa del trabajo. La violaron antes de apuñalarla.

—Dios mío, qué horror.

—Desde luego. No me extraña que la gente tenga cada vez más miedo a ir andando sola por los parques y zonas comunitarias de la ciudad, sobre todo al anochecer.

Yo soy una de esas personas; cuando salgo a correr de noche en los meses de invierno, me ciño a las calles y caminos cercanos a Balham. Incluso así, no me siento segura, sobre todo cuando corro por zonas mal iluminadas.

—Antes de que empecemos a hablar de lo que le ocurrió a tu prometido, quiero decir que me doy perfecta cuenta de lo duro que debe de ser esto para ti, Gemma —me dice Kendra.

Yo me aclaro la garganta y me obligo a sonreír.

—Gracias, pero estoy bien. Vuestra revista pretende llamar la atención sobre un asunto muy importante y, sin duda, mi experiencia y la de otras personas como yo serán de utilidad.

Kendra asiente, saca su libreta y la coloca sobre la mesa.

—Entonces, deja que empiece diciéndote lo que sé —responde—. Conociste a Callum Ross hace cuatro años en la fiesta de un amigo. Empezasteis a salir y os fuisteis a vivir juntos cinco meses más tarde. Luego, seis meses después de aquello, ibais a casaros. Pero pocas semanas antes de la boda, sacó a pasear a su perro y nunca regresó.

Noto la amenaza de las lágrimas, así que me muerdo el labio y cojo aire por la nariz.

—Así es —confirmo—. Fue la peor noche de mi vida y la he revivido todos los días desde entonces.

Kendra lee sus notas y me cuenta lo que ya sé que le sucedió a Callum. Mientras habla, mi mente se traslada a aquella noche fatídica en la que Callum se llevó a su adorado *collie* barbudo Sampson a pasear como de costumbre por Wandsworth Common, a tan solo doscientos metros del apartamento en el que vivíamos de alquiler.

31

La noche era oscura y húmeda, de modo que el parque estaba casi vacío. Sin embargo, entre los pocos que andaban por ahí, se encontraba el hombre que atacó a Callum en uno de los caminos y le golpeó en la cara y en la cabeza con una piedra. Sampson, que es de suponer que trató de defenderlo, también fue apaleado, y ambos quedaron allí tendidos.

Sus cuerpos fueron descubiertos por otra persona que había salido a pasear a su perro, pero yo no me enteré de lo sucedido hasta mucho después, cuando salí a buscarlos porque me moría de preocupación.

Me encontré con las luces azules centelleantes de los coches de policía y con los agentes vestidos con chalecos amarillos reflectantes y supe de inmediato que estaba a punto de rompérseme el corazón.

Al echar a correr hacia la escena del crimen, un agente me impidió acercarme demasiado; aun así, alcancé a ver el impermeable rojo de Callum tirado en el suelo y empecé a gritar.

—¿Te encuentras bien, Gemma? —me pregunta Kendra, que ha elevado la voz una octava.

Cierro los ojos y sacudo la cabeza, con la esperanza de ahuyentar las imágenes de aquella noche. Aunque no desaparecen, y se me cierra la garganta cuando intento tragar saliva y contener las emociones.

—Lo siento mucho —me dice—. Ha sido muy insensible por mi parte ponerme a leer mis notas sin siquiera levantar la mirada.

Se me nubla la vista cuando las lágrimas me inundan los ojos; aun así, logro no venirme abajo.

—No es culpa tuya —le aseguro, con el corazón desbocado golpeándome las costillas—. Esto tenía que pasar; estaba preparada. Así que, por favor, continúa.

Tras una larga pausa, me pregunta cómo gestioné los acontecimientos posteriores a aquella noche y la pregunta me provoca un escalofrío por la espalda.

Me paso un nudillo por ambos ojos antes de responder.

—No fue fácil. Primero estuvo la detención, seguida del funeral de Callum, y luego lo que ocurrió en prisión con el cabrón que lo mató.

Se llamaba Chris Tate y fue captado por una cámara de seguridad cuando huía del parque en torno a la misma hora en la que se creía que había tenido lugar el asesinato. Fue detenido dos días más tarde y resultó ser un delincuente profesional con condenas previas por agresión, robo y tráfico de drogas.

La policía halló restos de sangre de Callum en sus zapatos. Sin embargo, negó haber cometido el asesinato y dijo que se había topado con los cuerpos y había huido porque no quería verse implicado. También alegó que, conforme se aproximaba a la escena del crimen, un hombre con la cara cubierta por una capucha pasó corriendo a su lado.

Sin embargo, la policía no lo creyó y no encontraron pruebas que respaldaran su historia sobre el hombre encapuchado. Es más, descubrieron que Tate había acudido al parque esa noche a vender drogas. Lo acusaron de asesinato, aunque no llegó a juicio porque, mientras estaba en prisión preventiva, se vio envuelto en una pelea con otro recluso y murió apuñalado. Su asesino era un famoso gánster que ya cumplía cadena perpetua por asesinato.

—Mi familia me dijo que celebrara el hecho de que Tate hubiera sido asesinado —explico—. Pero no pude. En su lugar, supuso para mí un tremendo golpe. Verás, yo albergaba la esperanza de que fuera juzgado y allí confesara por qué había atacado a Callum. Nunca llegó a contárselo a la policía y, hoy en día, sigo sin saberlo. Eso ha implicado que, desde entonces, haya inventado montones de hipótesis retorcidas que siguen atrapadas en mi cabeza.

—No estás sola a ese respecto, Gemma —me asegura Kendra—. Hace dos días entrevisté a un hombre cuya esposa fue asesinada mientras paseaba a su perro por Peckham Rye. Recibió varias puñaladas, pero no la agredieron sexualmente. La persona responsable sigue prófuga, así que el móvil se desconoce.

—Recuerdo haber leído algo sobre eso —respondo.

Kendra me pide entonces que le describa cómo han sido para mí estos últimos años y me pregunta si he sido capaz de seguir con mi vida.

Trago saliva antes de responder.

—No habría sido capaz de superarlo de no haber sido por el apoyo de mi madre. Me ha ayudado muchísimo. Mi padre murió cuando yo tenía trece años y ella no pudo empezar a reconstruir su vida hasta que entabló una relación con el hombre que es ahora mi padrastro. Volvió a encontrar el amor y ahora es feliz. Y me convenció para que tratara de hacer lo mismo, razón por la cual decidí intentarlo y, hace cinco meses, empecé con las citas *online*.

Kendra enarca una ceja con visible escepticismo.

—¿Y qué tal te va con eso?

—Hasta ahora, no muy bien —confieso encogiéndome de hombros—. Empiezo a pensar que jamás encontraré a nadie que signifique tanto para mí como Callum.

Me invade el alivio cuando Kendra me dice que ya tiene suficiente información para su artículo y me da las gracias por mostrarme tan comunicativa.

—Con un poco de suerte, tu historia y la de los demás seres queridos con los que me he entrevistado ayudarán a generar conciencia sobre un serio problema que aflige a los londinenses —me dice—. Y, por favor, permite que te desee suerte en tu búsqueda del amor.

Tras acompañarla a la salida, encuentro un lugar tranquilo en la sala de descanso para reordenar mis pensamientos antes de regresar junto a Ryan y Martin a la redacción.

Siento cierto grado de orgullo por haber respondido a todas esas preguntas sin perder los nervios, pero sigo con el cuerpo rígido por la tensión. La conversación ha evocado muchos malos recuerdos que sé que se reproducirán en bucle dentro de mi cabeza durante el resto del día. No me quedará más remedio que poner buena cara y seguir diciéndome a mí misma que al menos he logrado salir de ese horrible pozo de desesperación al que me empujaron. Y que, sin duda, las cosas ya solo pueden ir a mejor.

CAPÍTULO 6

Jackman

Es casi la hora de comer y Gemma aún no ha respondido a su mensaje de texto. Quiere creer que todavía no lo ha leído, pero ¿y si lo ha hecho? ¿Y si la ha hecho sentir incómoda y ha decidido no responder?

Se lo envió por impulso en cuanto Simone se fue de casa. Ahora se pregunta si habrá sido un error. Tal vez debería haberlo reflexionado un poco y haberse parado a pensar en cómo podría reaccionar ella.

Ha sido una mañana ajetreada en la oficina, así que no ha tenido tiempo de darle muchas vueltas. Pero ahora ha hecho una pausa para el café y no puede dejar de pensar en ello.

Cuando por fin le suena el teléfono, el corazón le da un vuelco al pensar que podría ser Gemma, pero la decepción le invade al comprobar que es su madre la que le llama. Lo hace al menos una vez a la semana, de modo que tampoco supone una gran sorpresa, salvo porque suele llamarlo por las tardes.

—Hola, mamá —responde—. ¿Estás bien?

—Estoy bien, hijo. Solo quería hablar un momento.

—Pues estoy en la oficina. ¿Es algo urgente?

—Bueno, pues tu padre y yo hemos estado hablando y nos preguntábamos si querrías venir a casa el sábado —dice—. No nos gusta que estés solo.

—¿Por qué? —pregunta él con el ceño fruncido—. ¿Qué tiene de especial el sábado?

Su madre hace una pausa antes de responder.

—Por favor, no me digas que no lo sabes, John. Hará seis años de la muerte de Lia.

Se maldice a sí mismo porque lo había olvidado, pero no está preparado para admitirlo.

—Claro que lo sé —miente—. Solo pensaba que sería mejor intentar no pensar en ello. Estaré bien.

—No te creo —responde ella—. Si estamos todos juntos, no será un día tan difícil. Si quieres, puedes venir con la chica esa con la que sales. Simone, ¿verdad? Así la conocemos por fin, eso dando por hecho que le hayas hablado de Lia y le hayas contado lo que le pasó.

Él contiene su fastidio y toma aliento.

—Se lo conté poco después de conocernos, mamá, pero no sé si estará dispuesta a acudir a una reunión familiar para recordar a una exnovia.

—Bueno, tampoco tiene nada de malo preguntárselo. El no ya lo tienes.

—Pues déjame que lo piense un poco y te llamo más tarde.

—Fantástico. Prepararé un rico asado, y puedes quedarte a dormir si quieres.

—Genial. Pero ahora tengo que colgar, así que pasa un buen día, mamá.

—Tú también, hijo.

Tras colgar el teléfono, sacude la cabeza y deja escapar el aliento entre los dientes. Su mente le hace recordar entonces lo que le sucedió a Lia y el sentimiento de culpa resurge como un torrente de ácido.

Se conocieron en una feria comercial de servicios financieros en Londres. Ella había acudido como parte de un equipo que representaba a una empresa de administración de activos y, cuando le entregó un folleto, él se fijó en la insignia con su nombre: Lia Rainsford.

No pudo resistirse a decirle que ese era el apellido de soltera de su madre, lo que dio pie a una agradable conversación que se prolongó unos veinte minutos. Esa misma tarde quedaron a tomar café y aquello resultó ser el comienzo de su relación.

Lia era guapa, menuda y de su misma edad. Y desde el principio les resultó muy fácil quedar porque vivían a tan solo tres kilómetros de distancia en la zona sur de Londres. A menudo se quedaban a dormir el uno en casa del otro y, después de solo tres meses, no se imaginaba su vida sin ella.

Tenían mucho en común. Formación universitaria. Una absoluta falta de interés por la política. Afición por el vino blanco. Incluso miedo a las arañas. Y a ambos les encantaban las canciones de los setenta y ochenta.

Tras salir durante cinco meses, él le pidió matrimonio y ella aceptó. Comenzaron entonces a hablar de irse a vivir juntos, pero nunca sucedió porque él la defraudó de mala manera.

Por ese tiempo, trabajaba para una empresa diferente y, aquel día, acudió con varios compañeros a un congreso celebrado en un hotel de Southampton. Fueron todos en tren el viernes y se quedaron a pasar la noche. Él tenía planeado regresar a Londres el sábado antes de que terminara el congreso, e incluso había quedado con Lia para salir a cenar y celebrar el nuevo trabajo de esta. Era algo que le hacía mucha ilusión.

Sin embargo, sus compañeros de trabajo lo convencieron para que se quedara a pasar una noche más con ellos y aprovechar así al máximo el viaje con todos los gastos pagados. Le dijo a Lia que el congreso se había alargado más de lo debido y que su jefe quería que acudiera a una reunión con un posible cliente a última hora del día. Lia se quedó decepcionada, aunque no le montó ningún pollo. En su lugar, le dijo que saldría a tomar una copa con una de sus amigas. Él se sintió mal por mentirle, aunque aquello no le impidió pasárselo bien.

Con otros tres compañeros, cenó y tomó algo en el hotel antes de acudir juntos a varios *pubs* de la zona, donde se emborracharon todos un poco. Pero la cosa no acabó ahí. Su noche de fiesta por el pueblo terminó en un club de estriptis y, para su vergüenza, hizo algo que no había hecho nunca antes y pagó a una de las chicas para que le hiciera un baile privado y una mamada en un reservado.

Después, el grupo regresó dando tumbos al hotel y, cuando él llegó a su habitación, se quedó dormido sobre la cama completamente vestido.

A las seis de la mañana del domingo, le despertó el sonido del móvil. Le palpitaba la cabeza cuando se giró en la cama para responder.

Pero el dolor remitió de inmediato cuando le informaron de que su prometida había muerto.

Murió cuando un conductor perdió el control de su vehículo al dar un volantazo para esquivar a un peatón que estaba cruzando la carretera. El coche se subió a la acera y chocó contra Lia y su amiga, que estaban de pie en el bordillo tratando de parar un taxi. Sucedió a la una de la madrugada, minutos después de que abandonaran una coctelería y en torno a la misma hora en la que la bailarina de estriptis se la estaba chupando a él. Ambas sufrieron múltiples lesiones. Lia fue declarada muerta en el lugar, pero su amiga fue trasladada al hospital en ambulancia y sobrevivió.

Él jamás confesó lo que estaba haciendo cuando aquello sucedió, por supuesto, pero el padre de Lia, con quien hasta entonces había mantenido una estrecha relación, se aseguró de decirle en el funeral que su hija seguiría viva si él hubiese regresado de Southampton el sábado, tal como tenía planeado.

El dolor ya era insoportable de por sí, pero el sentimiento de culpabilidad le cambió en muchos aspectos y, durante los años posteriores, le llevó a hacer cosas que solo agravaron su cargo de conciencia.

Cuando permite que su mente le traslade a aquella época, es como si se autolesionara. Razón por la cual ha estado buscando una manera de aliviar el dolor. Hasta hace tan solo dos semanas, temía que aquello fuese a resultar imposible.

Pero fue entonces cuando hizo un *match* inesperado con Gemma Morgan en la aplicación de citas y su fotografía plantó en su cabeza la semilla de una idea.

Sabe que no puede deshacer las cosas que hizo, pero ahora cree que existe una manera de expiar sus pecados.

Primero, no obstante, tiene que convencer a Gemma de que es un hombre en quien puede depositar su confianza.

CAPÍTULO 7

Gemma

—¿Cómo ha ido? —me pregunta Ryan cuando regreso a su despacho, y agradezco la preocupación. Ahora está solo, tras haber informado al equipo sobre lo que espera de ellos a lo largo de la jornada que tenemos por delante.

—No ha sido tan terrible como pensaba que sería —admito—. Y me alegra no haberme echado atrás, aunque ha removido muchos malos recuerdos.

—Bueno, pues confiemos en que esta nueva investigación te ayude a distraerte. Seguimos esperando la llamada del confidente anónimo que asegura que el inspector jefe Cain es un poli corrupto. Le he pedido a Martin que revise los archivos y reúna toda la información que tengamos sobre Cain, sobre la Unidad Anticorrupción y Abusos de la Policía y sobre bandas criminales que operan por todo Londres. Te sugiero que vayas a hablar con él. Ya me informarás después.

Martin se encuentra en su puesto de trabajo en la redacción, escribiendo en su teclado. Acerco una silla y me siento a su lado.

—Has vuelto antes de lo que esperaba —me dice—. ¿Ha ido bien?

—No ha sido agradable —respondo.

—¿Quieres hablar de ello?

—Ahora no. Vamos a ponernos a trabajar. ¿Por dónde vas?

Señala una carpeta que hay sobre su escritorio.

—No te sorprenderá que haya un montón de material que revisar. El que nos llamó no dio ninguna pista sobre para quién trabaja, pero me dio la impresión de que se trata de una de las grandes bandas. Hasta ahora, no he encontrado nada en el sistema que vincule a Cain con ninguna de ellas.

—Supongo que no deberíamos sorprendernos. Si está implicado de algún modo, se habrá tomado muchas molestias para ocultarlo.

Soy muy consciente de que los dos mayores problemas que afronta la Policía Metropolitana de Londres son el crimen organizado y la corrupción dentro de sus propias filas.

Se cree que existen más de cuatrocientas bandas criminales que operan en la capital. Las que aparecen con mayor frecuencia en las noticias son las bandas callejeras que trafican con droga y libran disputas territoriales. Pero, alejadas de los titulares, se encuentran las grandes figuras que han reemplazado a las viejas empresas familiares. Estas bandas son mucho más poderosas y sus actividades se extienden por todo el planeta. Son multinacionales, están diversificadas y al tanto de la tecnología, y sus operaciones incluyen la ciberdelincuencia, el blanqueo de capitales, el tráfico de personas y el contrabando.

Siguen prosperando gracias, en parte, a la corrupción generalizada dentro del cuerpo. Y ya no solo se trata de agentes que aceptan sobornos de cincuenta libras y botellas de *whisky* para hacer la vista gorda. En la actualidad, la corrupción está en los escalafones más elevados, cosa mucho más difícil de detectar y frenar.

—¿Qué te dice tu instinto sobre esto, Gemma? —me pregunta Martin—. ¿Crees que tiene potencial?

—Es pronto para saberlo —respondo encogiéndome de hombros—. Por experiencia sé que es mejor no echar las campanas al vuelo cuando nos llama alguien que asegura ser un soplón de los bajos fondos. Con demasiada frecuencia, se acobardan antes de llegar a revelar ninguna información incriminatoria.

—Espero que pronto sepamos dónde nos encontramos si el tipo vuelve a llamarme.

—Y, si lo hace, hemos de estar preparados. Así que pensemos en cómo abordar el tema.

Martin sigue imprimiendo varios documentos archivados y recortes de periódico, que yo ojeo antes de meterlos en la carpeta. Entre ellos figura el artículo que escribí sobre la desaparición de la esposa de Cain. Pero desde entonces no han aparecido noticias suyas en los periódicos, y ni siquiera su traspaso de la Unidad de Delitos Graves a la de Anticorrupción y Abuso logró obtener una mención.

Aunque hay numerosas historias sobre otros agentes de policía que han sido declarados culpables de corrupción. Han aceptado sobornos de barones del crimen que querían que socavaran las acusaciones, pusieran en riesgo las operaciones y proporcionaran información confidencial sobre las investigaciones.

—Una cosa es segura —zanjo, levantando la vista de las notas que he estado tomando—. Si Cain está vendido, será un auténtico activo para quien sea que lo tenga comprado. Goza de un buen puesto dentro del cuerpo y lleva muchos años trabajando. También tiene acceso a un sinfín de información sensible.

—Me pregunto qué habrá hecho para cabrear al tipo que quiere chivarse de él —comenta Martin.

—Probablemente eso es algo que no nos contará por miedo a que pueda delatarlo.

—Bueno, debe de ser algo bastante serio si se ha tomado la molestia de recopilar pruebas y reunirlas en un expediente.

43

Nos pasamos la siguiente hora leyendo el material y recopilando información sobre el inspector jefe Cain a través de los diversos contactos del periódico. A fin de no levantar sospechas, les decimos que queremos publicar un reportaje para conmemorar el primer aniversario de la misteriosa desaparición de su esposa.

Descubrimos que sigue viviendo en la casa que compartía con ella en Lewisham y que, según parece, no se ha embarcado en una nueva relación. También nos informan de que goza del respeto de sus compañeros y de que él mismo solicitó el traspaso a Anticorrupción cuando quedó libre un puesto.

Casi sin darnos cuenta, llega la hora de la comida y le digo a Martin que deberíamos tomarnos un descanso.

—No tiene sentido partirnos el lomo a trabajar con toda esta investigación preliminar antes incluso de saber si podremos hacer uso de ella —le recuerdo—. Vamos a la cafetería y hablemos de lo que hemos averiguado. Después redactaré una nota para el jefe y, con suerte, para entonces nuestro confidente anónimo ya nos habrá llamado.

CAPÍTULO 8

Ambos optamos por una ensalada, también un refresco, y Martin insiste en pagar la cuenta.

—Invito yo —me dice—. Hace tiempo que no trabajábamos juntos en una investigación y tenía ganas de que nos pusiéramos al día.

El periódico tiene en nómina a cinco investigadores a jornada completa y, en mi humilde opinión, Martin es de lejos el mejor. Es listo, trabajador y sociable. Además tenemos algo en común, cosa que invariablemente surge cuando pasamos tiempo juntos: las citas *online*.

Poco después de llegar al periódico hace nueve meses, hizo saber que había empezado una relación con una mujer a la que había conocido en una aplicación de citas que utilizaba desde hacía un año. Antes de lanzarme a ese mundo, le pregunté por su experiencia, que era bastante positiva.

Sin embargo, al igual que hizo Alice, me advirtió de que debería abordarlo con cautela. Su consejo fue que mantuviera citas breves, que no revelara demasiada información sobre mí misma al principio y que fuera consciente de que las aplicaciones están plagadas de hombres que escatiman la verdad.

No es de extrañar que lo primero que diga cuando nos sentamos a la mesa sea:

—¿Qué tal va la búsqueda de tu alma gemela, Gem? La última vez que hablamos del tema, ibas a tener una cita con un médico.

Hago una mueca al recordar aquel breve encuentro.

—Es verdad. Se llamaba Matt y era simpático, pero no había chispa entre nosotros. Se dio cuenta igual que yo, así que no hubo segunda cita.

—Así son las cosas —contesta encogiéndose de hombros—. Hay que aguantar y seguir buscando esa chispa tan esquiva. Y repetirte una y otra vez que tu pareja perfecta está por ahí, en alguna parte, a tan solo un clic de distancia. Pero sé que no es fácil. Yo mismo estaba a punto de tirar la toalla cuando tuve suerte e hice *match* con Tracy.

Casi todas sus compañeras creen que fue Tracy quien tuvo suerte, y una de ellas, investigadora del periódico también, llegó a decírselo a las claras un día mientras tomábamos unas copas después del trabajo en un *pub* cercano.

Sin embargo, es comprensible que atraiga tanta atención, con esa sonrisa radiante y cautivadora y unos ojos azules de naturaleza penetrante. Para mí, es el hombre que cumple todos mis requisitos, y solo deseo poder encontrar a alguien como él. Alguien que no esté ya pillado.

—¿Y ha habido alguien desde Matt el médico? —me pregunta antes de meterse medio tomate en la boca.

—No —respondo sacudiendo la cabeza—, pero está a punto de haberlo. El viernes voy a salir con un tío. Es una especie de asesor financiero y vive en Brixton. Parece que tiene potencial.

De pronto me acuerdo del mensaje que me envió John Jackman esta mañana y me siento culpable por no haberle respondido.

Martin señala mi teléfono, que he dejado sobre la mesa.

—Pues venga, enséñame cómo es. Y te diré si creo que es suficientemente bueno para ti.

No puedo evitar reírme mientras agarro el teléfono, accedo a la aplicación y abro el perfil de John. Ya se lo he enseñado a Alice y a un par de chicas de la oficina, así que no tengo escrúpulos en mostrárselo a Martin.

—Desde luego es un tío guapo —admite—. ¿Tienes ganas de conocerlo?

—Por supuesto. Solo espero que esté a la altura de las expectativas. Muchos de ellos no lo están.

—¿Has hablado ya con él?

—No. Solo nos hemos enviado mensajes a lo largo de las dos últimas semanas. De hecho, esta mañana me envió uno y me dijo que podía llamarlo si quería charlar antes de quedar.

—Bueno, pues ya que os habéis dado los teléfonos, a mí me parece buena idea —sugiere Martin—. Al menos, si te da mala espina, puedes cancelar la cita.

—Lo pensaré —respondo—. Pero no antes de haberle dado más vueltas a la investigación en la que deberíamos estar centrados. Si el confidente vuelve a llamar, hemos de estar preparados para actuar.

Revisamos una vez más los documentos de la carpeta y tomo nota de todos los puntos importantes que hemos reunido. Cuando volvemos a la redacción, los paso a ordenador e imprimo copias para Ryan y Martin.

Una vez hecho eso, abro el mensaje de John Jackman en el teléfono y confío en que no piense que ha sido desconsiderado por mi parte no contestarle antes.

Me apresuro a redactar una respuesta: «Perdona por haber tardado tanto en responder. He estado muy ocupada. Me parece buena idea charlar por teléfono. Puedes llamarme esta tarde sobre las ocho, si te parece bien».

Segundos después de enviarlo, me suena el teléfono y doy por hecho que será él, pero no es así.

—Hola, Gem —me dice Alice, y de inmediato percibo que algo sucede—. ¿Estás en la oficina?

—Sí. No esperaba saber de ti hoy. ¿Va todo bien?

—En realidad no. Me preguntaba si cabría la posibilidad de que te pasaras por aquí de camino a casa, en caso de que no tengas planes. Sean volverá alrededor de las siete, así que tendrá que ser antes.

No hace falta que me diga de qué se trata. He sido su hombro en el que llorar desde que su matrimonio comenzó a hacer aguas, y no es la primera vez que me pide que vaya a su casa cuando su marido no está.

—Puedo salir temprano y estar allí sobre las cinco y media —respondo—. O podríamos quedar en otra parte.

—No puedo, Gem. Tengo cosas que hacer aquí. Pero ¿estás segura de que no te importa pasarte?

—Claro que no. Eres mi mejor amiga y tus problemas son mis problemas. Llegaré lo antes que pueda.

Alice conoció a Sean Kelly hace dieciocho meses en una aplicación de citas y se fue a vivir a su casa cuatro meses más tarde, abandonando su piso de alquiler. Luego, cinco meses después de aquello, se casaron precipitadamente, desoyendo el consejo de sus padres y amigos. Se celebró una pequeña boda y Sean se la llevó de luna de miel a Grecia, de donde volvió encantada.

Yo fui una de las que pensaban que Sean no era bueno para ella, y así se lo dije. No me hizo ningún caso, pero aquello nos distanció durante un tiempo. Sean es un personaje desagradable con una elevada opinión de sí mismo, y no he disimulado el hecho de que no me cae bien. Pero no fue hasta hace dos meses cuando Alice me confesó que, además, su marido es un maniático del control. Según parece, no mostró su verdadera personalidad hasta después de casarse. Y ahora Alice no sabe cómo gestionarlo porque dice que la trata como a una posesión en lugar de como a una esposa.

Tras colgar el teléfono, informo a Ryan de que tengo que salir temprano. Le parece bien y me dice:

—Empiezo a creer que tal vez el chivatazo sobre Cain fuese un engaño. Son casi las cuatro y Martin no ha sabido nada de ese tío.

—Puede que le hayan entrado dudas —respondo—. No sería la primera vez que ocurre algo así.

—Ya lo sé —asiente—, pero será decepcionante de igual modo. Hace tiempo que no le hincamos el diente a una exclusiva importante, y ahora mismo la corrupción policial es un tema candente.

Le pido a Martin que me llame si recibe otra llamada y luego me preparo para marcharme de la oficina.

Cinco minutos más tarde, justo cuando estoy saliendo del edificio, John Jackman responde a mi mensaje.

«Es un placer saber de ti, Gemma. Me alegra que te parezca buena idea charlar antes de conocernos el viernes. Te llamaré a las ocho. Besos».

Me recorre un cosquilleo de incertidumbre, porque será la primera vez que hable con un hombre antes de quedar con él en persona. Solo espero que vaya bien y que la conversación no me quite las ganas de verlo.

CAPÍTULO 9

He ido bien de tiempo desde que salí de la oficina y debería estar con Alice a las cinco y cuarto.

Sean y ella viven a solo tres kilómetros de mí, en Tooting. Para llegar hasta allí, basta con que siga en el metro dos paradas más, y su casa queda cerca de la estación.

Albergo la esperanza de que mi amiga no esté demasiado alterada, pero al mismo tiempo trato de prepararme mentalmente para lo que me vaya a contar.

Su cuita es bastante familiar. Al igual que millones de esposas, se ha visto atrapada en lo que se denomina una relación coactiva. Me ha contado que Sean la menosprecia sistemáticamente, pese a que jura que la ama. También controla todos sus movimientos, insiste en supervisar las finanzas y le dice lo que puede y no puede ponerse. Yo soy la única de sus amigas con la que se ha abierto y tuve que prometerle que no le diría a Sean que lo sé.

Me ha puesto bajo mucha presión porque me preocupa que las cosas empeoren entre ellos y hay poco que yo pueda hacer, por no decir nada.

La suya es una elegante casa independiente ubicada en una

calle tranquila, y Alice abre la puerta a los pocos segundos de llamar al timbre. Va vestida de manera informal con unos vaqueros y un jersey holgado, y lleva la melena oscura recogida en un estudiado moño en lo alto de la cabeza.

—Gracias por venir, Gem —me dice—. Es que necesitaba hablar con alguien.

—No hay problema —le aseguro mientras la abrazo—. Supongo que la situación con Sean va de mal en peor.

—Eso me temo —asiente—. Pasa y te cuento lo que me ha cabreado esta vez.

La sigo hasta la cocina, donde me ofrece té o café. Opto por el té y me siento en un taburete junto a la barra del desayuno mientras lo prepara.

Tiene la misma edad que yo, pero es unos centímetros más baja, mide uno sesenta y dos. Su fino rostro luce un tono pálido pastoso y tiene las comisuras de los labios inclinadas hacia abajo. Últimamente es muy distinta a la persona despreocupada que era antes.

Nos conocimos hace cinco años porque éramos socias del mismo gimnasio, y me ofreció un apoyo inestimable tras la muerte de Callum. Trabaja como mánager de cuentas en una empresa informática con sede en Streatham, y a menudo trabaja desde casa, mientras que Sean dirige su propia agencia de cobro de deudas, ubicada en Vauxhall.

Una vez sentada frente a mí, advierto el brillo de emoción en su mirada y temo que haya sucedido algo serio.

—¿Qué pasa, Alice? —le pregunto—. ¿Te ha pegado?

Deja escapar un suspiro y sacude la cabeza.

—No me ha pegado, pero anoche pensé que iba a hacerlo. Perdió los nervios, me levantó el puño y me dijo que tenía que comportarme como una esposa decente.

—Dios, qué horror.

—Lo que le cabreó fue que le dijera que aún no estoy lista para intentar tener un bebé. Previamente habíamos acordado posponerlo un par de años más y le pareció bien. Pero ahora ha cambiado de idea e insiste en que deje de tomar la píldora. Pero lo último que quiero ahora mismo es quedarme embarazada de él. Me ataría a él para siempre y, si no cambia su actitud, no puedo soportar pensar en ello.

Me invade un torrente de rabia y le repito lo que ya le he dicho en dos ocasiones a lo largo de las últimas dos semanas.

—Tienes que dejarlo, Alice, antes de que las cosas se pongan más feas. Los hombres como él casi nunca cambian y, a juzgar por lo que me cuentas, su conducta se está volviendo cada vez más amenazante y coactiva.

Parpadea para contener las lágrimas y aprieta la mandíbula.

—Me culpo a mí misma por encontrarme en esta situación. Debería haberos hecho caso a mis padres y a ti y no haberme casado con él.

—Entonces no te dabas cuenta de cómo era realmente —le recuerdo—. Fingió ser otra persona. Es lo que hacen muchos hombres.

—Pero yo aún le quiero. O al menos eso creo. Y no paro de repetirme que es una fase y que se le pasará.

Me cuesta creer que esté tan ciega ante lo que le ha sucedido y me resulta muy triste que sienta la necesidad de culparse a sí misma.

—Pero, cuanto más tiempo pase, más sufrirás y más difícil te será ponerle fin —le aseguro—. Haces bien en posponer lo de tener un bebé. Sería un tremendo error.

Alice deja escapar un resoplido de fastidio.

—Haces que parezca muy fácil, Gem, pero no lo es. Me da pánico pensar en cómo reaccionará si amenazo siquiera con dejarlo. Y, si finalmente reúno el valor para hacerlo, tengo miedo de arrepentirme.

Su ansiedad es palpable y entiendo muy bien por qué. He escrito sobre mujeres en su misma situación y sé que, a menudo, la cosa acaba mal sin importar la decisión que tomen.

Le tiembla el labio inferior y las lágrimas se acumulan en sus ojos mientras trata de pronunciar las palabras.

—He intentado hacerle comprender lo infeliz que soy, pero se niega a aceptar que tiene que ver con él —me explica—. Se limita a decirme que deje de quejarme a todas horas y dé gracias por lo que tengo. Y a veces incluso me pregunto si tendrá razón.

Estoy a punto de responder cuando oímos el sonido de la puerta de casa al abrirse.

Veo el miedo en los ojos de Alice y siento un vuelco en el estómago.

—Mierda —me dice mientras se restriega los ojos y echa los hombros hacia atrás—. En teoría no llegaba hasta las…

—Cariño, soy yo —grita Sean desde la entrada y, segundos más tarde, entra en la cocina.

Lleva un traje que se le ciñe demasiado a su figura alta y musculosa, y en su anguloso rostro se registra la sorpresa al verme sentada a la barra del desayuno. Como de costumbre, me siento incómoda en su presencia, razón por la cual siempre he intentado evitar interactuar con él.

—Gemma se ha pasado cuando volvía del trabajo —le dice Alice—. Ya se iba.

—Bueno, espero que os hayáis puesto al día —contesta Sean mientras atraviesa la estancia para darle un beso a su esposa.

Me da escalofríos porque interpreta el papel de marido cariñoso cada vez que tiene público.

—No pensaba que llegarías tan temprano —le dice ella.

—No teníamos mucho trabajo, así que he pensado en venir antes y llevar a cenar a mi preciosa esposa. Hace siglos que no te invito a una comilona.

Alice le sonríe, pero yo alcanzo a ver en su expresión la falta total de entusiasmo.

Sean se vuelve entonces hacia mí.

—No tienes por qué salir corriendo por mí, Gem. No nos iremos hasta por lo menos dentro de una hora.

Su objetivo es proyectar una imagen cercana y amistosa, pero a mí no me engaña. Por su mirada sé que no le gusta que esté aquí.

De pronto me entran unas ganas tremendas de marcharme, y Alice deja claro que quiere que me vaya cuando le dice a Sean que he quedado con alguien.

—¿Es un tío nuevo? —me pregunta con una sonrisa.

—Pues la verdad es que sí —respondo. No es que sea una mentira, dado que tengo lo que podríamos considerar una cita telefónica con John Jackman a las ocho de la tarde.

—Bueno, pues espero que este te dure lo suficiente para que podamos conocerlo.

El sarcasmo es más que evidente en su voz, pero elijo ignorarlo y me bajo del taburete.

—Entonces me marcho —anuncio—. Me alegro de veros a los dos.

Sean ya me ha dado la espalda y se dirige hacia el frigorífico.

—Te acompaño a la puerta —me ofrece Alice siguiéndome hasta el pasillo—. Lo siento mucho, Gem —susurra cuando nos acercamos a la puerta—. No me parece buena idea que te quedes aquí. Me da la impresión de que quiere disculparse.

—Espero que tengas razón —respondo—. Pero, si las cosas vuelven a salirse de madre, ven directa a mi casa. Allí estarás a salvo.

—No creo que haga falta —me dice sacudiendo la cabeza con premura—. Pero muchas gracias por venir y escucharme. Eres una amiga de verdad.

Nos abrazamos de nuevo, pero, cuando salgo de su casa, no puedo evitar desear llevármela conmigo.

CAPÍTULO 10

Cuando llego a casa, lo primero que hago es servirme un gran vaso de vodka con tónica. Siento que lo necesito, porque lo que Alice me ha contado ha plantado una semilla de pánico en mi pecho.

No paro de repasar mentalmente nuestra breve conversación, tratando de pensar en formas de ayudarla. Pero, en el fondo, sé que no hay nada que pueda hacer salvo intentar animarla a que abandone lo que a todas luces se ha convertido en una relación tóxica.

No obstante, el bienestar de mi amiga no es lo único que me tiene alterada. En menos de dos horas, estaré hablando por teléfono con mi próxima cita y ya noto las mariposas revoloteando en mi estómago.

Parpadeo para borrar de mi cabeza el semblante ansioso de Alice y me digo a mí misma que, cuando John Jackman me llame, estaré más tranquila. Para entonces, ya habré salido a correr, me habré duchado y me habré tomado unas copas más.

No tardo en ponerme las mallas, la sudadera térmica con capucha y las deportivas. Poco después, voy corriendo por la acera mientras hago un esfuerzo consciente por despejar la cabeza.

Me paso media hora corriendo por las calles de Balham antes de regresar a casa, exhausta pero renovada.

Tras una ducha reconstituyente, me pongo el pijama y me preparo un sándwich de beicon. Después de comérmelo, me sirvo otra copa. Cierro los ojos mientras doy el primer trago de vodka y noto su ardor en la garganta.

Son las siete y media cuando me siento en el sofá y abro en mi teléfono el perfil de John Jackman en la aplicación de citas. Tengo que recordar los mensajes que nos hemos enviado. ¿Qué hemos contado cada uno de sí mismo? ¿Qué me contó de sí mismo que me animara a seguir adelante? ¿Incluyó algo que me resultara poco convincente?

Fue una pregunta mía sobre sus relaciones anteriores lo que le llevó a hablarme de su prometida, Lia Rainsford, que murió cuando un coche se subió a la acera y la atropelló. Me sentí obligada a hacerle saber que entendía perfectamente lo que había pasado porque yo también había perdido a mi prometido en circunstancias trágicas. No entré en mucho detalle, pero sí le dije que Callum fue asesinado mientras paseaba a su perro en Wandsworth Common.

«Lo siento mucho —me respondió—. Sospecho que, al igual que yo, sientes la necesidad de seguir con tu vida».

Tras aquella conversación, busqué en Google el nombre de su novia y leí lo del accidente que tuvo lugar mientras su novio, John Jackman, estaba de viaje de negocios. No lo hice solo llevada por la curiosidad, desde luego. Quería comprobar que me había dicho la verdad, y me alivió descubrir que así era.

No me cabe duda de que él habría hecho lo mismo conmigo. Se habría encontrado con la noticia sobre Callum y habría visto fotos de nosotros dos juntos. Pero está claro que eso no le quitó las ganas de conocerme.

Transcurrido un minuto o dos, cierro el teléfono y voy a la cocina a rellenarme la copa. Tengo el pulso disparado y no me había dado cuenta de que estaría tan nerviosa por una maldita llamada telefónica. Sospecho que se debe a que no he tenido tiempo para prepararme.

Ansío dar en el clavo y transmitir la impresión de que soy simpática y abierta, pero no una pusilánime ingenua. Y confío en que nuestra charla sirva para romper el hielo y haga que nuestra primera cita de verdad resulte menos estresante.

Son las ocho menos cinco cuando regreso al salón y me dejo caer de nuevo en el sofá. Dos minutos más tarde, suena el teléfono y me recorre un escalofrío de emoción.

Tomo aliento y, al agarrar el teléfono, descubro que no es John Jackman quien me llama. Es Martin, y nunca me llama a casa si no hay una buena razón.

—Acabo de recibir noticias de nuestro confidente anónimo y hemos acordado reunirnos mañana por la mañana —me dice.

—¿Dónde y cuándo? —le pregunto, ansiosa por que la conversación sea breve.

—Le he dicho que seríamos otra periodista y yo. Quiere vernos frente a la estación de metro de Covent Garden a las once. Entonces volverá a llamarme para decirnos que se reunirá con nosotros en un lugar cercano. He tenido que describirme y decirle lo que llevaría puesto.

—¿Has logrado sacarle algo más?

—He vuelto a preguntarle para quién trabaja, pero no ha querido soltar prenda. Ha dicho que nos lo contaría mañana. Pero sí ha repetido que quiere que delatemos al inspector jefe Cain por motivos personales y que la información que tiene sobre él causará un escándalo si decidimos publicarla.

—Entonces veremos qué nos cuenta y ya decidiremos —respondo—. ¿Se lo has dicho a Ryan?

—Sí, y quiere vernos a los dos a las nueve en punto para darnos instrucciones.

—De acuerdo. Entonces te veo mañana.

Tras colgar el teléfono, doy otro trago a mi copa de vodka y me fijo en el reloj situado sobre la repisa de la chimenea mientras cuento los segundos que quedan para las ocho en punto.

John Jackman me hace esperar hasta las ocho y cuatro minutos. Para entonces, tengo todos los músculos en tensión y los hombros rígidos.

Pero, animada por el alcohol, respondo al teléfono con una voz que confío en que suene relajada y segura.

—Hola, John —le digo—. O al menos espero que seas tú.

—Lo soy, Gemma —responde, y me llama la atención lo bien que habla y lo seguro de sí mismo que parece—. Me alegra poder hablar por fin contigo.

—Lo mismo digo, aunque estaba un pelín nerviosa porque para mí esto es algo nuevo. Por lo general paso directa de los mensajes en la aplicación a la primera cita.

—La verdad es que iba a sugerir que hiciéramos una videollamada o que hablásemos por Zoom. ¿Preferirías eso?

—Ni hablar. Y no te atrevas a sugerirlo ahora porque llevo puesto el pijama y estoy hecha un desastre.

—Lo dudo mucho. Seguro que estás tan guapa como en tu foto de perfil.

Me río.

—Te agradezco el cumplido, pero no podrías estar más equivocado. ¿Y tú? ¿Te has arreglado para la ocasión?

—Por supuesto. Llevo una camiseta y mis pantalones de

chándal más cómodos. No me he afeitado, pero no me ha parecido que tuviera sentido, dado que me voy directo a la cama después de nuestra conversación. He tenido un día ajetreado en la oficina.

—Yo también me voy a acostar temprano. He llegado a casa bastante tarde.

—¿Así que has estado trabajando en una importante noticia?

No pienso mencionarle la investigación sobre Cain, de modo que respondo que he estado desarrollando varias ideas de artículos para el periódico.

Por suerte, la conversación progresa adecuadamente y resulta mucho más sencilla de lo que había temido que sería. No se dan momentos incómodos ni pausas embarazosas. Tocamos varios asuntos, desde el tiempo hasta algunas de las experiencias negativas que hemos tenido ambos con las citas *online*.

John Jackman me parece simpático y agradable, y es un alivio que no se dedique a hablar todo el rato sobre sí mismo, al contrario que mis otras citas.

Es él quien sugiere que deberíamos concluir la conversación transcurridos veinte minutos.

—Si no lo dejamos ahora, no nos quedará nada de lo que hablar en nuestra primera cita —me dice de buena manera.

—Tienes razón —respondo—. Pero ha sido muy agradable hablar contigo y me alegra que lo sugirieras.

—A mí también. Y estoy deseando verte a las siete el viernes.

Tras colgar el teléfono, me siento aliviada y bastante satisfecha conmigo misma. No creo que pudiera haber ido mejor de lo que ha ido. Hemos roto el hielo y ya me hago una idea mucho mejor de lo que me espera el viernes.

No ha dicho nada que me decepcione y le he creído cuando me ha dicho que, desde que se abrió el perfil en la aplicación hace nueve meses, ha hecho *match* con dos docenas de mujeres y ha quedado con catorce de ellas. Pero que no tuvo una segunda cita con ninguna de ellas.

—La última fue hace tres meses y resultó ser otra decepción —me ha dicho—. Después de eso, me tomé un respiro y no volví a usar la aplicación hasta hace tres semanas. Y fue entonces cuando apareciste tú.

Soy muy consciente de que, sin contacto visual, es imposible saber si alguien dice la verdad. Pero la impresión que me queda tras nuestra conversación es bastante positiva.

Estoy demasiado alterada para irme directa a la cama, de modo que me sirvo otro vodka con tónica, pese a saber que estoy bebiendo más de la cuenta. Ha sido un día difícil, entre la entrevista para *Capital Crime* y tras la charla con Alice sobre su desastrosa relación de pareja.

Al menos la conversación telefónica me ha animado un poco y me permito creer que el miércoles va a terminar de manera positiva.

Pero resulta no ser así, ya que pocos minutos después suena el timbre, y lo que veo cuando miro por la mirilla me deja sin respiración.

Estoy tentada de no abrir, pero sé que tengo que hacerlo y, al girar la llave en la cerradura, me doy cuenta de que me tiembla la mano.

CAPÍTULO 11

Sean Kelly está plantado delante de mi puerta y, solo con verlo, me asusto.

No tengo ni idea de qué hace aquí. Dijo que iba a llevar a Alice a cenar. ¿Ha cambiado de opinión? ¿Ha sucedido algo? ¿Está ella con él? ¿O ha venido solo?

—¿Ocurre algo? —le pregunto, pero nada más verle la cara de enfado me doy cuenta de que sí.

—Tengo que hablar contigo —responde con brusquedad antes de pasarme de largo para entrar al recibidor sin haber sido invitado.

Me quedo demasiado desconcertada como para reaccionar y le veo caminar con decisión hacia el salón sin mirar atrás.

Espero que Alice aparezca a continuación, pero al ver que no lo hace dejo la puerta abierta y corro tras él.

—¿Qué narices pasa? —le grito cuando entro en el salón—. ¿Dónde está Alice?

Sean está de pie frente a la chimenea, con los brazos cruzados y un gesto hostil y desabrido.

—Está en casa —responde—. No hemos salido a cenar porque

cuando me ha contado el consejo que le has dado se me han quitado las putas ganas.

Sus palabras me provocan un escalofrío por la espalda, pero consigo sostenerle la mirada.

—¿De qué estás hablando, Sean? —le pregunto.

Me enseña los dientes y hace una inspiración profunda que le hincha el pecho.

—Sabes bien de qué estoy hablando. Has estado tratando de convencerla para que me deje. Y hoy le has dicho que no debería quedarse embarazada de mí. Quieres destruir nuestro matrimonio porque estás celosa de que ella tenga marido y tú no.

—No digas chorradas —le espeto, invadida por un torrente de rabia—. Yo no he…

—Cierra la boca, Gemma, y no empeores las cosas mintiendo. Siempre he sabido que piensas que no soy bueno para Alice. Pero te equivocas. Estamos destinados a estar juntos y no permitiré que la pongas en mi contra.

—¿Sabe que estás aquí?

Advierto la rabia en su mirada cuando descruza los brazos y me señala con un dedo.

—Claro que sí. Le he dicho que venía a decirte que dejaras de meterle ideas en la cabeza de una puta vez. Y, si no lo haces, me aseguraré de que te arrepientas.

—¿Hablas en serio? —le respondo—. ¿Me estás amenazando?

—Desde luego que sí. Alice es mía y siempre lo será. Soy yo el que sabe lo que le conviene, no tú.

Ha empezado a gritar, pese a estar a escasos metros de distancia, y su comportamiento es pura agresividad. De pronto me siento vulnerable y el corazón empieza a latirme con fuerza. No puedo evitar preguntarme por qué Alice no me habrá advertido de que Sean venía hacia aquí.

—Mira, Sean, tienes que calmarte —le digo mientras levanto las manos con las palmas abiertas y los dedos separados.

Parece que se le vayan a salir los ojos de las órbitas.

—No me digas que me calme, zorra. Tengo todo el derecho a gritarte. Mi mujer está mal por lo que le ha dicho su supuesta mejor amiga.

Siento que se me está calentando la cara y me dan ganas de decirle que solo estaba respondiendo a lo que Alice me había contado sobre su conducta. Pero debo ir con cuidado con lo que digo para no empeorar la situación de mi amiga.

—Deberías irte, Sean —le sugiero—. Me estás haciendo sentir incómoda.

—Es culpa tuya por meter las narices donde no te llaman —responde con furia—. Le he dicho a Alice que no quiero que vuelva a quedar contigo. Así que no te acerques a ella. No vengas a casa ni la llames. Y ni se te ocurra pensar que no habrá consecuencias si lo haces.

Otra amenaza, y esta vez me siento obligada a responder. Pero se me quedan las palabras atravesadas en la garganta cuando pasa a mi lado y sale hecho una furia de la habitación.

Me quedo allí quieta, clavada al suelo, temblorosa, durante tal vez cinco segundos. Después me obligo a regresar al recibidor y me invade un tremendo alivio al comprobar que se ha marchado.

Me apresuro a cerrar la puerta con llave tras él y regreso al salón, donde me dejo caer en el sofá sin parar de temblar.

Resulta difícil creer lo que acaba de suceder. El muy cabrón no tiene derecho a venir hasta mi casa y amenazarme. Estoy tentada de llamar a la policía, pero sé que no serviría de nada. Sería su palabra contra la mía.

Cierro los ojos, tomo aire por la nariz y noto el pulso en los oídos.

Por lo que me ha contado Alice, ya sabía que Sean tiene mal carácter, pero jamás pensé que pudiera emplearlo contra mí. Ahora acabo de experimentar lo que debe de estar pasando ella y no es nada agradable. Me hace preguntarme por qué le habrá contado que le he aconsejado que ponga fin a su matrimonio. Se supone que era algo en confianza. ¿La habrá obligado a contárselo?

Abro los ojos de golpe, cojo el teléfono, que había dejado sobre la mesita del café, y marco su número. Tengo que saber si está bien, aunque Sean me haya advertido que no la llame.

Pero salta el buzón de voz y a mí me cuesta contener el pánico.

¿Qué debería hacer? ¿Me estaré preocupando de forma innecesaria? ¿Le dará demasiada vergüenza responder al teléfono?

La bola de ansiedad sigue creciendo en mi pecho cuando me levanto y empiezo a dar vueltas de un lado a otro. Segundos más tarde, suena el teléfono y a mí me invade el terror. Veo que se trata de un mensaje de Alice, que, hasta cierto punto, ayuda a tranquilizarme.

«Lo siento mucho, Gem. Hemos tenido una bronca y no me he aguantado. Se lo he contado todo y he cometido el error de decirle lo que me habías dicho. Se ha puesto como loco. He intentado impedirle que fuera a verte, pero no me ha hecho caso. Por favor, perdóname. Te llamo mañana. Te quiero. Besos».

Me noto tan alterada que tengo que servirme otra copa, que me tomo de un trago. Pero no logra calmar la rabia que me invade. Y no impide que siga preocupada por Alice.

CAPÍTULO 12

Me levanto de la cama a las cinco de la mañana del jueves tras más de una hora despierta. He pasado una mala noche dando vueltas bajo el edredón. La breve y violenta visita de Sean me dejó muy trastornada y, cuando se marchó, vomité en el fregadero hasta que se me irritó la garganta. Huelga decir que apenas he dormido y ahora tengo un poco de resaca.

Mientras me preparo un café, las palabras y amenazas salidas de su boca siguen repitiéndose en mi cabeza. El tipo estuvo totalmente fuera de lugar e, incluso alimentada por el alcohol, eso no es excusa. No creo que pueda perdonarlo nunca y, cuando vuelva a verlo, no pienso cortarme.

No obstante, debo preguntarme dónde deja esto mi amistad con Alice. ¿Se ha terminado? ¿Podrá arriesgarse a seguir en contacto conmigo? ¿Tendré noticias suyas hoy o le dará miedo llamarme?

Tengo pensamientos erráticos y me noto inquieta. Una voz interior me insta a llamar a Alice para comprobar si está bien. Pero otra voz más fuerte me aconseja que no lo haga porque podría agravar la situación. Y es a esa voz a la que hago caso. Si dejo pasar unos días, tal vez las cosas se calmen y pueda entonces hablar con ella.

Me termino el café y me meto en la ducha pensando en el día que tengo por delante. Martin y yo vamos a ir a la estación de metro de Covent Garden, donde esperaremos a que nos contacte el hombre que quiere delatar al inspector jefe Cain como policía corrupto. Todo muy misterioso y dramático. Pero al menos así tendré algo en lo que pensar más allá del marido abusivo y violento de mi mejor amiga.

Después de ducharme, vuelvo a la cocina a por otro café y una tostada. Y es entonces cuando por primera vez esta mañana me paro a pensar en la conversación que mantuve con John Jackman, que había quedado totalmente eclipsada por mi encuentro con Sean.

Recuerdo lo bien que fue y por qué ahora estoy mucho menos nerviosa ante nuestra cita. Estoy deseando saber más de él y descubrir si es tan guapo como parece en las fotos. Sin embargo, me alegra que no vayamos a quedar esta noche, porque sé que, al final del día, me habrá invadido el cansancio.

Tras desayunar, vuelvo arriba a arreglarme. Cuando me miro al espejo, el reflejo me devuelve un rostro que apenas reconozco. Tengo los ojos hinchados y enrojecidos por el cansancio, y mi piel se ve pálida y apagada.

Me veo obligada a maquillarme con más cuidado del habitual, pero no alcanzo a ocultar el hecho de que la falta de sueño me ha pasado factura.

Antes de vestirme, miro qué tiempo va a hacer. Hará frío, pero tendremos ratos de sol. Y por suerte no va a llover. Decido ponerme una camiseta de manga corta debajo del jersey y unos vaqueros negros.

A las siete, ya estoy lista para salir. Me pongo el abrigo, agarro el bolso y el teléfono y, justo cuando estoy a punto de irme, recibo un mensaje de Alice.

«Sean me ha contado lo que te dijo anoche. Lo siento mucho, Gem. Por favor, no me lo tengas en cuenta. Te llamaré en cuanto pueda. Besos».

No quiero seguir dándole vueltas al asunto de Alice y Sean durante el trayecto a la oficina, así que utilizo el teléfono para ver los titulares de los periódicos. Una noticia me llama la atención y me provoca un cosquilleo en la piel. Aparece en tres periódicos, pero domina la portada del *Metro*.

«ASESINATO EN RICHMOND PARK. UN DETENIDO».

Aún no ha trascendido el nombre del detenido, pero al parecer está siendo interrogado por los agentes de la comisaría de Twickenham.

Aparece una fotografía de la víctima, Gillian Ramsay, que fue violada y apuñalada el martes cuando caminaba por el parque. Ya había oído que era una enfermera de veintiséis años, pero ahora leo que estaba prometida con un médico del hospital donde trabajaba.

Inevitablemente, eso despierta en mí recuerdos dolorosos y me provoca un vuelco en el corazón. Sé lo que estará pasando su prometido porque he pasado por lo mismo. Y recuerdo que hace tres años leí un titular similar al del *Metro*. Apareció tan solo dos días después de que Callum fuera encontrado muerto junto a su perro.

«LA POLICÍA INTERROGA A UN SOSPECHOSO EN RELACIÓN CON EL ASESINATO DE WANDSWORTH COMMON».

El nombre de Chris Tate, el hombre que asesinó a Callum, no apareció publicado hasta que fue acusado días más tarde. De modo que sospecho que el prometido de Gillian Ramsay se verá sometido a la misma espera angustiosa. Y ahora su futuro será distinto del que había planeado.

Me hace acordarme de cómo mi propia vida descarriló en aquel momento y por qué aún me cuesta encontrar el camino.

Vuelvo a pensar en lo diferentes que serían las cosas si Callum siguiera vivo. Probablemente tendríamos al menos un hijo y viviríamos en una calle tranquila de las afueras. Y yo no estaría rastreando las aplicaciones de citas en busca de otro hombre con la esperanza de que me ayude a escapar del manto de soledad que me envuelve.

Como era de esperar, enseguida me invade una ola de autocompasión, y me cuesta un gran esfuerzo contener las lágrimas. Pero, no sé cómo, lo consigo y, cuando llego a la oficina, tengo los ojos secos y estoy ansiosa por embarcarme en algo que desvíe mis pensamientos hacia otra parte.

CAPÍTULO 13

La reunión editorial de la mañana arranca a las nueve en punto. Es entonces cuando Ryan informa a la plantilla sobre las noticias del día antes de asignar encargos.

A dos reporteros les pide seguir investigando el asesinato de Richmond Park y sacar a la luz todo lo que puedan sobre el hombre detenido.

—Aún no ha sido acusado, pero sé de buena tinta que lo será dentro de unas horas —explica Ryan—. Eso restringirá lo que podamos decir sobre el crimen, así que vamos a centrarnos en la víctima y en el hombre con el que iba a casarse. Tratad de encontrar un enfoque que no se incluya en la cobertura entre hoy y el domingo.

Durante la noche, ha saltado otra noticia importante relativa a un prominente diputado del Gabinete en la Sombra que ha sido acusado de agredir sexualmente a una mujer en un evento electoral. Ryan ordena a un reportero y a un fotógrafo que sigan la noticia y les da el nombre y el número de teléfono de uno de sus contactos en Westminster, de quien dice que podrá darles información privilegiada.

—A continuación, un chivatazo muy prometedor que hemos

recibido y del que la mayoría de vosotros aún no sabe nada —prosigue—. Con suerte, hoy mismo sabremos si debemos dedicarle nuestra atención y recursos.

Pasa a explicar que Martin y yo vamos a reunirnos con un hombre que asegura querer delatar a un inspector de policía corrupto. No es de extrañar que los detalles despierten el interés de todos los presentes. Todos han oído hablar del inspector jefe Elias Cain y saben que, si podemos demostrar que está corrompido, supondrá una importante exclusiva para el periódico.

—De momento es solo una hipótesis, así que cruzaremos los dedos para que el soplón esté diciendo la verdad y pueda aportar pruebas concretas —declara Ryan—. De ser así, pondremos toda la carne en el asador.

Tras la reunión, me voy con Martin al despacho de Ryan, donde nos desea suerte y nos advierte que tengamos cuidado.

—Cuando el tipo os llame, dejad claro que solo estáis dispuestos a reuniros con él en un lugar público —nos ordena—. Si forma parte de una banda de crimen organizado, como dice, no podemos descartar la posibilidad de que no vaya detrás del inspector Cain, sino de este periódico. No olvidemos que nos hemos granjeado muchos enemigos entre los delincuentes, sobre todo aquí, en Londres.

Es algo en lo que no me había parado a pensar, pero ambos le aseguramos que no permitiremos que nos engañe para acudir a un edificio abandonado o cualquier otra ubicación aislada.

—Está bien saberlo —responde Ryan, y mira el reloj—. Son más de las diez, así que sugiero que salgáis hacia Covent Garden.

La adrenalina ya me corre por las venas cuando nos montamos en un taxi.

Siempre me ocurre igual cuando voy detrás de una noticia potencialmente explosiva. No puedo evitar preguntarme adónde me llevará y hasta qué punto resultará importante.

Esta tiene todos los ingredientes para copar la primera página si logramos levantarla. Cain es un reputado inspector dentro de la Policía que ya ha protagonizado titulares antes por la extraña desaparición de su esposa. Y, si lo delatamos como policía corrupto poco después de sumarse a la Unidad Anticorrupción, las repercusiones serán enormes.

Es la clase de cosa que me motiva y hace que me alegre de haber escogido el periodismo como profesión.

Pocos segundos después de iniciar el trayecto en taxi, me suena el teléfono. El instinto me dice que se trata de otro mensaje de Alice, pero me equivoco. Es de John Jackman.

«Me gustó mucho hablar contigo anoche, Gemma. Estoy deseando conocerte y espero que tú pienses lo mismo. De hecho, me parece que para mañana queda una eternidad, ¿crees que habría posibilidad de adelantar nuestra cita a esta noche? Si tú puedes, yo estoy dispuesto. Besos».

La pregunta me desconcierta y me hace fruncir el ceño.

—¿Estás bien, Gem? —me pregunta Martin mientras vuelvo a leer el mensaje—. Parece que te hayas llevado una sorpresa.

—Supongo que podría decirse así —respondo—. Es del hombre del que te hablé ayer. Anoche hice lo que me sugeriste y hablé con él por teléfono. Y el caso es que debo de haber dado en el clavo, porque dice que no puede esperar a mañana para conocerme. Me pregunta si podemos vernos esta noche para tener nuestra primera cita.

—¿Y por qué no sonríes? Me parece un comienzo prometedor.

—Supongo que sí —le digo encogiéndome de hombros—, pero no quiero precipitarme con esto y me da la impresión de que él sí.

72

Sí, la conversación de anoche fue bien y me gustó oír su voz. Pero siempre me inquieta un poco cuando alguien me parece entusiasta de más.

—Sé bien a lo que te refieres —responde Martin con una sonrisa—. Una de mis citas era así. No paraba de escribirme y llamarme, y olía a desesperación. Y, cuando le puse fin transcurridas un par de semanas, se agarró un cabreo y me envió varios mensajes desagradables.

—He pasado por lo mismo, así que te entiendo —le aseguro—. Pero no estoy sugiriendo que John pueda ser un acosador. Es que preferiría tomármelo con más calma.

—No es de extrañar. Es lo más sensato. Pues escríbele diciendo que ya tienes otros planes esta noche. Seguro que lo entiende, a no ser que se trate de un completo psicópata, claro.

Martin se burla de mí con una sonrisa y, en respuesta, pongo una mueca y le digo:

—Muy gracioso.

Después escribo una breve respuesta y no me siento en absoluto culpable porque, hasta donde yo sé, podría quedarme trabajando hasta tarde si nuestro soplón cumple su promesa.

«Me temo que esta noche no puedo, John. Tengo que trabajar hasta tarde y no puedo escaquearme. Nos vemos mañana».

CAPÍTULO 14

No soy ajena a Covent Garden, la famosa zona de compras y entretenimiento situada en el corazón del West End. Solía ir con Callum a un par de exclusivos restaurantes de por aquí y él siempre insistía en comprarme algún detalle de uno de los muchos puestos de artesanía.

Me viene a la mente que, en una ocasión, me compró un pequeño recuerdo en forma de corazón pintado con acrílico con la inscripción: «Para mi preciosa novia. Nunca dejaré de amarte». Me hizo llorar y, hoy en día, me provoca el mismo efecto cuando lo miro.

La zona está tan concurrida como de costumbre cuando el taxi nos deja frente a la estación de metro situada en la esquina de Long Acre y James Street.

Siento curiosidad por saber por qué nuestro soplón quería que nos viéramos aquí. ¿Vivirá cerca? ¿O se deberá a que sabe que sus socios criminales no andarán por la zona un jueves por la mañana?

—Llegamos diez minutos antes —comenta Martin cuando nos colocamos frente a la entrada de la estación—. ¿Crees que estará observándonos?

—Supongo que sí —respondo con gesto afirmativo—. Querrá asegurarse de que no hemos venido acompañados. Y, cuando nos llame para decirnos adónde ir a continuación, imagino que querrá ver si alguien nos sigue.

Hace un día radiante, de modo que hay mucha gente caminando por las aceras, mientras otras personas hablan en grupos o por teléfono.

No veo hombres de aspecto sospechoso que nos estén prestando atención, aunque nuestro hombre podría estar observándonos desde alguna tienda cercana, o incluso desde lejos con unos prismáticos. Una cosa es segura: no le costará trabajo localizarnos, gracias al característico abrigo beis que lleva puesto Martin.

—Esto me resulta muy raro —comento pasados unos minutos—. En todos mis años como periodista, nunca había hecho nada parecido.

—Para mí también es la primera vez —admite Martin—. Pero me parece muy emocionante. Y sin duda es mejor que pasarse el día en la oficina mirando una pantalla de ordenador.

Llegan las once y pasan de largo, pero el teléfono de Martin no suena.

A las once y media, llamo a Ryan y le digo que seguimos frente a la estación y que el tipo no ha llamado.

—Aguantad ahí de momento —responde—. A lo mejor llega tarde. O puede que, al veros allí a los dos, se lo haya pensado mejor y se haya acobardado.

La siguiente media hora transcurre despacio y Martin y yo matamos el tiempo charlando. No me resisto a hablarle de la situación de Alice y pedirle consejo. No se conocen, de modo que no creo que esté traicionando la confianza de mi amiga.

—Entiendo cómo te sientes porque se trata de una amiga íntima, pero no creo que debas involucrarte demasiado —me aconseja—. Tendrán que solucionar las cosas entre ellos y tendrá que dejarlo. La implicación de una tercera persona a menudo empeora las cosas.

—Creo que eso ya ha pasado —respondo, y paso a describirle el incidente de anoche con Sean.

—La madre que me parió, Gem —me dice con las cejas enarcadas—. Ese tío está pirado. Deberías haber llamado a la policía.

—No le vi el sentido. Él habría negado las amenazas y yo no habría podido demostrarlo.

—Pues su reacción debería servirte de advertencia. Sé que suena insensible, pero es tu amiga la que debe resolver el problema. Y, si tan mal están las cosas, puede buscar ayuda en los grupos de apoyo a mujeres maltratadas o acudir a la policía.

—No es eso lo que quiero oír, Martin, pero sé que tiene sentido —admito—. Ojalá supiera por qué algunos hombres, muchos hombres, tienen que ser tan controladores.

Martin se encoge de hombros.

—Porque, para ellos, el amor y la lealtad nunca son suficientes. Su idea de una relación perfecta es aquella en la que pueden dominar, manipular e intimidar. Aprendí esa lección a muy tierna edad gracias a mi padre. Era un cabrón con mi madre, pero ella no logró reunir el valor para abandonarlo. Desde que mi padre murió de un ataque al corazón a los cincuenta y cinco años, ella ha disfrutado de la vida y no ha tenido que ir con pies de plomo a cada momento.

Advierto un brillo de emoción en su mirada, así que le doy un toque cariñoso en el codo y cambio de tema abruptamente.

—No puedo creerme que llevemos más de una hora aquí parados —comento—. ¿Seguro que tu teléfono funciona?

Lo comprueba por enésima vez y asiente con la cabeza.

—Sí. Qué decepción. Pensaba que me llamaría.

Saco mi teléfono y llamo a Ryan, que se queda tan decepcionado como nosotros al saber que nos han dado plantón.

—No tengáis prisa en volver —me dice—. Quedaos un rato por la zona y picad algo por ahí. Si al final se pone en contacto, al menos estaréis cerca para responder.

Vamos a un restaurante que está al lado de la estación, situado en lo alto del histórico edificio del mercado. Nuestra mesa tiene vistas a la plaza de Covent Garden, y allí degustamos una comida ligera acompañada de una botella de vino blanco.

—Esto es mucho mejor que la cafetería del periódico —comenta Martin con una carcajada—. De hecho, casi parece que estemos teniendo una cita.

Yo me río también.

—Pues esperemos que Tracy no nos vea juntos y se lleve una idea equivocada.

—No temas por eso. Hoy está trabajando en Brighton como modelo y no volverá hasta esta noche.

—¿Y es celosa?

—Pues lo es desde que empezó a salir conmigo, aunque supongo que era de esperar.

Pongo los ojos en blanco y chasqueo la lengua, y él se ríe con más fuerza aún.

Últimamente hay muy pocas personas con las que pueda reírme charlando, pero Martin es una de ellas. En algunos aspectos, me recuerda a Callum y quizá por eso me siento tan cómoda en su compañía. Mi ex era muy abierto y tenía un gran sentido del humor. Y, al igual que Callum, Martin no tiene una opinión exagerada de sí mismo.

Pasar el rato esperando a que algo suceda constituye una parte importante del trabajo de periodista, pero no muy a menudo podemos hacerlo en un entorno tan agradable. Por esa razón, la siguiente hora pasa en un abrir y cerrar de ojos, y yo disfruto de la comida, de la bebida y de la conversación.

El teléfono de Martin continúa en silencio y, poco después de la una de la tarde, ambos llegamos a la conclusión de que nuestro hombre misterioso no va a llamar. Alguien que nos dio falsas esperanzas nos ha decepcionado, pero no es la primera vez que sucede ni será la última.

Decidimos terminarnos la botella de vino antes de llamar a Ryan para preguntarle qué quiere que hagamos a continuación. Pero, justo cuando Martin está rellenando las copas, me suena el teléfono y es precisamente nuestro jefe quien me llama.

—Todavía no hemos sabido nada de él —le digo antes de que pueda pronunciar palabra—. Y estamos a punto de terminar de…

—No creo que vayáis a saber de él —me interrumpe Ryan—. Acaba de llamar la policía. A primera hora de la mañana han encontrado el cuerpo de un hombre y se ha puesto en marcha una investigación. Pero, atención, la última llamada que hizo desde su móvil fue a Martin, ayer por la tarde. Así que es muy probable que sea nuestro soplón. Tenéis que volver directos a la oficina. Viene de camino un inspector para hablar con vosotros.

CAPÍTULO 15

Un sentimiento de ansiedad va creciendo en mi pecho conforme regresamos en taxi a la oficina. ¿Será posible que el hombre nos haya dado plantón porque ha sido asesinado?

Ya ha saltado la noticia de que se ha producido otro asesinato en Londres, y la historia circula por internet. Pero lo único que se sabe es que la víctima, cuyo nombre aún se desconoce, ha sido encontrada muerta por arma de fuego cerca de su casa en Peckham.

—Tiene que ser él —conjetura Martin—. Ayer por la tarde nadie más me llamó al móvil. ¿Crees que sus compañeros delincuentes se han enterado de lo que pretendía hacer y han tomado medidas para salvaguardar su ventaja dentro de la policía?

—Podría ser eso —admito, conteniendo un escalofrío—. Pero lo más probable es que sea una coincidencia.

—Pues menuda coincidencia tan siniestra —comenta Martin sacudiendo la cabeza.

Siento curiosidad por saber hasta dónde sabe la policía. ¿Habrán identificado al hombre? ¿Creerán que su asesinato ha sido premeditado o que fue atacado de camino a casa por una persona armada que merodeaba por allí?

Peckham es un barrio del sur de Londres que cuenta con uno de los mayores índices de delincuencia callejera de la capital. Se sabe que las bandas organizadas operan allí, así que es posible que el hombre fuera víctima de una guerra territorial entre rivales.

Hay bastante tráfico, de modo que tardamos más de media hora en llegar a London Bridge. Al entrar en nuestro edificio, un sentimiento de pánico se aloja como una piedra en mi estómago.

Subimos directos a la redacción, donde nos encontramos con Ryan, que sale por la puerta con dos vasos desechables de té o café.

—Justo acaba de llegar una pareja de agentes —nos informa—. Los he llevado a una sala de conferencias y he ido a buscarles algo de beber. No he hablado con ellos salvo para confirmar que la llamada que recibiste ayer, Martin, la hizo un individuo que no facilitó su nombre. Así que vamos a contarles lo que sabemos.

Segundos más tarde, entramos en la sala de conferencias y, en cuanto me fijo en los agentes de policía, me llevo otra sorpresa.

Tardo un par de segundos en reconocer a la inspectora Neena Patel y, al hacerlo, esta se queda con la boca abierta y se pone en pie de inmediato.

—La señorita Morgan, ¿verdad? ¿Gemma?

—Así es —asiento.

—Vaya, no esperaba encontrarte aquí.

—También para mí es una sorpresa —admito.

Apenas ha cambiado desde la última vez que la vi, hace tres años, salvo por su larga melena negra, que antes llevaba rizada y ahora va recogida en una coleta baja. Aún conserva la misma cara rellenita y esos gestos cálidos, con unos ojos oscuros de naturaleza penetrante.

—La inspectora Patel formó parte del equipo que investigó el asesinato de Callum —les aclaro a Ryan y a Martin—. Y me ayudó mucho a gestionar la situación.

—Ahora soy inspectora jefe —me informa Patel—. Y siento mucho que volvamos a encontrarnos en circunstancias tan desagradables.

Luego nos presenta a su compañero, el agente Dave Walsh, un hombre alto que aparenta treinta y muchos años. Va vestido con un elegante traje, camisa blanca y corbata azul marino.

—Aquí están sus cafés —anuncia Ryan depositando los vasos sobre la mesa.

—Gracias, señor Tapper —responde Patel, y con un gesto nos indica que tomemos asiento—. Intentaremos no robarles mucho tiempo. Pero, como imagino que comprenderán, se trata de un asunto muy serio y parece probable que puedan ayudarnos con nuestras investigaciones.

Volver a ver a la inspectora Patel me ha traído malos recuerdos, y me está costando controlar las vívidas imágenes que afloran en mi mente. Veo a Callum muerto en el parque, rodeado de agentes de policía. Me veo a mí teniendo que identificar oficialmente su cuerpo. Y la cara del hombre acusado de su asesinato.

Logro quitarme esas imágenes de la cabeza cuando Patel empieza a hablar de nuevo, pero me quedo con un amargo sabor de boca, como si algo me hubiera revuelto el estómago.

—Quiero empezar dejando claro que lo que hablemos aquí es confidencial —explica—. No pasa nada si publican el nombre de la víctima porque estamos a punto de hacerlo público. Pero, por favor, no publiquen nada más por el momento.

—Puedo asegurarle que nos ceñiremos a las normas —le dice Ryan.

—Me alegro, señor Tapper. Les recordaré por qué estamos aquí. El hombre al que han encontrado muerto esta mañana fue claramente asesinado anoche cuando regresaba a casa de un *pub*. Le habían disparado en el pecho y el abdomen y habían abandonado su cuerpo en la puerta de una tienda vacía. Lo descubrió un transeúnte que, al principio, pensó que era un indigente, pero después distinguió charcos de sangre. No creemos que el móvil del asesinato fuera el robo porque no le habían quitado la cartera ni el teléfono. Nos ha llevado un tiempo acceder al teléfono y es entonces cuando hemos descubierto que la última llamada que hizo fue ayer por la tarde al señor Keenan, aquí presente. El día anterior se realizó otra llamada a la centralita de este periódico. Así que queremos saber por qué los llamó.

Ryan explica que la primera llamada que se hizo a la centralita le fue redirigida a Martin.

—El individuo se negó a dar su nombre, pero dijo que tenía una historia para nosotros. Dejaré que Martin les explique justo lo que dijo.

Martin abre su libreta y lee de ella.

—Me dijo que trabajaba para una banda criminal radicada en Londres y afirmó que el inspector jefe Elias Cain, que sabemos que trabaja en la Unidad de Anticorrupción y Abuso, es un agente corrupto que proporciona información a la banda de manera habitual.

Ambos agentes se miran visiblemente sorprendidos.

Patel se aclara la garganta y dice:

—Por favor, continúe, señor Keenan. ¿Qué más le dijo?

—Me dijo que deseaba delatar a Cain por motivos personales y que estaba dispuesto a darnos un expediente con pruebas incriminatorias para poder publicar un reportaje —explica—. Le dije que, por supuesto, escucharíamos lo que tuviera que contarnos y acordamos que me llamaría al día siguiente, es decir, ayer, para concertar una cita. Durante esa segunda conversación, aseguró que la información que tenía para ofrecernos provocaría un escándalo si llegábamos a publicarla. Nos pidió que estuviéramos hoy a las once de la mañana frente a la estación de Covent Garden, entonces volvería a llamarnos para decirnos dónde nos encontraríamos. Gemma y yo hemos acudido al lugar indicado, pero no nos ha llamado ni ha aparecido. Y ahora sabemos por qué.

Se produce un largo y pronunciado silencio antes de que Ryan intervenga.

—Venga, inspectora. Díganos quién era ese hombre y si es posible que haya sido asesinado porque estaba a punto de convertirse en un soplón.

Patel deja escapar un largo suspiro y después se muerde el labio inferior durante unos segundos antes de responder.

—En primer lugar, déjenme aclarar que, a menudo, los delincuentes hacen falsas afirmaciones contra agentes de policía —explica—. Y no hay nada que sugiera que el inspector Cain no es un agente honesto y con principios.

—Así que el hombre que nos llamó era un delincuente —señalo.

Patel asiente.

—Se llamaba Larry Spooner y trabajaba para una banda criminal muy conocida de Londres que dirigen dos hermanos: Lee y Charlie Hagan. Seguramente hayan oído hablar de ellos.

Sus nombres despiertan en mi pecho un súbito azoramiento y le digo que sí con la cabeza.

—Creo que todos los periodistas de Londres conocen a esos tipos.

—Pero por lo menos yo no he oído hablar de Larry Spooner —comenta Ryan—. ¿Qué más se sabe de él?

—Salió de prisión hace nueve meses —explica Patel tras un breve titubeo—, después de cumplir cinco años por tráfico de drogas. —Hace una pausa y deja escapar un suspiro—. Y, como sé que lo van a investigar, será mejor que los informe de que fue el inspector Cain quien lo detuvo y se aseguró de lograr que lo condenaran.

CAPÍTULO 16

Se me abren los ojos como platos y dejo escapar el aliento emitiendo un leve silbido. La historia va creciendo por momentos.

—Debemos manejar esta información con mucho cuidado —explica la inspectora jefe Patel, rompiendo el silencio.

—Estoy de acuerdo —conviene Ryan—. Pero ¿cree que es posible que Larry Spooner decidiera vengarse del inspector Cain por encarcelarlo haciendo falsas acusaciones contra él?

—Eso es mera especulación, señor Tapper —responde Patel—. Y puede que no haya tenido nada que ver con su asesinato.

—Pero también es posible que la acusación de que Cain está comprado por una banda criminal no sea falsa —insiste Ryan—. Y que Spooner haya sido asesinado porque los Hagan han descubierto que se puso en contacto con nosotros con la intención de delatar a Cain.

Patel parece indecisa sobre cómo reaccionar, pero todos sabemos que no puede permitirse emitir un juicio de valor sobre un compañero policía, al que además bien podría conocer personalmente.

—Es evidente que no podemos descartar de antemano la acusación de Spooner y la abordaremos como una línea de investigación

—explica—. Mientras tanto, les pediría que se contengan y no revelen este dato sobre el caso.

—Pero es una noticia legítima, inspectora, y no puede esperar que la ignoremos —contesta Ryan—. Sin embargo, sí que acepto que tendríamos que ocultar el nombre del inspector Cain. Pero hay algo más que debemos tener en cuenta, y es que tal vez Spooner hubiera contactado con otros tabloides o cadenas de noticias. De ser así, es posible que ya tengan a gente investigándolo.

La respuesta de Ryan no parece sorprender a ninguno de los agentes. Se miran con resignación y Patel deja escapar un suspiro.

—Entiendo que no podemos impedirles que investiguen la historia, señor Tapper, pero no quiero que nos pongan las cosas más difíciles. En vista de lo que nos han contado, tendremos que hablar con el inspector Cain y también con los hermanos Hagan. Y no hay manera de saber lo que pasará entonces, sobre todo si se filtra la identidad del inspector Cain. Sin duda perjudicará su reputación, aunque sea totalmente inocente, que no dudo que lo sea.

—Pero no será la primera vez que su reputación se vea puesta en duda —intervengo—. Todavía hay quien está convencido de que tuvo algo que ver con la desaparición de su mujer.

Patel me mira con los ojos entornados.

—Ese es un asunto distinto por completo, Gemma, y tú misma sabes que no hubo pruebas que sugirieran que estuviera implicado en modo alguno. Pero cuando se sepa que queréis publicar otro reportaje sobre él, la noticia correrá como la pólvora y será juzgado una vez más por el tribunal de la opinión pública.

Me siento obligada a hacerle saber que ya hemos hecho averiguaciones respecto a Cain.

—Para su información, hemos hablado sobre él con algunos de nuestros contactos en la policía —la informo—. A fin de no levantar sospechas, les dijimos que estamos elaborando un reportaje sobre la desaparición de su esposa un año después.

El agente Walsh, el compañero de Patel, es el primero en responder.

—¿Significa eso que no mencionaron la llamada de Spooner y las acusaciones que hizo?

Asiento con la cabeza.

—A Martin y a mí nos ordenaron que no lo hiciéramos. Alegamos que buscábamos actualizar nuestra información sobre él, y descubrimos que goza del respeto de sus compañeros.

—También nos enteramos de que se trasladó de Delitos Graves a Anticorrupción hace unos meses —agrega Martin—. Eso era nuevo para nosotros.

Patel da un sorbo a su café y después asiente pensativa.

—Creo que de momento lo vamos a dejar aquí —declara mientras se guarda la libreta en el bolso—. Pero, por favor, tengan en cuenta que el asesinato del señor Spooner podría atraer mucha atención. Y, si publican lo que les contó, podría suponer un serio problema para nosotros. Les dejaré mi tarjeta, y les agradecería que me comunicaran qué tienen intención de publicar y cuándo. A cambio, yo me aseguraré de mantenerlos informados de cualquier avance que hagamos.

A mí me parece un trato justo. Un *quid pro quo* con la policía suele ser de utilidad con historias importantes y delicadas.

Y, zanjado ese asunto, Patel y Walsh se ponen en pie, nos agradecen nuestra ayuda y Ryan sale con ellos de la sala de conferencias y los acompaña hacia recepción.

Cuando regresa, hablamos los tres sobre lo que nos han contado y el jefe deja claro que debemos seguir con la historia.

—Esto se ha hecho más grande aún, de manera que pondré a más personas a trabajar en ello —nos informa—. Vamos a ver qué podemos averiguar sobre Larry Spooner y los Hagan. Y, Gemma, quiero que te centres en el inspector Cain. He decidido que sí que deberíamos publicar un reportaje en el aniversario de la desaparición de su mujer. No solo será del interés de nuestros lectores, sino que además te dará una razón para acercarte a él.

Me invade un escalofrío.

—¿En serio? ¿Quieres que hable con él?

—Desde luego —confirma—. La inspectora Patel no nos ha dicho que no lo hagamos y, ahora que vamos a publicar un reportaje sobre su esposa, lo justo es que contemos con él. Por supuesto, al mismo tiempo quiero que veas si puedes establecer una relación entre los hermanos Hagan y él.

A continuación admite que la tarea que acaba de encargarme no resultará sencilla.

Y no me queda más remedio que darle la razón. Para empezar, es improbable que Cain desee hablar conmigo o con cualquier otra persona del periódico. Y dudo que le haga gracia que resucitemos la historia de su esposa desaparecida.

Hace un año, aseguró no tener ni idea de adónde había ido, pero dijo estar convencido de que lo había abandonado debido a sus problemas matrimoniales derivados del rollo de una noche que tuvo con otra mujer. Pero los padres de ella no lo creyeron y le contaron a la policía que estaban convencidos de que la había asesinado y se había deshecho del cuerpo.

Recuerdo de nuevo lo que me dijo después de publicar la entrevista que les hice a sus suegros.

«Deberías ceñirte a los hechos, zorra de mierda. Y los hechos son que Pam hizo la maleta y me dejó por voluntad propia».

Me cuesta imaginar que se alegre de volver a saber de mí. Pero la idea de ponerme en contacto con él me ha provocado sentimientos encontrados. La periodista que llevo dentro disfruta con el desafío que esto supone. Y me emociona pensar en cómo reaccionará a las preguntas que le haga.

Pero, al mismo tiempo, me noto inquieta porque el instinto me dice que el inspector Elias Cain es un hombre con secretos, y eso podría significar que es impredecible e incluso peligroso.

CAPÍTULO 17

Pasamos el resto de la tarde en la redacción recopilando datos y viendo cómo debemos proceder.

Ryan ha asignado a dos reporteros más y a un investigador para que trabajen con Martin y conmigo.

Debo decidir cómo y cuándo abordar al inspector Cain. ¿Sigo los canales formales y trato de concertar una reunión con él? ¿Me presento en su casa o en su oficina y lo pongo en un apuro? Como alternativa, podría simplemente llamarlo al móvil.

Pero, antes de ponerme en contacto con Cain, tengo que hablar con Marion y Nigel Owen, los padres de su esposa. Ahora que Ryan ha decidido que el periódico debería reseñar el hecho de que su hija Pamela lleva un año desaparecida, tenemos que contar con ellos.

Aún conservo el número de Marion, pero cuando llamo no responde, así que le dejo un mensaje de voz informándola de lo que tenemos planeado hacer y pidiéndole que me devuelva la llamada.

Cuando cuelgo el teléfono, Martin llama mi atención sobre unos datos que ha recopilado el equipo.

Larry Spooner, de cuarenta y dos años, ya ha sido oficialmente identificado como el hombre encontrado muerto en una calle de

Peckham. Y se ha confirmado que tenía antecedentes delictivos y estaba vinculado al crimen organizado en la capital.

El periódico ha enviado a un reportero y a un fotógrafo a su casa de Peckham, así como a la escena del crimen. Hablarán con los vecinos y visitarán el *pub* donde se cree que pasó sus últimas horas. También tratarán de ponerse en contacto con familiares cercanos, si acaso los tenía.

—Tanto Lee como Charlie Hagan han cumplido condena y llevan años vigilados por la policía —me informa Martin—. Viven en Bermondsey y, según se rumorea, lideran una de las bandas más importantes y violentas de Londres. Se dedican al tráfico de drogas, de personas y de armas ilegales. Spooner estaba trabajando para ellos cuando fue detenido por Cain y enviado a prisión. Y, cuando salió, lo recibieron de nuevo en el grupo. Por el momento, no hemos encontrado nada que vincule a Cain con la banda.

Son casi las cinco cuando por fin decido contactar con Cain a través de una llamada directa a su teléfono móvil. No es algo que tenga ganas de hacer, y la inquietud que me invade me provoca un escalofrío. Estoy medio convencida de que no va a responder, de forma que cuando lo hace transcurridos solo un par de segundos me quedo desconcertada.

Pero mi sorpresa se convierte en estupor cuando dice:

—Vaya, vaya, pero si es la agitadora amarillista Gemma Morgan. Me alegra que me haya llamado, porque pensaba ponerme en contacto con usted para saber por qué cojones sus compañeros escritorzuelos y usted han estado llamando a gente para hacerles preguntas sobre mí.

Tengo que tragar saliva para aliviar el nudo que se me forma en la garganta antes de poder responder.

—¿Cómo sabía que era yo?

—Sin duda recordará que ya la llamé en una ocasión. Tengo su número guardado en el teléfono. Pero olvidémonos de eso. Dígame qué está pasando y por qué ha llamado a algunos de mis compañeros de la policía antes de llamarme a mí.

—Tenemos pensado publicar un reportaje sobre el primer aniversario de la desaparición de su esposa, señor Cain —le cuento—. Pero creíamos que sería sensato averiguar cómo estaba antes de ponernos en contacto con usted.

—¿Y espera que me lo crea? —me espeta—. A mí me suena a patraña y creo que lo está usando como excusa para volver a darme problemas.

Me encantaría decirle que estamos investigando la acusación de que es un policía corrupto, pero sé que no puedo. De modo que respondo:

—Es la verdad, señor Cain. Pensé que agradecería que llamásemos la atención sobre la desaparición de su esposa. Tal vez eso ayude a resolver el misterio.

—Ya se lo dije en una ocasión. No es ningún misterio. Hizo la maleta y me dejó.

—Pero, si fuera así, sin duda se habría puesto en contacto con sus padres.

Se produce una pausa larga e incómoda antes de que responda.

—Mire, en lo que a mí respecta, puede publicar su reportaje, pero no espere que coopere. Y le advierto que desataré toda mi ira sobre usted si en lo que escribe se insinúa que le hice algo a Pamela.

Cuelga de forma abrupta y entonces me da por pensar que es el segundo hombre que me amenaza en las últimas veinticuatro horas. Por supuesto, las palabras de Sean me resultaron más siniestras, pero aun así me quedo con un mal sabor de boca. Quiero creer que de verdad es un policía corrupto y que dentro de poco lo delataremos, aunque Larry Spooner haya muerto.

Le cuento al equipo lo que me ha dicho Cain y Ryan responde:

—No necesitamos su aportación para publicar una actualización sobre su vida. Hablaremos con sus suegros y con el inspector que estuvo al frente del caso. Y, al mismo tiempo, iremos a por todas con el asunto de la corrupción.

Me noto mentalmente agotada cuando salgo de la oficina a las seis, y albergo la esperanza de poder desconectar cuando llegue a casa. Me alegra no haber accedido a adelantar mi cita con John Jackman a esta misma noche. No estoy de humor para relacionarme, sobre todo con alguien a quien no conozco.

Ha sido uno de esos días en los que he tenido demasiadas cosas en las que pensar. Primero el drama de Alice y Sean. Después el descubrimiento de que el hombre del que esperábamos noticias había sido asesinado. Seguido de un encuentro con la inspectora que investigó el asesinato de Callum.

De camino a la estación, me suena el teléfono. Es Marion Owen, que me devuelve la llamada. Me dice que a su marido y a ella les está costando asimilar el hecho de que su adorada hija lleve un año desaparecida.

—Estaremos encantados de que nos entrevistes —me asegura—. Sabemos que eso no nos devolverá a Pamela, pero queremos asegurarnos de que todo el mundo la recuerde. Y, con suerte, presionará a la policía para que reabra la investigación y descubra la verdad sobre lo que le ocurrió.

Después me pregunta si también vamos a entrevistar a su yerno.

—Me temo que no —respondo—. Me ha dicho que no quiere saber nada al respecto.

—No me sorprende. Elias Cain quiere que el mundo se olvide

de la existencia de nuestra hija. Y se cuidará de no dar ninguna pista sobre el lugar donde escondió su cuerpo. Ojalá Pamela no se hubiera casado con él. Algunos hombres son monstruos, Gemma, y él es uno de ellos.

CAPÍTULO 18

Jackman

Son ahora las siete de la tarde y siente que le arden los ojos. Lleva ya dos horas aquí, sentado en su coche frente a la modesta vivienda adosada donde reside Gemma Morgan.

Se trata de una calle tranquila y mal iluminada, y hasta ahora nadie le ha prestado la más mínima atención. Han pasado por allí algunas personas, pero no han parecido reparar en su presencia retrepado tras el volante de su Hyundai Kona.

Gemma aún no ha aparecido, así que confía en que eso signifique que le ha dicho la verdad y se ha quedado trabajando hasta tarde. Pero sabe que tal vez no sea por eso. Puede que tenga una cita con otro tío y vaya directa desde la oficina al lugar donde hayan quedado.

No debería tardar en averiguarlo. Y entonces podrá relajarse o, una vez más, tendrá que esforzarse por contener esas emociones negativas que siempre le ha costado controlar; a saber, la rabia, los celos, la culpa, la frustración y el rechazo.

Han sido un tormento para él desde que era pequeño, razón por la cual les causó tantos sinsabores a sus padres. Nunca se tomaron medidas al respecto, de modo que ha tenido que cargar toda su vida con la responsabilidad de mantener esas emociones bajo control.

Y la mayor parte de las veces lo ha conseguido. Pero siempre están ahí, bajo la superficie, a la espera de algo que le haga sentirse enfadado o amenazado.

Tras la prematura muerte de Lia, se hizo mucho más difícil de gestionar y, con demasiada frecuencia, su reacción a los acontecimientos era totalmente desproporcionada. Sentado en su coche, se acuerda de uno de los peores episodios: la noche en la que decidió castigar a Amanda Dewsbury. Era una de las mujeres con las que salió a través de la aplicación. Era guapa, divertida y muy inteligente. Se quedó prendado de ella desde su primera cita en la cafetería. Pero, transcurridas seis semanas y cinco citas más, lo dejó.

Le dijo por teléfono que deseaba poner fin a su relación, pero negó haber conocido a otra persona.

—Es que ya no creo que seamos compatibles —le dijo.

Él se fue enfadando tanto a lo largo de las siguientes veinticuatro horas que decidió ir hasta su casa para ver si existía alguna manera de hacerla cambiar de opinión.

Al no encontrarla en casa, esperó en su coche por allí cerca, y poco antes de medianoche la vio regresar. Pero no iba sola. Iba de la mano de un hombre que entró con ella en casa.

Segundos más tarde, se encendieron las luces del dormitorio de la planta de arriba, donde él mismo había hecho el amor con Amanda en numerosas ocasiones. El corazón le dio un vuelco al ver correrse la cortina.

Pasó un minuto más hasta que la luz volvió a apagarse, y la idea de que estuvieran juntos en la cama fue como un puñetazo en la tripa.

Deseaba cruzar la calle, llamar al timbre y obligar a Amanda a abrir la puerta para poder enfrentarse a esa zorra mentirosa. Pero logró contener la tentación diciéndose a sí mismo que no merecía la pena.

En su lugar, decidió irse a casa a beber hasta quedarse dormido. Pero, justo cuando estaba a punto de arrancar, algo llamó su atención. Era Poppy, la adorada mascota de Amanda, que acababa de salir por la gatera situada en la puerta de entrada.

Al verla, se le ocurrió una idea, una forma de vengarse de la mujer que le había roto el corazón sin meterse en un lío.

Había visto varias veces a la gata, e incluso la había tenido en brazos, de manera que el animal no se asustó cuando se acercó a ella en el pequeño jardín delantero. La tomó en brazos tras asegurarse de que nadie le observaba y se la llevó al coche, donde la colocó en el asiento del copiloto.

La gata pasó la noche en el cobertizo de su jardín y, al día siguiente, la metió en una bolsa de basura y la apuñaló en el corazón con un cuchillo de cocina. Le resultó inmensamente satisfactorio e incluso le hizo sonreír. Después se llevó su cuerpo envuelto a un lugar aislado del cercano Brockwell Park, la tiró en la hierba y le hizo una foto.

De vuelta a casa, imprimió la foto y la borró de su teléfono. Una semana más tarde, se la envió a Amanda y solo lamentó no poder estar allí para ver su reacción cuando abriera el sobre.

El recuerdo de lo que hizo resurge en su cabeza con una claridad pasmosa. Debería haber sabido que sucedería eso si montaba guardia frente a la casa de Gemma.

Pero esta situación es totalmente distinta. No mantiene una relación con Gemma y aún no ha tenido la oportunidad de enamorarse de ella. Y, al contrario que Amanda, ella nunca le ha hecho creer que desee pasar el resto de su vida con él.

Pese a ello, se va poniendo más nervioso a cada minuto que pasa y ya siente el calor que le sube por el cuello y le invade las sienes.

Si al menos pudiera…

La idea se detiene de pronto en su mente al distinguir a una mujer que camina por la acera hacia él por el otro lado de la calle. Contiene la respiración hasta que la mujer se acerca lo suficiente para cerciorarse de que es ella.

Le invade un tremendo alivio al ver que lleva un bolso y un maletín. Eso basta para convencerlo de que viene directa de la oficina y le ha contado la verdad.

No mira en su dirección cuando se aproxima a la casa y, cuando se acerca a la puerta principal y entra, una sonrisa se dibuja en su rostro.

Se encienden las luces de arriba y las de abajo, y él sigue observando la vivienda dos horas más tarde, cuando por fin se apagan.

Gemma no ha vuelto a salir y no ha recibido ninguna visita. Pero, de igual forma, se queda por allí una hora más. Y cuando se aleja conduciendo a las diez de la noche, tiene más ganas que nunca de entablar una relación con la mujer que confía en que pueda darle un nuevo sentido a su vida.

CAPÍTULO 19

Gemma

El viernes por la mañana me levanto temprano después de pasar otra mala noche. Me costó relajarme porque no podía dejar de pensar en los acontecimientos del día anterior.

El descubrimiento de la muerte de Larry Spooner. La amenaza de Elias Cain. El reencuentro con la inspectora que investigó el asesinato de Callum. Era mucha información para asimilar, y sigue siéndolo. Además, cuando miro el móvil, veo un mensaje que me da otra cosa más en la que pensar.

«Espero que tengas un buen día, Gemma. Por mi parte, estoy deseando que llegue esta noche. Nos vemos a las siete. Besos».

Aún no he conocido a John Jackman en persona, pero me da la impresión de que cree que cumplo con todos sus requisitos. Ninguno de los hombres con los que he salido desde Callum se ha mostrado tan expresivo en sus mensajes antes de la primera cita. Hace que me pregunte qué dice eso de él. ¿Será una persona impaciente? ¿Creerá que eso ayudará a que me encariñe? ¿Será algo que hace con todas las mujeres con las que contacta por internet?

Siendo sincera, me genera un poco de rechazo, pero no me quita las ganas de acudir a la cita. Sigo queriendo conocerlo.

Siento que debo responderle, pero no sé qué decir, de manera que le envío tres emojis con los pulgares hacia arriba.

Tras recordarme que tenemos una cita esta noche, la idea se asienta en mi cabeza mientras me ducho, me visto y desayuno. Tengo que asegurarme de llegar a casa con tiempo y decidir qué voy a ponerme.

La vinoteca y restaurante que he escogido abrió hace solo unos meses y aún no he estado. Pero he pasado por delante a menudo y el local parece acogedor y elegante, sin resultar pretencioso. Y, por lo que he observado de los clientes, el código de vestimenta es informal y desenfadado.

Es la clase de sitio que sería perfecto para una primera cita, pero no lo escogí por eso. Cuando John y yo acordamos vernos, me pidió que eligiera el sitio, lo que me resultó sorprendente debido a que el resto de los hombres con los que he salido consideraron que era su deber encargarse del asunto. Me vino a la mente ese establecimiento porque está a solo diez minutos andando, de modo que no tardaré en volver a casa si la velada no va muy bien.

De camino al trabajo, echo un vistazo a las noticias y eso me permite dejar de pensar en esta noche. Ofrecen una amplia cobertura de los asesinatos de Larry Spooner y de la enfermera Gillian Ramsay.

La policía ha publicado una fotografía de Spooner y ha pedido la colaboración de cualquier testigo. Tenía el rostro del villano clásico. Cabeza afeitada y una desagradable cicatriz en la mejilla izquierda.

También hay fotos del lugar donde fue asesinado y del *pub* donde se tomó su última pinta. La policía ha establecido que salió del *pub* cuando este cerró e iba un poco borracho cuando se marchó a casa. Según parece, nadie oyó los disparos y se cree que el asesino podría haber empleado una pistola con silenciador.

Se citan fuentes anónimas que aseguran que era bien sabido que trabajaba para una conocida banda criminal, pero no hay mención a los hermanos Hagan ni al inspector Elias Cain.

El hombre detenido en relación con la violación y asesinato de la enfermera Ramsay en Richmond Park ya ha sido identificado y acusado de asesinato. Y el prometido de la víctima ha emitido una declaración en la que dice que se trataba de una mujer maravillosa y que su muerte le ha dejado destrozado.

Esto no hace sino recordarme lo peligroso que se ha vuelto Londres, en especial para las mujeres. E inevitablemente desencadena en mí un escalofrío de inquietud, porque esta misma noche voy a quedar con un completo desconocido. Un hombre al que nunca he visto y del que apenas sé algo.

Llego a la oficina quince minutos antes de que dé comienzo la reunión editorial. Eso significa que me da tiempo a ir a por un café y revisar el correo antes de reunirme con el resto del equipo.

El viernes siempre es un día ajetreado porque se acercan las fechas de entrega para la próxima edición y el periódico empieza a tomar forma.

Ryan empieza confirmando que, salvo que surja otra noticia importante, la primera página irá encabezada por nuestra exclusiva sobre el asesinato de Larry Spooner.

—Publicaremos que nos llamó poco antes de ser tiroteado y aseguró que deseaba delatar a un inspector corrupto de la Policía Metropolitana —declara—. No mencionaremos el nombre del inspector Cain, desde luego, pero dejaremos claro que la acusación tiene que ver con un agente de la Unidad de Anticorrupción y Abuso.

Mi labor consiste en escribir un artículo para la página interior en el que se conmemore el primer aniversario de la desaparición de Pamela Cain. Es un encargo directo que implica hablar con diferentes personas y repasar la cobertura que dimos al asunto en su momento.

Me aseguraré de que toda la información que incluya sea precisa y espero que el artículo no vuelva a contrariar al inspector Cain.

—Pero no olvides que el verdadero objetivo de la publicación del reportaje es ofrecernos una razón para recabar toda la información que podamos sobre su marido —me recuerda Ryan.

—No me supone ningún problema —respondo, sonriente—. En todo caso, hace que el encargo me resulte más interesante.

Me pongo a trabajar nada más terminar la reunión y lo primero que hago es llamar al inspector que investigó la desaparición. No tiene ninguna actualización que poder ofrecerme, pero sí que insiste en que sigue sin haber pruebas que sugieran que el inspector Cain tuvo algo que ver.

Vuelvo a hablar con la madre de Pamela, quien aporta algunas citas conmovedoras, y le pido a un fotógrafo que vaya a visitarlos a su marido y a ella. Lo que escriba se centrará en lo difícil que ha sido para ellos este último año sin saber qué le sucedió a su hija.

No obstante, no hago ningún avance con respecto al inspector Cain, y el resto del equipo tampoco. Lo único que nos dicen es que es un policía honesto y trabajador, algo que sospechamos que es mentira.

Solo tenemos hasta mañana para prepararlo todo de cara al domingo, pero estamos todos acostumbrados a la presión.

Me pongo en contacto con Martin un par de veces y advierto que está más apagado de lo normal. Luce una expresión sombría y distante, cosa que no es propia de él.

—¿Estás bien? —le pregunto en un momento dado—. No sueles estar tan callado.

—Sí, estoy bien —responde encogiéndose de hombros—. Es que he empezado el día con mal pie porque he tenido una pelea absurda con Tracy. Pero ya está todo arreglado y no sé por qué te lo he contado.

—Se te habrá escapado —le digo dándole una palmada en el brazo—. Pero no te preocupes, no pienso preguntarte si quieres hablar de ello.

—Eres una gema, Gemma. —Sonríe—. Y, créeme, te aburriría.

No estoy segura de eso, y me pregunto si lo que ha ocurrido entre ellos será tan solo una disputa doméstica sin importancia o si habrá problemas en el paraíso.

Pero no es algo en lo que pueda pararme a pensar ahora, así que me centro en el trabajo que tengo entre manos. Estoy decidida a avanzar todo lo que pueda porque quiero salir antes de lo normal para que me dé tiempo a arreglarme antes de mi cita con John Jackman.

Dudo mucho que esta noche me acueste tarde, de modo que mañana me levantaré temprano para terminar el artículo sobre el aniversario y ayudaré a elaborar la exclusiva de la portada sobre Larry Spooner.

Paso la tarde haciendo llamadas, hablando con mis compañeros y revisando archivos. Ryan no pone objeción a que me marche a las cuatro y, en cuanto salgo de la oficina, empiezo a pensar en lo que voy a ponerme esta noche.

También comienzo a notar que mi emoción va en aumento.

CAPÍTULO 20

Cuando llego a casa, poco antes de las cinco, me doy cuenta de que el pánico se ha apoderado de mí. Son los nervios típicos previos a una cita.

Dentro de dos horas tendré que estar en el restaurante, lo cual no me deja mucho tiempo para ducharme, vestirme y maquillarme.

Tengo ganas de conocer a John Jackman y confío en que nos caigamos bien. Pero me gustaría que el proceso de iniciar una nueva relación no resultase tan estresante. Con Callum fue fácil porque nos conocimos en una fiesta y, de inmediato, nos sentimos atraídos el uno por el otro. Fue un encuentro a la antigua, sin aplicaciones, intercambio de mensajes ni las expectativas habituales previas al primer e incómodo cara a cara.

No me ayuda el hecho de que, en el fondo, siga teniendo mis reservas respecto a iniciar otra relación. La verdad es que me siento preparada después de tres años sin Callum, pero eso no logra acallar la voz insidiosa que me plantea sin cesar la duda de si estaré emocional y mentalmente preparada.

No lo sabré con certeza, como es lógico, hasta que no me atreva a dar el paso, que es lo que he estado intentando hacer los últimos cinco meses. John Jackman es el décimo hombre con el que salgo y, pese a que las señales son positivas, no pienso echar las campanas al vuelo. Eso sería un error.

No quiero arreglarme demasiado para la ocasión, de modo que opto por unos pantalones negros y una elegante blusa de manga larga con un lazo en el escote. Y le dedico bastante tiempo al maquillaje para asegurarme de estar impecable.

Al final quedo satisfecha con mi aspecto y me siento glamurosa, atractiva y segura de mí misma. Tras ponerme el abrigo, agarro el bolso y me dirijo al restaurante con un nudo de emoción en el estómago.

Lo reconozco nada más entrar en el restaurante y me supone un gran alivio comprobar que John Jackman no me ha engañado en la aplicación de citas usando fotos falsas. Está sentado a la mesa que he reservado y, cuando me ve, dibuja una sonrisa y se pone en pie.

Se me acelera el pulso al acercarme y siento el cosquilleo inicial de la atracción. Es alto y atlético, ancho de hombros y con la cintura estrecha. Viste una camisa azul claro metida por dentro de los pantalones oscuros, luce un porte erguido y seguro de sí mismo. También es indudablemente guapo, con unos pómulos marcados, una mandíbula bien definida y unos ojos grandes e inteligentes.

—Por fin nos conocemos —me dice cuando llego a la mesa.

Doy por hecho que solo vamos a estrecharnos la mano, pero se inclina hacia delante para darme un beso en la mejilla y sus labios casi rozan los míos, lo cual me resulta demasiado atrevido por su parte.

Detecto el olor de su *aftershave* y percibo algunas canas que salpican su cabello oscuro y ondulado.

—Estás estupenda, Gemma —me dice con voz fuerte y

decidida—. Desde que nos conocimos *online* hace dos semanas, he estado rezando para que llegara este momento.

Me resulta un tanto extraño que diga algo así nada más conocernos, y tardo un par de segundos en elaborar una respuesta que suena algo forzada y no del todo auténtica.

—A mí me parece que llevamos hablando mucho más tiempo —comento.

—Sé a lo que te refieres —responde con gesto afirmativo—. Por favor, toma asiento y dime qué te apetece beber.

—Podemos compartir una botella de vino.

—Perfecto. ¿Tinto o blanco?

—Prefiero blanco.

—Yo también. Y estoy seguro de que, antes de que termine la velada, descubriremos que tenemos mucho más en común.

Pese a un comienzo algo incómodo, enseguida la cita se vuelve fácil y relajada. Hablamos de nuestros respectivos trabajos y de nuestras familias mientras degustamos una selección de pan, aceitunas y una ración de patatas fritas.

John posee un rostro expresivo y sus ojos sostienen mi mirada mientras comemos y bebemos. Abordamos muchos de los temas que ya hemos tratado en nuestros mensajes y durante la llamada telefónica, pero la verdad es que ayuda a que la cosa fluya. Y me alegra que no se limite a hablar de sí mismo, como sucedía con casi todas mis citas anteriores. Pero sí que hace muchas preguntas sobre mí y, de nuevo, me siento un poco incómoda.

Inevitablemente, llegamos al tema de nuestras relaciones anteriores y le cuento lo de mi entrevista con *Capital Crime*.

—Debe de haber sido muy difícil —comenta.

—No fue fácil —admito encogiéndome de hombros—, pero me alegra haberlo hecho.

Percibo entonces la emoción en su rostro cuando me cuenta que mañana hará seis años desde que su novia Lia fue atropellada por un coche que se subió a la acera.

—No puedo creerme que haya pasado tanto tiempo —me dice—. Tardé mucho en superarlo y encontrar la fuerza para seguir adelante.

Sé cómo se siente porque he pasado por lo mismo, y el hecho de que siga pensando en ella seis años después le hace ganarse mi simpatía.

Decidimos no recrearnos en el tema de nuestros ex y pasamos a hablar de lo que nos gusta y lo que no nos gusta, así como qué lugares del mundo hemos visitado.

A las nueve y media hemos terminado de cenar y nos hemos ventilado dos botellas de vino, y yo estoy lista para irme a casa.

—Me temo que tengo que trabajar mañana —le digo—. Pero gracias por una velada tan agradable.

—Yo también lo he pasado de maravilla —responde—. ¿Querrías volver a verme?

Ya he decidido que merece la pena tener una segunda cita, de modo que respondo con una sonrisa y un gesto afirmativo de la cabeza.

—Por supuesto. ¿Cuándo te viene…?

—¿Mañana por la noche? Podríamos cenar otra vez, o quizá tomar solo una copa.

Sacudo instintivamente la cabeza.

—Mañana no me viene bien, John. Es muy probable que tenga que quedarme en la oficina hasta tarde ayudando a cerrar la edición del periódico.

Advierto un rictus de decepción en su rostro.

—Pues podemos comer el domingo. Di tú la hora y el sitio y allí estaré.

Estoy tentada de decirle que no porque me parece demasiado pronto, y porque me incomoda un poco el hecho de que quiera que vuelva a organizarlo yo. Pero, al mismo tiempo, me doy cuenta de que no deseo decepcionarlo.

—Estaría bien —respondo—. Déjame pensar el sitio y ya te lo diré.

Entonces saco la cartera del bolso porque doy por hecho que vamos a pagar a medias.

—Guárdala, Gemma —me dice—. Invito yo.

—Pero…

—Nada de peros. Insisto.

—Bueno, es muy amable por tu parte. Gracias. La comida del domingo es mía.

Paga la cuenta y salimos del bar después de que se pida un taxi para él. Ya le he dicho que tengo pensado volver sola a casa.

—¿Estás segura de que no quieres que el taxi te deje en casa de camino? —me ofrece—. No me gusta la idea de que vuelvas caminando sola a casa a estas horas.

—Estoy segurísima, John. Vivo cerca de aquí y las calles están llenas de gente.

—Pues cuídate, Gemma —me dice cuando su taxi se detiene junto al bordillo—. Y nos vemos el domingo.

Nos damos dos besos en las mejillas antes de que se monte en el taxi y le veo alejarse antes de poner rumbo a mi casa. Me alegra que haya resultado ser una primera cita bastante agradable. Al menos John Jackman no ha supuesto una tremenda decepción. Cierto, tampoco es que me haya vuelto loca, pero sí me ha causado una buena impresión y quién sabe cómo me sentiré después de nuestra comida del domingo.

CAPÍTULO 21

Jackman

No puede dejar de sonreír mientras el taxi se dirige hacia Brixton. Su primera cita con Gemma Morgan ha ido mucho mejor de lo que podría haber imaginado.

Nota un calor en el pecho y no le avergüenza admitir que está colado por ella. Esa sonrisa sexi, su piel inmaculada, sus labios brillantes, que parecen fruncidos de un modo natural. Cierra los ojos y se imagina besándola mientras acaricia su cuerpo desnudo.

No le cabe duda de que ha jugado bien sus cartas y la ha dejado encandilada. La química entre ambos era más que palpable y está claro que Gemma se lo ha pasado bien. Está seguro de que solo harán falta unas pocas citas más para convencerla de que desea pasar el resto de su vida con él.

Está claro que le decepciona un poco que no haya dado saltos de alegría ante la posibilidad de volver a verlo mañana, pero no puede evitar tener que trabajar, y con suerte, tras la comida del domingo, podrá persuadirla para pasar con él el resto del día, o incluso la noche.

Ha contado algunas mentiras, por supuesto, pero elige ignorarlas. Tras haber conocido a Gemma, está más decidido que nunca a

109

ganarse su cariño y eso significa que tendrá que neutralizar cualquier pensamiento negativo. Ahora ya sabe con certeza que, con ella a su lado, se convertirá en una mejor persona. Una persona más sincera. La persona que sería si Lia no hubiera muerto.

Ya se los imagina viviendo juntos, casándose, teniendo hijos. Gemma es la respuesta a sus oraciones, la única persona que podrá ayudarlo a enmendar los errores de su pasado. Conocerla en persona le ha hecho creer que el destino los ha unido por una razón. Y no tiene ninguna intención de dejarla escapar.

Hasta que no está a medio camino de su casa, no recuerda que había apagado el móvil antes de entrar a la vinoteca. No quería tener que responder llamadas o mensajes estando con Gemma.

Ahora, al encenderlo, se alegra de haberlo hecho. Tiene tres llamadas perdidas de Simone, además de un mensaje de voz que le enfurece.

«Me dijiste que esta noche trabajarías desde casa. Me he pasado para hacerte compañía. ¿Dónde coño estás?».

No es la primera vez que ha utilizado como excusa el teletrabajo para evitar quedar con ella. Pero sí es la primera vez que se presenta en su casa a pesar de ello.

Sabe que no confía en él y, hasta ahora, eso no le importaba. Pero esta vez ha sobrepasado el límite, y el tono y el desprecio de su mensaje hacen que le hierva la sangre. ¿Quién cojones se cree que es?

No le queda mucho para llegar a casa, así que no tiene intención de llamarla. En vez de eso, se pone a pensar en lo que va a hacer al respecto, y no tarda en decidir que ha llegado el momento de dejarla. En cualquier caso, tiene sentido, ahora que está saliendo con Gemma.

Una Simone desconfiada y desequilibrada supondría una seria amenaza para su nueva y más importante relación, y no está dispuesto a permitir que eso suceda.

Simone ha cumplido su finalidad y él se lo ha pasado bien. Pero no existe una conexión real. Para él, no ha sido más que sexo, y no es culpa suya que ella se haya convencido a sí misma de que se trataba de algo más que eso.

Debe de haberlo oído bajarse del taxi, porque, según se aproxima a la puerta, esta se abre y allí está Simone, totalmente vestida y con cara de pocos amigos.

—No pareces sorprendido de verme, John —le dice, y él detecta en su aliento el olor a alcohol—. ¿Significa eso que por fin has encendido el teléfono y has escuchado mi mensaje?

Se queda mirándolo con frialdad y él experimenta un torrente de rabia.

Responde con un resoplido despectivo antes de apartarla de un empujón y entrar en casa.

Con eso parece bajarle los humos y, mientras atraviesa el recibidor en dirección al salón, oye que le dice:

—Me mentiste al decir que tenías que trabajar esta noche, ¿verdad? ¿Es porque me estás poniendo los cuernos y no me quieres? ¿Es eso?

Son las mismas acusaciones de siempre que, hasta ahora, él ha negado o evitado. Pero se acabó. La sexi Simone ha alcanzado su fecha de caducidad. Él por fin ha encontrado un modelo más nuevo y apropiado y ahora podrá olvidarse de ella, como hizo con todas las demás que le proporcionaron una satisfacción pasajera.

Al entrar en el salón, ve que sobre la mesa del café hay una botella de vino medio vacía y, junto a ella, una copa a medias.

Segundos más tarde, Simone entra corriendo tras él, con el aliento entrecortado.

Él se queda de pie de espaldas a la televisión colgada en la pared, con el cuerpo rígido como una tabla y los puños apretados en los costados.

Ella se detiene abruptamente y dice:

—¿Y bien? ¿No vas a decirme que estoy equivocada? ¿O admitir que se acabó el juego? Quiero la verdad, John. No puedo seguir así.

La escucha con irritación creciente hasta que estalla de ira, se lanza hacia ella, la agarra por los brazos y tira de ella hacia él.

Simone deja escapar un grito breve y entrecortado y él percibe el miedo en sus ojos.

—Escúchame, borracha patética —le gruñe—. No tengo por qué darte explicaciones, así que no pienso hacerlo. No soy tu puto marido y nunca lo seré. Lo que sea que hubiera entre nosotros se ha terminado. Has ido demasiado lejos y estoy harto.

—No puedo creérmelo —responde ella sacudiendo la cabeza—. Soy yo la que debería ponerle fin.

Él le suelta los brazos y le da un empujón.

—Vete de aquí, Simone, antes de que las cosas se pongan feas. Y no vuelvas nunca. Si lo haces, haré que desees no haber nacido.

Simone levanta la barbilla y le enseña los dientes.

—Siempre sospeché que tenías un lado oscuro, John Jackman. Y ahora sé que es cierto. Eres un cabrón asqueroso y siento pena por la próxima mujer que caiga en tu trampa.

Él nota el calor en el pecho y está tentado de darle un puñetazo en la cara como hizo con la última mujer que lo acusó de esa forma. Pero se contiene porque lo último que necesita es que lo detengan, lo cual echaría a perder cualquier esperanza de pasar al siguiente nivel con Gemma.

El abrigo y el bolso de Simone están tirados en el sofá. Tras recogerlos, le dirige una mirada de desprecio y dice:

—La llave de tu casa está sobre la mesa de la entrada. Si yo fuera tú, no volvería a esconderla debajo de la maceta de fuera. Si lo haces, puede que me vea tentada de entrar cuando no estás y provocar un puto incendio.

Se gira sobre sus talones y sale de la habitación hecha una fiera. Cuando él oye cerrarse la puerta de entrada, cierra los ojos y exhala lentamente, tratando de relajarse.

Cinco minutos más tarde, le envía un mensaje a Gemma.

«Por favor, dime si has llegado bien a casa. Y gracias de nuevo por hacer que nuestra primera cita fuera memorable. Besos».

Le responde casi de inmediato.

«He llegado a casa y estoy a punto de meterme en la cama. Que duermas bien, John, y ya te diré lo del domingo».

Sus palabras le provocan una sonrisa y le convencen de que la acalorada partida de Simone no podría haberse producido en mejor momento. Ahora puede pasar al siguiente capítulo de su vida y construir una relación con una mujer con la que de verdad desea estar.

CAPÍTULO 22

Gemma

Me despierto a las seis de la mañana del sábado tras una noche inquieta. Tenía demasiadas cosas en la cabeza. El trabajo. El futuro. Alice. Y el último hombre que ha entrado en mi vida. Sigo dándoles vueltas a los mismos pensamientos y preocupaciones.

Por suerte, no tendré que recrearme en ellos porque trabajar para un periódico dominical supone no tener los sábados libres. Y hoy pasarán muchas cosas que me tendrán ocupada y distraída.

Miro el teléfono antes de meterme en la ducha y me encuentro con otro mensaje de John Jackman enviado hace apenas una hora.

«Buenos días, preciosa. Espero que hayas pasado buena noche. Disfruta del día y no trabajes demasiado. Si te apetece charlar, dame un toque a cualquier hora. Ya te echo de menos. Besos».

De nuevo me da la impresión de que se está tomando demasiadas confianzas demasiado pronto. Tal vez mi reacción sería distinta si ya sintiese una fuerte conexión entre ambos, pero no es así. Para mí, la cita estuvo bien, pero no fue increíble. La parte positiva es que cumple muchos de los requisitos. Además, tiene buenos modales en la mesa. No se puso a hablar de política y tampoco miró el teléfono ni una sola vez.

Pero no sentí una chispa de electricidad.

El problema para él y para el resto de los hombres con los que he salido es que resulta difícil estar a la altura de Callum. Desde el momento en el que empezamos a hablar en la fiesta, supe que, si seguíamos juntos, me haría feliz. Instintivamente noté que éramos adecuados el uno para el otro.

Al terminar nuestra primera cita, deseaba que me abrazara, me besara e incluso me llevara a la cama. Con John fue diferente. Pese a que, sin duda, es atractivo, hasta ahora no me excita la idea de acostarme con él.

Respondo de la misma manera en que ya lo hice antes, con tres emojis de pulgares hacia arriba, y confío en que con eso le quede claro que todavía no estoy lista para ponerme cariñosa y acaramelada.

Después, me ducho y me visto antes de prepararme un café y una tostada.

Cuando salgo de casa a las siete, aún es de noche y el aire es frío. El trayecto al trabajo transcurre sin incidencias y llego justo antes de que Ryan dé comienzo a la reunión matutina. Tiene un par de actualizaciones que hacernos.

—He hablado con la inspectora jefe Patel y me ha dicho que se ha llevado a cabo un registro exhaustivo del hogar de Spooner, pero no se ha encontrado expediente de ninguna clase —explica—. También ha confirmado que han preguntado al inspector Cain por las acusaciones del hombre en cuestión y las ha negado categóricamente. De momento sigue de servicio y aún no hay pruebas que respalden lo que Spooner le dijo a Martin.

—¿Crees que es cierto? —le pregunto.

—Supongo. A no ser, claro, que se trate del comienzo de una cortina de humo.

—No me sorprendería —comento—, dado todo lo que sucede dentro de la Policía Metropolitana.

A continuación, el equipo comienza a reunir lo que tenemos mientras yo me pongo a escribir el artículo sobre la desaparición de Pamela Cain un año atrás.

Como de costumbre, el día previo a la publicación, las cosas avanzan a un ritmo frenético, pero eso no me impide darme cuenta de lo alicaído que sigue estando Martin.

—¿Estaría en lo cierto si diera por hecho que tu dama y tú todavía tenéis problemas? —le pregunto cuando tenemos un momento a solas.

—No sabía que fueras tan entrometida —responde, y por su expresión me doy cuenta de que me está tomando el pelo.

—Eres más que un compañero, Martin —le digo encogiéndome de hombros—. Eres un amigo. Y no me gusta cuando no estás alegre como de costumbre.

—Bueno, vale. —Sonríe—. Te lo diré, pero no quiero que se convierta en tema de cotilleo.

—Lo que me cuentes no saldrá de mi boca —le aseguro.

Toma aliento y me dice:

—El caso es que ambos nos estamos dando cuenta de que no nos va tan bien como debería. Anoche hablamos largo y tendido sobre el tema y hemos acordado esforzarnos más. Pero es difícil porque, con demasiada frecuencia, parece que no buscamos lo mismo.

—Siento oír eso, pero estoy segura de que lo solucionaréis —le digo, y responde encogiéndose de hombros.

—Basta de hablar de mí —zanja—. ¿Qué tal fue tu cita anoche?

—Fue bien —admito—. Parece un tipo majo y vamos a volver a quedar mañana para comer.

—Suena prometedor.

—Ya veremos. Me da la impresión de que él tiene más ganas que yo, pero podría ser porque yo tenía demasiadas expectativas. Por eso me pareció que sería justo acceder a tener una segunda cita.

—Tiene mucho sentido —conviene Martin—. Buena suerte.

La conversación se ve interrumpida cuando Ryan nos convoca a todos a una reunión vespertina. Quiere saber qué avances hemos hecho y nos da una idea del aspecto que tendrá el periódico.

La noticia de Spooner saldrá en portada y mi artículo sobre la desaparición de Pamela Cain irá en la página tres. El resto del periódico incluirá noticias aciagas sobre las crecientes listas de espera hospitalarias, la subida del precio de la vivienda, la quiebra de los negocios y las peleas entre políticos. Es todo muy deprimente, pero también la clase de información que nuestros lectores acogen con entusiasmo y de la que no se cansan.

A las cinco, está ya todo listo. Los artículos y reportajes están escritos, corregidos y maquetados. Pero, hasta que comiencen a funcionar las rotativas, habrá margen para incluir alguna noticia de última hora.

Parte del equipo va a salir a tomar algo después del trabajo, como de costumbre, y tengo planeado ir con ellos. Pero, pocos minutos antes de salir, me suena el teléfono y estoy tentada de no responder hasta que veo que es Alice quien me llama y temo que se trate de una emergencia.

Comienza con otra disculpa por lo que me hizo Sean la otra noche y después me pregunta si es posible que nos veamos.

—En teoría tengo que trabajar hasta tarde, pero acaban de decirme que puedo salir temprano —explica.

—¿Y qué pasa con Sean? —le pregunto—. ¿Dónde está?

—Pronto volverá a casa del fútbol y no me espera hasta las ocho. Pero, oye, si prefieres que no nos veamos por lo que te dijo, lo entiendo. Es que no quiero perderte como amiga y, si pudiera verte y explicártelo, pues…

—Claro, puedo quedar contigo —la interrumpo—. Por suerte, yo también estoy a punto de terminar. ¿Dónde quieres que nos veamos?

—¿Te parece bien nuestra cafetería favorita? Abre hasta tarde. Puedo estar allí en menos de una hora.

—Yo también. Allí nos vemos.

CAPÍTULO 23

Tengo mis reparos sobre quedar con Alice a espaldas de Sean. Si este lo descubre, temo que pueda hacerle daño. Pero de ninguna manera pensaba dejarla tirada. Es mi mejor amiga y está pasando por un momento terrible, así que debo estar a su lado, incluso si eso desata la ira de su marido.

No estoy dispuesta a permitir que ese animal se interponga entre nosotras si Alice no quiere. Soy consciente de que, al ignorar su advertencia de mantenerme alejada de ella, podría empeorar la situación entre ambos, pero darle la espalda a mi amiga no es una opción. Ahora me necesita a su lado más que nunca.

Vuelvo a pensar en el momento en que Sean se presentó en casa y, al recordar lo que me dijo, se me acelera un poco el corazón.

«Le he dicho a Alice que no quiero que vuelva a quedar contigo. Así que no te acerques a ella. No vengas a casa ni la llames. Y ni se te ocurra pensar que no habrá consecuencias si lo haces».

¿Sería una amenaza vacía? ¿O será capaz de cometer alguna imprudencia? Sé que es un hombre con un temperamento fuerte y sospecho que hay momentos en los que es incapaz de controlarse. Pero ¿significa eso que llegaría a recurrir a la violencia física? El instinto me dice que sí, y me da miedo pensar en lo que podría hacerle a Alice si de verdad perdiese los nervios. Me preocupo mucho por ella y sé que su situación es difícil. Está casada con él y debe poner sus propios límites. Y no debe de ser fácil verse atrapada en una relación coactiva y tener que andar con pies de plomo a todas horas.

Entiendo perfectamente por qué no desea formar una familia con él, pero al mismo tiempo creo que tiene que aceptar que Sean no va a cambiar. Los hombres como él no suelen hacerlo. Siguen sometiendo a sus mujeres a diversas formas de abuso físico y mental.

Ojalá pudiera hacer algo más aparte de animarla a que ponga fin a su relación. Pero eso en sí mismo podría suponer un riesgo para ella, pues las estadísticas demuestran que muchas mujeres son asesinadas por sus exparejas poco después de terminar la relación.

En estos momentos me parece una situación sin salida, pero estoy dispuesta a apoyar a Alice pase lo que pase.

La cafetería se encuentra en una calle tranquila entre Balham y Tooting, y podemos ir andando desde nuestros respectivos hogares. Cuando llego, hay allí media docena de clientes y Alice ya me está esperando.

Al acercarme a la mesa junto a la cristalera, se pone en pie y me da un abrazo.

—Me alegro mucho de verte, Gem —me dice—. Gracias por venir.

—Menos mal que me has llamado —respondo—. Me preocupaba no volver a verte nunca.

Doy un paso atrás y me dedica una sonrisa tensa y poco convincente.

—Ya he pedido los cafés americanos de siempre y Helen me ha dicho que nos los traería cuando llegaras.

Cuando nos sentamos, advierto sus ojos hinchados, su melena revuelta y el maquillaje corrido, y se me encoge el corazón.

—¿Doy por hecho que estamos viéndonos en secreto y que Sean no lo sabe? —le pregunto.

Un gesto de culpabilidad invade su rostro y entonces empieza a hablar, pero se detiene cuando llega Helen con los cafés.

—Me alegra volver a veros —anuncia—. Hacía tiempo. Disfrutad.

Cuando Helen se aleja, Alice levanta su taza y da un sorbo al café. Lleva el jersey remangado y alcanzo a ver dos hematomas oscuros en su brazo derecho. Me provocan un sentimiento de alarma y los señalo con el dedo mientras las palabras me salen de la boca sin darme cuenta.

—Dios mío, Alice. ¿Te lo ha hecho él?

Tarda un segundo en darse cuenta de a qué me refiero, y entonces sacude la cabeza con vehemencia y vuelve a dejar la taza sobre la mesa.

—Desde luego que no —asegura, y me resulta evidente que está mintiendo—. Me golpeé contra… una puerta en el trabajo.

—Corta el rollo, Alice —le digo poniendo los ojos en blanco—. No soy idiota. He visto antes hematomas así.

Emite un suspiro y empieza a parpadear a gran velocidad.

—De acuerdo, sí que me agarró, pero fue culpa mía porque le estaba gritando. No pretendía hacerme daño y se disculpó al ver lo que había hecho.

Enarco una ceja con expresión escéptica.

—No puedes restarle importancia, Alice. La última vez que hablamos, me dijiste que las cosas iban realmente mal y, desde entonces, está claro que han ido a peor. Vino a mi casa para amenazarme

121

y se ha puesto agresivo contigo. Si no se toman medidas, solo Dios sabe cómo acabará esto.

—Pero no lo estoy ignorando, Gem, y él tampoco —responde—. Por eso deseaba verte. Para explicártelo.

—¿Explicarme qué?

—Que vamos a hacer todo lo que podamos para arreglar las cosas entre nosotros y deseo que tengas paciencia conmigo hasta que esté resuelto. Hemos tenido una conversación larga y constructiva, y ahora entiendo que, en parte, se ha convertido en el hombre que es porque yo le he hecho sentir inseguro.

Me quedo de piedra.

—¿Hablas en serio? ¿Eso es lo que te ha dicho?

—Sí, hablo en serio. Tiene sentido. Ahora acepto que no he sido una esposa particularmente buena. Y, cuando le dije que no quería intentar tener un bebé, le hice mucho daño. Después empeoré las cosas al decirle que había hablado contigo del tema. Se sintió traicionado y, por eso, reaccionó de manera exagerada. Pero me ha reconocido que fue un error por su parte y ahora deseo que pasemos página. Por el bien de todos.

No puedo creerme lo que estoy oyendo y me dan ganas de decirle lo ingenua que creo que es, pero entonces sigue hablando.

—Por tu mirada me doy cuenta de que no estás convencida, Gem. Seguramente pienses que me ha lavado el cerebro, pero no es así. De verdad creo que Sean y yo podemos encarrilar nuestra relación. Y, cuando las cosas se calmen, estoy segura de que lograré convencerlo de que no estás empeñada en separarnos. Y entonces las cosas volverán a ser como eran.

Me quedo sin palabras, pero para mí está claro qué ha ocurrido y noto un creciente sentimiento de inquietud. Alice está haciendo lo que tantas mujeres hacen en su misma situación, que es cargar con la responsabilidad de hacer que sus relaciones funcionen cambiando su percepción sobre la conducta de su pareja. Va a enfatizar las creencias que respaldan su decisión de seguir con él. Y eso significa tratar de justificar lo que Sean dice y hace.

Podría intentar hacerla entrar en razón, pero no creo que esté en condiciones de hacerme caso. De modo que, en su lugar, respondo:

—No sé dónde nos deja eso a nosotras, Alice. ¿Mantengo la distancia hasta que Sean te diga que puedes volver a hablar conmigo?

La mirada de culpabilidad regresa a su rostro y se produce entre nosotras un largo silencio, tenso e incómodo.

—Tendrás que hacerlo, Gem —responde al cabo—, pero no durará mucho, te lo prometo. Solo necesita tiempo para aceptar que tú y yo no estamos conspirando contra él. Sé que es mucho pedir, pero, por favor, ten paciencia, por mi bien. No quiero perder a mi marido y a mi mejor amiga. Y, si no logro arreglar este desastre, temo que eso sea justo lo que suceda.

CAPÍTULO 24

Mientras regreso a casa de la cafetería, la preocupación por el bienestar de Alice hace que me palpite la sangre en los oídos.

Nos hemos visto obligadas a abandonar apresuradamente el local cuando ha decidido mirar su teléfono. Lo llevaba en el bolso y lo tenía en silencio, y al abrirlo ha visto dos llamadas perdidas de Sean, además de un mensaje preguntándole dónde estaba.

He visto el pánico en su mirada cuando ha dicho:

—Ha llegado a casa temprano y, al no localizarme, ha llamado al trabajo y ha descubierto que no estaba allí.

Se le han llenado los ojos de lágrimas y he temido que fuese a derrumbarse, así que le he sugerido que nos fuéramos.

Una vez fuera, le he preguntado si creía que era seguro irse a casa con él.

Se ha enjugado las lágrimas con un pañuelo de papel y ha asentido con firmeza.

—Por supuesto que sí. Es que me he puesto un poco nerviosa. Sean no está enfadado. Solo está preocupado por mí.

No me he molestado en decirle que era una locura pensar eso porque sabía que no me haría caso, de forma que le he dado un abrazo y le he dicho:

—Ya sabes dónde estoy si me necesitas, Alice. Cuídate y no hagas nada que no quieras hacer.

—Tienes que dejar de preocuparte por mí, Gemma —me ha respondido—. Sé cuidarme sola.

Sin embargo, me resulta imposible no preocuparme por ella, en especial porque no sería rival para Sean si este decidiera emplear los puños en lugar de las palabras. Como resultado, me siento culpable por no quedarme con ella, pese a saber que no me lo habría permitido. Es una situación sobre la que no tengo ningún control, pero eso no contribuye a aliviar mi ansiedad.

No puedo quitarme de la cabeza esos hematomas y no soporto pensar en lo que podría hacerle Sean cuando llegue a casa. Esto no es algo que me haya pasado antes, así que no puedo tirar de experiencia. Solo me cabe reaccionar como considere oportuno y confiar y rezar para que mi mejor amiga entre en razón y deje a ese cabrón antes de que sea demasiado tarde. Pero temo que eso no vaya a ocurrir y me cuesta mucho asimilarlo.

Cuanto más me acerco a casa, más se me disparan los pensamientos. Noto un incipiente dolor de cabeza detrás de los ojos y me cuesta resistir la tentación de darme la vuelta y acudir a casa de Alice. Pero sé que no debo hacerlo porque no me ha dejado otra opción.

Lo primero que hago nada más llegar es tomarme un par de paracetamoles para que el dolor de cabeza no vaya a más.

Aún es temprano, de modo que tengo pensado salir a correr, pero no antes de haber llamado a mi madre. Suelo interesarme por mi padrastro y por ella como mínimo un par de veces al mes. Hace cinco años se fueron a vivir a España y no puedo verlos con mucha frecuencia.

Como era de esperar, se encuentran bien y están encantados con el hecho de que en ese país disfruten de unas temperaturas inusualmente elevadas para el mes de octubre.

Al hablar con mi madre, recuerdo la única que vez que fui a visitarlos a la Costa Blanca con Callum. Nos lo pasamos de maravilla y estuvimos casi todo el tiempo en la piscina y en la playa. A mis padres les encantó tenerlo allí y, una noche, cuando nos encontrábamos cenando en un restaurante, mi madre se me acercó y me dijo: «Es un partidazo, Gem. Y salta a la vista que está loco por ti».

Solo he regresado en dos ocasiones después de su muerte y resultó doloroso recordar todo lo que hicimos y los sitios a los que fuimos.

Inevitablemente, se me agolpan en la mente más y más recuerdos de nuestro tiempo juntos, hasta que noto que se me forma un nudo en la garganta. Voy a servirme una copa, pero decido esperar hasta después de haber ido a correr. En vez de eso, me recuesto en el sofá y cierro los ojos, dejándome abrumar por el peso de todo lo sucedido.

Diez minutos más tarde, sigo allí sentada, incapaz de relajarme, cuando oigo el familiar pitido del teléfono. No me sorprende descubrir otro mensaje de John Jackman, pero me siento ligeramente molesta y me vienen dos preguntas a la cabeza. ¿No tendrá nada mejor que hacer con su tiempo que enviar mensajes? Y ¿no estará obsesionándose un poquito?

«Hola, Gemma. Espero que hayas tenido un día productivo en el trabajo. Mi día, bastante aburrido. Lo más emocionante ha sido salir a comprarme una camisa para nuestra cita de mañana. No te olvides de decirme dónde nos vemos. Ahora estoy viendo la tele con una copa de vino. Me encantaría charlar un rato por teléfono si no estás demasiado cansada. Besos».

Es casi como si supiera que ya estoy en casa, a pesar de que le dije que probablemente me quedaría trabajando hasta tarde. Por supuesto, eso no es posible, dado que no sabe dónde vivo. De manera que solo me está tanteando con la esperanza de que, si en efecto he terminado temprano, me apetezca darle un toque.

Pero desde luego no estoy de humor para mantener una conversación con él, así que le respondo de manera breve y educada.

«Sigo en la oficina, John. Más tarde o mañana por la mañana te digo dónde comemos. Disfruta de la tarde».

CAPÍTULO 25

Jackman

Nada más leer la respuesta de Gemma a su mensaje, se le cae el corazón a los pies. Le ha dicho que sigue en la oficina y, sin embargo, es una mentira descarada. Lo sabe porque la vio llegar a casa hace menos de una hora.

Su coche está aparcado en el mismo lugar de antes y lleva allí desde las cuatro de la tarde. Ha venido para asegurarse de que no hubiese rechazado su ofrecimiento de salir esta noche porque fuese a salir con otra persona. Ahora se pregunta si será justo eso lo que tiene pensado hacer.

A no ser, por supuesto, que no quiera que sepa que está en casa por algún motivo totalmente distinto. Tal vez esté agotada después de un duro día de trabajo y lo último que desee sea verse arrastrada a mantener una conversación por teléfono. Así que ha decidido contarle una mentira piadosa en lugar de herir sus sentimientos.

Por ahora le concederá el beneficio de la duda y no tardará en averiguar la verdad, pues no tiene intención alguna de marcharse.

No se enorgullece de lo que está haciendo, porque se prometió a sí mismo que no volvería a acosar a una mujer después de lo que le hizo a Amanda Dewsbury. Pero Gemma Morgan se le ha metido en la cabeza y en el corazón, y su paranoia va en aumento. Tiene que saber adónde va y qué hace mientras él se esfuerza por echarle las garras emocionales.

Pero verse aquí esta tarde no ha hecho más que aumentar su cargo de conciencia tras un día que ha resultado difícil. Estaba destinado a serlo después de que su madre le recordara que era el sexto aniversario de la muerte de Lia. Lo ha pasado tratando de no pensar en ello, razón por la cual ha rechazado la invitación de sus padres a acudir a su casa. Habrían hablado del tema sin parar y habrían sacado las múltiples fotografías que tienen de ella, lo que no habría hecho sino acrecentar su sentimiento de culpa. También habría tenido que explicar por qué no iba acompañado de Simone y eso habría supuesto inventarse una historia que, con toda probabilidad, no se habrían creído.

En lugar de eso, ha elegido quedarse en casa y ha salido solo una vez a por el periódico y a comprarse una camisa nueva, asegurándose de volver a tiempo para poder pasarse por Balham.

Lleva aquí ya casi tres horas y, antes de recibir el mensaje de Gemma, se notaba bastante relajado. Pero ahora se siente tenso, exasperado, agitado, y no para de tamborilear con los dedos sobre el volante, comido por la impaciencia.

Se pregunta si estará en su dormitorio poniéndose guapa. Una de las luces de arriba está encendida, pero trata de no imaginársela maquillándose o probándose un vestido provocador.

La sola idea de que se esté arreglando para impresionar a otro hombre le hiela la sangre. Ahora le pertenece, aunque aún no lo sepa, y de ninguna manera piensa permitir…

El corazón se le acelera de pronto al ver abrirse la puerta de la casa. Entonces la ve salir ataviada con una chaqueta verde brillante, pantalones ajustados negros, un gorro de lana y unas deportivas blancas. La observa mientras cierra la puerta tras ella, camina hasta la acera y echa a correr.

Desea creer que es una buena señal, que sería improbable que saliese a correr a estas horas de la tarde si tuviera una cita. Pero tiene intención de quedarse allí de igual manera. No cree que tarde mucho en volver y, además, no tiene prisa por volver a casa.

La calle permanece relativamente tranquila salvo por algunos peatones y coches que pasan de largo.

Pero cinco minutos después de que Gemma se haya ido llega un coche y se detiene frente a su casa. Las luces se apagan y de dentro sale un hombre. Es de estatura media y viste un abrigo oscuro. Encamina sus pasos hacia la puerta y llama al timbre.

Al no obtener respuesta, regresa a su coche y vuelve a montarse. Pero no pone en marcha el motor. En lugar de eso, se queda allí sentado al volante y ahí es donde permanece, presumiblemente observando y esperando a que Gemma vuelva a casa. A John se le nubla la mente con nuevos miedos y preguntas. ¿Significa eso que ha hecho bien en desconfiar? ¿Ese tío habrá venido para pasar con Gemma una velada que ya tenían acordada? ¿O su presencia supondrá para ella una sorpresa cuando vuelva de correr?

Toma aire, tratando de calmar su corazón desbocado. Pero nota que el pánico va creciendo dentro de él y sabe que va a tener que hacer uso de toda su fuerza de voluntad para permanecer donde está y ver cómo se desarrollan los acontecimientos.

CAPÍTULO 26

Gemma

Voy ya de camino a casa, sudada y exhausta, pero con la cabeza más despejada.

Creo que el ejercicio me ha hecho mucho bien. Me noto más relajada e incluso he decidido llamar a John Jackman y decirle dónde creo que deberíamos comer mañana.

Me arrepiento de haberle contado una mentira piadosa al decirle que seguía trabajando, pero no quiero preocuparme por ello porque nunca lo sabrá. No es propio de mí ser mentirosa, pero, cuando la presión se acumula, a veces sucede porque me brinda la oportunidad de evitar situaciones difíciles.

Antes de que Callum fuese asesinado, mi vida era muy diferente y mucho menos estresante. Tenía mi futuro planificado, de forma que no me angustiaba preguntándome con quién lo pasaría. Y, gracias a eso, era capaz de vivir el presente y disfrutaba de una mentalidad positiva. Relacionarme con gente no solía ponerme nerviosa ni recelosa, y era una persona muy confiada. Ahora, sin embargo, estoy de los nervios la mayor parte del tiempo y correr ha resultado ser una bendición cuando quiero reanimarme por dentro y por fuera.

Cuando me meto por mi calle, empiezo a anhelar una ducha caliente y una copa de vino bien frío.

Solo me quedan cincuenta metros.

Luego veinte.

Después diez.

Al aproximarme a casa, observo que ahora hay un coche aparcado justo enfrente. Y me resulta familiar.

Cuando llego a su altura, la puerta del conductor se abre de golpe y de dentro sale un hombre.

Dejo de correr y un torrente de calor me invade el pecho.

—Pensé que habrías salido a correr, así que he decidido esperar —me dice Sean Kelly, contemplándome con una hostilidad que no se molesta en disimular—. Y me alegra haberlo hecho, porque tenemos que hablar.

—¿De qué? —le pregunto.

—Deduzco que has ignorado mi advertencia y has quedado con mi mujer a tomar café. Ha sido un tremendo error.

Sus palabras me ponen tensa, pero más por rabia que por miedo, y una furia encendida me sube por dentro.

—Eres tú el que ha cometido un error al volver aquí —le grito—. Quizá pienses que me asustas con tus amenazas, pero no es así. Y no permitiré que me intimides como intimidas a Alice.

Me taladra con la mirada y aprieta los dientes.

—Te dije que te mantuvieras alejada de ella, Gemma. Está disgustada de nuevo y es por tu culpa. Te has propuesto destruir nuestro matrimonio y no lo permitiré.

—Eres tú quien está destruyendo vuestro matrimonio —le acuso—. Es más que evidente que no la quieres. Solo deseas controlarla. He visto los hematomas que tiene en el brazo y salta a la vista que has vuelto a agredirla después de que te dijera que nos hemos visto.

Da un paso hacia mí y veo las venas hinchadas de su cuello. Pero me mantengo firme y me preparo para defenderme si me ataca.

—Esta es mi última advertencia, Gemma —me dice, después se inclina hacia mí y baja la voz hasta convertirla en un susurro amenazante—. Si no te mantienes alejada de mi mujer, me tomaré la justicia por mi mano. Y, créeme, no acabarás solo con unos pocos hematomas.

A estas alturas, tengo los nervios de punta, pero no permito que eso me impida responder.

—Acabas de cometer otro error al pensar que permitiré que te vayas de rositas después de volver a amenazarme —le digo—. En cuanto entre por esa puerta, voy a llamar a la policía. No estoy dispuesta a tolerar tus gilipolleces.

Sin aguardar a que reaccione, me doy la vuelta y corro hacia la puerta de mi casa. Antes de abrirla, miro hacia atrás para asegurarme de que no me ha seguido.

No lo ha hecho. Pero sigue allí parado en la acera, mirándome.

—Yo me lo pensaría dos veces antes de llamar a la poli —me advierte—. En primer lugar, no conseguirás que te crean. En segundo lugar, será Alice quien sufra más que yo.

Saco la llave y entro apresuradamente en casa. Tras cerrar la puerta, me asomo por la ventana del salón y veo que Sean vuelve a montarse en su coche y se aleja.

CAPÍTULO 27

Aliviada, relajo los hombros al saber que Sean se ha marchado, pero me noto el corazón aún desbocado en el pecho. El muy cabrón acaba de someterme a otra experiencia inquietante y le odio por ello.

Voy a sentarme en el sofá para intentar calmarme, cierro los ojos y respiro profundamente por la nariz. Pero, pese a la calidez de la estancia, mi mente no tarda en convertirse en un batiburrillo de pensamientos inconexos y emociones descarnadas, y la verdad es que no sé qué hacer a continuación.

Le he dicho que iba a llamar a la policía y eso es lo que deseo hacer. Pero lo que me detiene es el miedo a lo que pueda hacerle a Alice.

Si realizo una queja formal y lo acuso de conducta amenazante, eso ejercerá un tremendo impacto en ella, pese a que no lo imputen porque no puede demostrarse. Lo negará y no me cabe duda de que ella lo apoyará. Le dará demasiado miedo no hacerlo.

Pero, si permito que se salga con la suya, entonces ¿qué? ¿Será cuestión de tiempo antes de que vuelva a presentarse aquí con más amenazas? Y puede que la próxima vez se altere lo suficiente como para atacarme.

¿Y si pasa al siguiente nivel en los abusos a su esposa y llega a hacerle daño? O puede que se deje llevar y acabe matándola.

He visto las estadísticas y sé que un alarmante número de mujeres son asesinadas cada año a manos de sus parejas o exparejas maltratadoras. Y sé que, si me quedo callada y le sucede eso a Alice, jamás podré perdonármelo.

Joder.

Trago saliva para aliviar el nudo que tengo en la garganta antes de tomar una decisión rápida.

Segundos más tarde, descuelgo el teléfono y marco el número de la policía.

Me sorprende su rápida respuesta. Al cabo de quince minutos, dos agentes de uniforme en coche patrulla se personan en mi domicilio. Un hombre y una mujer, ambos de entre treinta y cuarenta años.

Es la mujer quien habla, una tal agente Matlock. Tiene un rostro alargado y afilado y me dedica una sonrisa cálida antes de pedirme que le dé detalles sobre mí. ¿Estoy casada? ¿Vivo sola? ¿En qué trabajo? ¿Es la primera vez que me pongo en contacto con la policía en relación con este hombre?

Después quiere que elabore lo que le he contado a la operadora de emergencias.

Comienzo explicando mi relación con Alice y lo que me contó cuando la vi el miércoles.

—Esa misma noche, su marido se presentó aquí hecho una fiera y me acusó de intentar romper su pareja —declaro—. Me dijo que me mantuviera alejada de ella y que, si no lo hacía, sufriría las consecuencias.

A continuación paso a explicarles con detalle lo que ha sucedido hoy. Que Alice me invitó a tomar café. Los hematomas que le vi en el brazo. Y que Sean se ha presentado en mi casa y ha vuelto a amenazarme.

—Esta vez ha sido aún más alarmante —les aseguro—. Me ha dicho que, si seguía en contacto con su mujer, se tomaría la justicia por su mano y yo acabaría con algo más que unos simples hematomas.

En ese punto, debo detenerme porque la emoción amenaza con sobrepasarme.

La agente Matlock estira el brazo y me da una palmada en la rodilla.

—Tómese su tiempo, señorita Morgan. Sabemos que esto no le resulta fácil —me dice para tranquilizarme.

Tomo aliento para recuperar la compostura y prosigo.

—Alice ha sido mi mejor amiga desde hace años y me preocupo por ella. Ese hombre la trata fatal. Temo que pueda hacerle daño de verdad si alguien no le detiene.

—¿Ha sabido algo de ella desde que el señor Kelly estuvo aquí? —me pregunta.

Sacudo la cabeza.

—No creo que le permita llamarme y no quería llamarla yo por miedo a empeorar las cosas. Pero no me sorprendería que haya vuelto a ponerse agresivo físicamente con ella. Por eso los he llamado. Lo que más me preocupa es su bienestar, así que creo que no me quedaba otra opción.

Después me pide que les proporcione los datos de contacto de Alice y les muestro los mensajes de texto que me envió tras la primera visita de Sean.

La agente Matlock me informa de que le harán una visita a la pareja y pasa a decirme algo que ya sé: que el uso de conductas amenazantes y abusivas hacia otra persona puede llegar a ser un delito penal si las palabras van dirigidas a causar alarma, angustia o acoso.

—Nos tomamos tales cosas muy en serio, señorita Morgan —agrega—. Pero sospecho que no le sorprenderá saber que, a menudo, resulta muy difícil asegurar una condena, en especial cuando se trata de casos como este, en el que no existen testigos imparciales.

—Soy consciente de ello y estoy segura de que negará haberme amenazado —respondo—. Pero, con suerte, si les hacen una visita, conseguirán que deje de abusar de su esposa y de amenazarme a mí.

Después de que la policía se haya marchado, mi mente se niega en redondo a desconectar. Me sirvo una copa de vino y me dejo caer en el sofá.

Solo espero haber hecho lo correcto y no acabar lamentándolo. Estoy convencida de que Alice comprenderá que me haya sentido obligada a implicar a la policía. Seguramente se culpe a sí misma por haberme pedido que me reuniera con ella en la cafetería. Pero dudo que me lo diga, por miedo a enfadar a su marido.

Ese hombre no la merece. Es un obsesivo del control con un carácter agresivo que merece que lo encierren. Está más claro que el agua que me ve como una amenaza y desea sacarme de la vida de su mujer. De ese modo, ella no tendrá a nadie en quien confiar, a quien pedir consejo, nadie que le diga que debería largarse antes de que sea demasiado tarde.

No me importa haber convertido a Sean Kelly en mi enemigo. Pero sí me importa mi mejor amiga. Se ha casado con un monstruo que parece tenerla totalmente dominada.

Me termino la copa de vino y decido servirme otra antes de quitarme la ropa deportiva para darme una ducha.

Pero, cuando me dirijo hacia la cocina, me suena el teléfono y el corazón me da un vuelco.

Saco la conclusión de que será Alice, pero resulta que no.

Es John Jackman, y me quedo varios segundos mirando el teléfono tratando de decidir si responder o no.

CAPÍTULO 28

Jackman

Si Gemma no contesta al puto teléfono, no tiene claro lo que hará.

Primero, el tío ese apareció en su coche y, al descubrir que no estaba en casa, volvió a montarse y la esperó allí. Luego, cuando Gemma regresó de correr, salió del coche y se enfrentó a ella. Tras lo que le pareció un tenso intercambio de palabras, el hombre se marchó.

Le produjo alivio que Gemma no se fuera con él, pero la tentación de llamarla entonces fue casi inaguantable. No obstante, se contuvo, porque deseaba ver si el tío regresaba o si ella volvía a salir. En su lugar, transcurridos quince minutos se presentó allí la policía, lo que supuso otra sorpresa.

Una inquietud insidiosa se ha abierto paso en su cabeza y ahora no puede parar de…

—¿Diga?

Joder.

Siente una punzada de pánico al oír su voz y de pronto cae en la cuenta de que no había pensado en lo que le iba a decir.

—¿Diga? —repite Gemma—. ¿Eres tú, John?

—Eh, sí, soy yo —responde con cierta incomodidad—. Pensaba que no ibas a responder, así que estaba a punto de colgar.

—Perdona. Estaba en la otra habitación, pero sí que pensaba llamarte antes de irme a la cama.

—Bueno, eso es justo lo que iba a hacer yo ahora, así que he pensado en llamarte para saber si todo va bien y ver si has decidido dónde comemos mañana.

—¿Has oído hablar de The Bugle, en Brixton Hill? Estás más cerca de tu casa que de la mía.

—Sí, lo conozco bien. ¿Seguro que no te importa venir hasta aquí?

—Me parece lo justo, teniendo en cuenta que ayer viniste tú. ¿Quedamos a la una?

—Por mí bien. Tengo muchas ganas de volver a verte.

—Y yo de ver tu nueva camisa.

No puede creerse que esté tan tranquila después de lo que ha ocurrido. Tiene ganas de elogiarla por ello, pero al mismo tiempo debe ir con cuidado para no hacerle creer que sabe algo.

—¿Qué tal ha ido tu día? —le pregunta—. ¿Has llegado muy tarde a casa?

—No demasiado, por suerte. Me ha dado tiempo a salir a correr y ahora estaba a punto de meterme en la ducha.

Está claro que no piensa contarle qué más ha sucedido, y se ve obligado a cerrar los ojos y dejar escapar el aliento muy despacio para tratar de relajarse.

Desea prolongar la conversación con la esperanza de que ella se abra, pero, justo cuando está a punto de preguntarle en qué noticia ha estado trabajando hoy, ella se le adelanta.

—Bueno, será mejor que cuelgue, John —le dice—. Cuanto más tarde me vaya a dormir, menos probabilidades tendré de dormir bien.

—Claro, por supuesto. Me ha alegrado hablar contigo. Nos vemos mañana.

—Buenas noches.

—Buenas noches a ti también.

Tras colgar el teléfono, tiene que estirar la espalda para liberar la tensión que se le ha acumulado entre los hombros. Le surgen muchas preguntas. ¿Quién era el hombre que ha acudido a su casa? ¿Será un examante o alguien con quien sale actualmente? ¿Qué quería de ella y por qué habrán discutido? ¿Y habrá sido ella quien ha llamado a la policía?

Se queda mirando su casa desde el otro lado de la calle, deseando poder cruzar y conseguir que le ofrezca alguna respuesta. Pero no puede. Gemma jamás debe saber que ha estado espiándola. Eso pondría fin a su relación antes incluso de que empezara.

El corazón sigue latiéndole con fuerza cuando ve las luces encenderse y apagarse, e incluso alcanza a verla un instante cuando corre las cortinas de la ventana de arriba.

No arranca el coche hasta que la casa queda completamente a oscuras y él se convence de que Gemma se ha ido a dormir.

Para entonces, es casi medianoche.

CAPÍTULO 29

Gemma

A las diez de la mañana del domingo vuelvo a tener noticias de la policía, justo cuando estoy a punto de salir de casa para ir a comprar mi periódico.

—Espero no haberla despertado —me dice la agente Matlock.

—Llevo levantada desde las siete —respondo—. No he pasado muy buena noche.

—No me sorprende, señorita Morgan, dadas las circunstancias.

—¿Llama para contarme alguna novedad?

—Lo cierto es que sí. Pero, en primer lugar, ¿puede decirme si ha tenido algún contacto con el señor Kelly desde que hablamos?

—No he tenido ningún contacto con él. Pero me ha costado dormir porque temía que volviese a presentarse en mi casa. Además, estaba preocupada por Alice y casi esperaba que me llamara.

—Bueno, como le prometí, les hicimos una visita anoche y hablamos con los dos.

—Déjeme adivinar. Niega haberme amenazado.

—Así es, pero eso ya nos lo esperábamos. Nos dijo que acudió a su domicilio para pedirle con educación que se mantuviera alejada de su esposa porque, en estos momentos, está frágil emocionalmente.

Dijo que fue usted quien perdió los estribos y empezó a gritar y a lanzar acusaciones infundadas contra él, igual que hizo cuando fue a visitarla el miércoles.

Me invade un arranque de ira.

—Eso es una patraña.

—Entre usted y yo, señorita Morgan, no me cabe la menor duda. Pero el problema es que se trata de su palabra contra la de él, y como no existen...

—¿Y qué pasa con Alice, su mujer? ¿Qué dijo?

—Me pidió que le dijera que siente haberle pedido que tomase café con ella. Que fue un error por su parte.

—¿Y le preguntó por los hematomas del brazo?

—Asegura que son el resultado de un accidente que tuvo con una puerta en el trabajo.

Sus palabras me rasgan la mente como si fueran cuchillas afiladas, pero no sé por qué, ya que más o menos es lo que esperaba que sucedería.

—Siento decepcionarla, señorita Morgan —prosigue la agente—. Hizo bien en llamarnos, pero, basándonos en lo que tenemos, no estamos en situación de seguir con el caso. No obstante, le hemos aconsejado muy seriamente que no vuelva a acercarse a su casa. Y creo que lo más sensato para usted sería no acercarse a su esposa, al menos por el momento.

Siento una punzada de pánico y sacudo la cabeza.

—Pero ¿y si le hace algo? No está a salvo con él.

—Alice insiste en que sí y, por lo tanto, no tenemos otra opción que fiarnos de su palabra. Pero, si sucediera algo más, por favor, no dude en ponerse en contacto con nosotros.

No puedo evitar preguntarme si llamar a la policía habrá sido una pérdida de tiempo. Por supuesto, ahora le han dado un toque de atención a Sean, pero ¿eso le impedirá abusar de su mujer y amenazarme a mí? Lo dudo mucho.

Sin embargo, podría ayudarle a lograr su objetivo, que es separarnos a Alice y a mí. Me han aconsejado que no intente hablar con ella, y es probable que ella mantenga la distancia conmigo aunque no desee hacerlo.

Se acabaron las visitas a nuestros respectivos hogares. Se acabó lo de quedar en cafeterías y *pubs*. Se acabaron las largas charlas por teléfono por las tardes. Sean habrá evitado que Alice me pida consejo y que yo se lo dé.

En otras palabras, ha ganado.

Me quedo sentada unos minutos, consumida por una rabia que nace de la injusticia y de la frustración, pero no puedo permitir que me desestabilice el resto del día. Tengo cosas que hacer antes de ir a comer con John.

He de hacer un esfuerzo por levantarme y ponerme el abrigo, pero, nada más salir, me encuentro ligeramente mejor. Hace una preciosa mañana de domingo; para variar, ha salido el sol y el cielo presenta un radiante tono azul claro.

Recuerdo entonces el último domingo que pasé con Callum antes de que lo asesinaran. Aquel día también amaneció soleado y acudimos a una barbacoa en casa de sus padres en Bromley. Hablamos sobre nuestra inminente boda y su madre me dijo que jamás había visto a su hijo tan feliz.

—Me alegra mucho que te conociera, Gemma —me dijo—. Estabais destinados a acabar juntos. Y sé que os vais a hacer muy felices el uno al otro.

Tardo solo diez minutos en llegar a la tienda, donde compro un ejemplar de *The Sunday News* y otros tres periódicos rivales. Nunca he sido capaz de resistirme a echar un vistazo a la competencia.

Nada más volver a casa, me preparo un café y me siento a la barra del desayuno. La portada de mi periódico destaca indudablemente.

EXCLUSIVA: ¿LARRY SPOONER FUE ASESINADO PARA IMPEDIR QUE HABLARA CON NOSOTROS?

Equipo de redacción: Gemma Morgan, Martin Keenan, Phil Jacks y Mary Wood

Se ha producido un giro drástico en la búsqueda del asesino del delincuente londinense Larry Spooner.

Podemos revelar que tan solo unas pocas horas antes de ser tiroteado en Peckham Street en la noche del miércoles, se puso en contacto con este periódico. Dijo que deseaba delatar a un inspector corrupto y de alto rango de la Policía Metropolitana que había estado proporcionando información a su banda criminal.

No gozamos de la libertad para revelar el nombre del agente que es objeto de tal acusación, pero la información está en manos de la policía.

Dos de nuestros periodistas acordaron reunirse con el señor Spooner en una ubicación del centro de Londres el jueves por la mañana, pero, sin ellos saberlo, este había sido asesinado la noche anterior cuando regresaba a casa de un *pub*.

El artículo explica a continuación que *The Sunday News* seguirá trabajando junto con los agentes encargados de investigar el caso y que el inspector acusado por Spooner será interrogado.

Los otros periódicos que he comprado también ofrecen la noticia de su asesinato, pero no mencionan la exclusiva con la que contamos nosotros.

Después echo un vistazo a mi artículo sobre el primer aniversario de la desaparición de Pamela Cain. Domina la página tres con un titular llamativo.

AÚN SE DESCONOCE EL PARADERO
DE LA ESPOSA DEL INSPECTOR

Por Gemma Morgan

Ha pasado casi un año desde que Pamela Cain desapareció y sus padres quieren aprovechar el aniversario para hacer un nuevo llamamiento y pedir información.

No se ha sabido nada de la señora Cain desde que su marido, agente de policía, se fue a trabajar una mañana de octubre del año pasado.

El inspector jefe Elias Cain, que trabaja para la Unidad de Anticorrupción y Abuso de la Policía Metropolitana, asegura que regresó a casa y descubrió que su esposa se había esfumado con una maleta y algunas de sus pertenencias, incluidos el bolso y el pasaporte.

Siempre ha creído que se marchó por los problemas que atravesaba su matrimonio. Pero los padres de ella están convencidos de que algo le sucedió y de que tal vez fuese asesinada.

«Si estuviera viva, nos lo habría hecho saber —dijo su madre en conversación con este periódico—. Tenemos que acabar con esta angustia».

Todavía estoy leyendo el periódico cuando recibo una llamada de Ryan, que siempre trata de estar en la oficina el día de la publicación.

—Hola, jefe —le digo—. No esperaba saber de ti.

—Qué hay, Gem. Solo quería informarte de las últimas noticias.

—Qué intrigante. El periódico ha quedado genial, por cierto.

—Hasta ahora hemos tenido una buena respuesta a la exclusiva de Spooner. Me han comentado que el resto de los medios principales quieren hacerse eco y llevan toda la mañana saturando la oficina de prensa de Scotland Yard.

—Eso es lo que quería oír.

—Pero eso no es todo. Acabo de hablar por teléfono con el propio Cain. No está satisfecho con el artículo sobre su esposa desaparecida. Considera que, una vez más, el mensaje implícito es que él le hizo algo. Ahora te acusa de ser poco profesional y además se le ha metido en la cabeza que este periódico quiere acabar con él.

—Eso es una tontería.

—Ya lo sé, pero el artículo ha generado mucho ruido en internet, donde hay gente que especula con que probablemente mató a su mujer y ha salido impune porque es policía. Yo mismo he visto algunos de los comentarios y son bastante desagradables. Y hay quien pide que se reabra el caso de la desaparición de su esposa.

—Y así debería ser.

—Eso es justo lo que le he dicho.

—¿Y qué te ha respondido?

—Ha dicho que va a consultarlo con su abogado y después me ha colgado el teléfono.

—Le ha entrado el pánico —adivino—. Supongo que lo último que quiere es que la investigación despegue de nuevo y vuelvan a ponerlo en la diana. Además, ahora tiene que lidiar con las acusaciones de Spooner, y eso podría prolongarse durante un tiempo. Debe de estar con el agua al cuello.

—No me cabe duda, pero, verás, el tipo está muy cabreado, así que, si se pone en contacto contigo, quiero que me lo hagas saber. Si quiere tomarla con el periódico, me parece bien, pero no toleraré que aborde a miembros individuales de la plantilla. Y, si llega al extremo de emplear lenguaje amenazador de algún tipo, entonces no dudes en llamar a la policía.

CAPÍTULO 30

De forma que ahora me he ganado la enemistad de dos hombres extremadamente desagradables, Sean Kelly y Elias Cain, y soy consciente de las amenazas que representan.

Sería idiota si no me las tomara en serio. He informado sobre numerosos incidentes en los que hombres furiosos pasaban de las amenazas y la intimidación a cometer actos extremos de violencia contra personas con las que la tenían tomada.

No puedo saber de qué son capaces esos dos, pero tendré que estar en guardia hasta convencerme de que ya no estoy en su punto de mira.

El inspector Cain debe de haber preocupado a Ryan con lo que le ha dicho sobre mi artículo y su convicción de que *The Sunday News* se ha propuesto destruirlo. Y recuerdo lo que me dijo cuando le llamé en relación con el artículo que estaba escribiendo sobre la desaparición de su mujer.

«Y le advierto que desataré toda mi ira sobre usted si en lo que escribe se insinúa que le hice algo a Pamela».

Pienso entonces en lo que me dijo de él la madre de su mujer cuando hablé con ella por teléfono.

«Algunos hombres son monstruos, Gemma, y él es uno de ellos».

Me quedo allí sentada, con el cuerpo tenso como una cuerda de guitarra, y en mi cabeza empiezan a surgir preguntas inquietantes. ¿Elias Cain mató a su esposa? ¿Estará trabajando bajo cuerda para una importante banda criminal? ¿Sabía que Larry Spooner iba a ser asesinado? Si la respuesta a cada una de esas preguntas es un sí, entonces es un hombre a quien tenerle miedo.

Resulta tentador creer que, dado que se trata de un agente veterano de la policía, debe de ser inocente de todas las acusaciones. Pero, claro está, a lo largo de los últimos años hemos aprendido que los policías respetados pueden ser también asesinos crueles e insensibles.

Cuando se me pone la piel de gallina, me doy cuenta de que estoy dándole demasiadas vueltas a la situación con respecto a Sean y a Cain. Por muy abominables que puedan ser, me parece improbable que fueran a arriesgarlo todo solo para castigarme por algo que perciben como una ofensa. Seguramente tendrán cosas más importantes de las que preocuparse.

Por lo menos eso es lo que me digo a mí misma con la esperanza de frenar los escalofríos que van apoderándose de mí.

Lo cierto es que no me apetece salir a comer y no estoy de humor para charlar de trivialidades con un hombre al que apenas conozco, pero no quiero dejar tirado a John con tan poca antelación. Además, quizá sea justo lo que necesito para animarme y liberar la mente de todos esos pensamientos inquietantes.

Pienso esforzarme en ponerme presentable, pero no quiero excederme tratándose de una cita para comer. Tras echar un vistazo rápido a mi armario, me decanto por una opción segura: camiseta roja, pantalones negros y un plumífero azul marino.

The Bugle está a tan solo tres kilómetros de distancia, de modo que decido ir caminando. El cielo sigue despejado y no hay prácticamente viento. Y albergo la esperanza de que una buena dosis de aire fresco me ayude a animarme.

El *pub* es un establecimiento anticuado y acogedor al que llego a la una y cinco minutos. Al entrar, distingo a John en la barra pidiéndose algo de beber. Me saluda con una sonrisa radiante cuando me acerco y nos damos dos besos.

—He pedido una pinta de cerveza —me informa—. ¿Qué te apetece?

—Para mí una copa de vino blanco, por favor.

Mientras estamos en la barra, echamos un vistazo a la carta, pero los dos lo tenemos clarísimo. Elegimos un asado de domingo.

Una vez hecho el pedido, nos vamos a una mesa. El local no está muy concurrido, así que tenemos una amplia selección entre la que elegir.

Antes de sentarse, John se quita el abrigo y yo hago un gesto de aprobación con la cabeza.

—Bonita camisa. ¿Es la nueva?

—Así es —responde sonriente—. Espero que no sea demasiado llamativa.

—En absoluto. Te sienta bien.

La verdad es que no, pero no creo que tenga sentido mencionarlo. Es demasiado ajustada y demasiado llamativa para mi gusto, y probablemente le quedaría mejor a un hombre más joven y más delgado.

Pero al menos ha servido para romper el hielo y hacer que fluya la conversación. Comenzamos intercambiando comentarios sobre el tiempo y el bonito día que hace. Después me dice que esta mañana ha comprado un ejemplar de *The Sunday News* por primera vez.

—Por lo general no compro periódicos, pero he ido a la tienda específicamente a comprar el tuyo —me dice—. Y me alegra haberlo hecho. He visto tu firma en la primera página y luego otra vez dentro. Me he quedado impresionado y me ha hecho darme cuenta de que salgo con una gran periodista.

Siento que se me sonrojan las mejillas.

—No es para tanto. Lo que pasa es que esta semana han saltado varias historias importantes y me han tenido ocupada.

—¿Por eso anoche parecías un poco estresada cuando hablamos por teléfono?

La pregunta me sorprende y, de pronto, me siento incómoda, insegura incluso.

—No me di cuenta —respondo.

—Tampoco es que fuera evidente —comenta encogiéndose de hombros—. Es que te lo noté en la voz y me dio por pensar.

Mi primer impulso es decirle que probablemente se debiera a que estaba cansada. Pero, en lugar de eso, aprovecho la oportunidad para compartir con alguien lo que sucedió anoche. Supongo que se debe a que mi subconsciente cree que eso me ayudará a gestionarlo.

John me escucha con atención mientras le hablo de Sean y le cuento que estaba esperándome cuando regresé de correr.

—Se mostró tan amenazante que me vi obligada a llamar a la policía —le explico—. Vinieron a casa y después se fueron a interrogarlo. Tú me llamaste poco después de que se marcharan, así que seguía un poco alterada.

La expresión de su rostro es de auténtico alivio, de lo que infiero que se alegra de que no me ocurriera nada más grave.

—Debe de haber sido horrible —comenta—. Se ve que el marido de tu amiga no es un buen tipo.

Nos sirven la comida y, aunque intento cambiar de tema, él sigue empeñado en sacar a colación mi traumática experiencia.

—¿Sabes si la policía lo detuvo? —me pregunta.

Tengo que tragarme un trozo de zanahoria antes de responder.

—No lo hicieron. Negó haberme amenazado y dijo que yo me había mostrado verbalmente agresiva con él.

—Qué vergüenza —dice con una mueca—. ¿Y qué pasa con su mujer? ¿Te ha vuelto a llamar?

—Aún no, y no tengo claro que lo haga.

Siguen más preguntas sobre Sean y Alice antes de pasar a preguntarme por mi círculo de amistades más amplio. ¿Con quién suelo salir? ¿Alterno con compañeros de trabajo fuera del horario de oficina? ¿Tengo algún pariente que viva cerca?

Son preguntas que no surgieron durante nuestra conversación telefónica ni en la primera cita en la vinoteca. Su actitud es cordial y distendida, pero siento como si se hubieran girado las tornas y ahora fuese yo la que estuviese siendo entrevistada por un sagaz periodista.

Mientras bebo un poco más de vino, me doy cuenta de que la cita no va tan bien como había esperado que fuera. Me parece mucho más serio que antes y además me cuesta meter baza.

Como consecuencia, de pronto pierdo el apetito antes incluso de haberme comido la mitad del plato y empiezo a desear que el tiempo pase más deprisa.

—¿Seguro que no puedes comer más? —me pregunta.

—Estoy a punto de reventar —respondo.

—Entonces supongo que no querrás postre.

—Supones bien.

Después de que nos retiren los platos, pide otra copa para cada uno y dice:

—Discúlpame si te parezco demasiado inquisitivo, Gemma. Es que me gustas mucho y quiero saberlo todo sobre ti.

—No hace falta que te disculpes —le digo con una sonrisa forzada—. Lo interpreto como un cumplido.

—Qué alivio. Y te aseguro que no me mostraría ni la mitad de curioso si no tuviera ganas de seguir saliendo contigo.

Sus palabras me generan rechazo, porque sé que quiere que responda de un modo positivo y no me apetece.

Por suerte, el camarero acude en mi ayuda cuando aparece junto a la mesa para preguntar si queremos postre. Yo digo que no y John opta por una tarta de manzana con natillas. La distracción me permite excusarme para ir al cuarto de baño.

Me tomo mi tiempo y pienso en lo que voy a decir cuando me pida tener una tercera cita con él. Una vez más, no percibo la chispa entre nosotros y no me he sentido cómoda con todas esas preguntas. Además, cuando nos imagino besándonos, acurrucados e incluso haciendo el amor, no se me acelera el pulso, y desde luego eso es bastante revelador.

Regreso del servicio y me encuentro a John atacando su tarta de manzana.

—Está deliciosa —me dice—. ¿Estás segura de que no quieres?

—Segurísima. Estoy llena.

Le pregunto entonces qué tiene planeado para esta tarde.

—Eso depende de ti, Gemma —responde—. Estoy libre y me encantaría pasarla contigo si no estás ocupada.

Es algo que ya había anticipado, así que tengo preparada una respuesta inventada.

—Me temo que no puedo, John. Tengo que participar en una reunión editorial por Zoom en cuanto llegue a casa. Y el resto del día estaremos liados con los comentarios y las críticas que genere la edición de hoy del periódico. Sucede lo mismo todos los domingos.

Por su expresión alcanzo a ver que se ha quedado decepcionado.

—No importa —me dice—. ¿Y mañana por la noche? ¿Estás libre?

—Tendré que mirar la agenda y te digo. —Es la respuesta que se me ha ocurrido cuando estaba en el baño y confío en que no haya sonado demasiado fría e indiferente.

Deja su cuchara y estira la mano por encima de la mesa para colocarla sobre mi brazo.

—No hay prisa, Gemma. El día que mejor te venga. A lo mejor la próxima vez podemos ir al cine o a ver algún espectáculo del West End.

—Suena bien —respondo, tratando de parecer convincente.

John se excusa entonces para ir al lavabo y, cuando regresa, me informa de que ya ha pagado la cuenta.

—Pero si me tocaba a mí —argumento.

—Te dejaré pagar la próxima vez —me dice sonriente—. ¿Vale?

—Vale —accedo, y le devuelvo la sonrisa al tiempo que intento que no se dé cuenta de que me ha incomodado un poco su evidente desesperación por tener una tercera cita.

Cuando salimos del *pub,* se ofrece a acompañarme a casa, pero le digo que no es necesario y distingo otra mueca de desesperación en su rostro.

—Entonces, cuídate —me dice antes de darme un beso en la mejilla.

—Tú también, John —respondo.

Se da la vuelta y se aleja por Brixton Hill, mientras yo pongo rumbo al sur en dirección a Balham.

CAPÍTULO 31

Tardo poco más de media hora en volver a casa y, para entonces, siento como si se me estuviera acabando la batería, me he quedado sin energía.

No he parado de pensar en John Jackman, tratando de decidir si volver a quedar con él. Si quiero ser justa con él, debo tomar una decisión lo antes posible.

Una vez en casa, me quito la ropa y me pongo el pijama y la bata, después me preparo una taza de té. Las ideas me dan vueltas por la cabeza, y noto la presión que se va formando detrás de los ojos.

Me llevo el té al salón y me siento a ver las noticias en la televisión. Pero me resulta imposible concentrarme en nada que no sean mis propias tribulaciones, que parecen multiplicarse según pasan las horas.

Por un lado está mi preocupación por Alice, el veneno que me ha lanzado el bestia de su marido y el hecho de que al inspector Elias Cain se le ha metido entre ceja y ceja que mis compañeros y yo queremos hacerle la vida imposible.

Ahora mismo no hay nada que pueda hacer al respecto, pero lo que sí puedo hacer es zanjar la cuestión de si deseo o no mantener una relación con John.

Por desgracia, la comida de hoy ha sido decepcionante, pero no se ha debido enteramente a él. Yo no estaba muy involucrada y me ha costado meterme en el espíritu de la ocasión.

Dicho eso, no he sentido que estuviera acercándome más a él y, a ratos, me ha parecido que estuviera haciéndome una entrevista.

Ahora tengo que decidir: tener una tercera cita y ver si mis sentimientos hacia él cambian, cosa improbable, o ponerle fin ahora y ahorrarnos a ambos mucho tiempo y angustia.

Lo cierto es que no creo que tengamos futuro como pareja romántica. Sentí lo mismo con mis anteriores citas a lo largo de los últimos cinco meses. Sin duda, John va en cabeza en cuestión de puntos, pero aun así está lejos de generarme esa magia que me animaría a invertir en una relación emocional con él.

Enseguida me queda claro lo que voy a tener que hacer, que es cortar la relación con él, igual que hice con los demás hombres a los que conocí a través de la aplicación. Fueron nueve y, salvo por el irlandés que me dejó en la cafetería, todos ellos recibieron un mensaje respetuoso. Cinco de ellos no se molestaron en responder. Dos me dijeron que lo sentían y me desearon buena suerte. Y uno de ellos respondió para decirme que era una zorra asquerosa y que solo había querido tener una segunda cita conmigo para poder llevarme a la cama.

No espero una reacción desagradable por parte de John. Me parece un caballero que entenderá que esto forma parte del juego de las citas.

No obstante, invierto media hora en buscar las palabras adecuadas y finalmente elaboro lo que considero un aceptable mensaje de rechazo.

Siento una punzada de culpabilidad y cierto cargo de conciencia al enviarlo, y de verdad confío en que John no se quede muy decepcionado.

CAPÍTULO 32

Jackman

Son poco más de las cuatro y ya va por su segundo *whisky* mientras sopesa en qué ocupar el resto del día. Había albergado la esperanza de pasarlo con Gemma, pero, una vez más, lo ha decepcionado.

Sin embargo, hay que reconocerle que le ha ofrecido una excusa plausible, y no le cabe duda de que le ha dicho la verdad.

Ha acudido al *pub* de su barrio porque no le apetecía volver a casa y encontrársela vacía. Está mucho más concurrido que The Bugle, pero consigue hacerse con una pequeña mesa junto a la barra.

Volver a ver a Gemma ha reforzado su convencimiento de que es la mujer ideal para él, en especial ahora que está al corriente de toda la historia sobre lo sucedido en su casa la noche anterior.

Ella no es consciente de que estuvo observando la escena desde su coche, de modo que no habría tenido necesidad de inventárselo. Se siente inmensamente aliviado de que el tío que la amenazó no sea su ex ni alguien con quien sale.

Lo único que sabe del tipo es que se llama Sean y que está casado con la mejor amiga de Gemma. Pero, a medida que vaya estrechando su vínculo con Gemma, se ocupará de averiguar más sobre él, incluida su dirección. Después se asegurará de que ese cabrón se arrepienta de sus actos.

Apura el vaso y está a punto de levantarse para ir a pedir otro cuando le suena el teléfono. Se lo saca del bolsillo y ve que se trata de un mensaje de Gemma, lo que le hace esbozar una sonrisa.

Pero, según empieza a leerlo, la sonrisa se esfuma y deja escapar un jadeo de incredulidad.

«Hola, John. Muchas gracias por la comida de hoy y la cena del viernes. Me ha gustado mucho conocerte y me siento mal por no haber pagado mi parte. No hay manera sencilla de decir esto, pero te respeto lo suficiente para ser sincera. Me temo que no siento que exista una fuerte conexión entre nosotros y por eso no quiero tener otra cita. Esto no dice nada malo de ti, John, y sé que habrá muchas mujeres por ahí encantadas de conocerte. En mi caso, no he notado esa chispa. Te deseo lo mejor. Gemma».

Siente que el aire abandona sus pulmones como si le hubieran dado una patada en el pecho y se apodera de él un temblor incontrolable.

Tiene que volver a leer el mensaje para asegurarse de que lo que ven sus ojos es cierto. Y lo es, las palabras de Gemma son como dardos venenosos que le alcanzan el corazón.

Esto es del todo inesperado y no entiende qué ha sucedido. Sabe que a ella le gusta. Fue evidente desde el momento en que se conocieron. Y durante la comida no le ha dado la impresión de que estuviera a punto de dejarlo. Y está convencido de que no ha dicho nada que haya podido disgustarla.

Hace que se pregunte si habrá ocurrido algo a lo largo de la última hora. Algo que le haya hecho enviarle este mensaje tan asqueroso.

Le invade un torrente de rabia e impotencia cuando se pone en pie y encamina sus pasos hacia la puerta. No piensa llamarla hasta llegar a casa y calmarse. Y, si no le responde el teléfono, entonces irá directo a su casa para descubrir a qué narices está jugando.

Pese a notar el ácido quemándole el estómago, eso no le impide servirse otro *whisky* cuando llega a casa. Lo necesita para ayudarle a asimilar la sorpresa de lo sucedido.

Da un trago y se deja caer en su sillón favorito.

Su mente es un torbellino de pensamientos encontrados y nota el corazón desbocado en el pecho. Tiene que recuperar la compostura antes de llamarla, y eso implica tener su rabia bajo control. Pero no va a resultarle fácil después de haberse visto sometido a semejante golpe devastador.

Abre su teléfono y vuelve a leer el mensaje, y en esta ocasión hay dos frases que llaman su atención.

«Me temo que no siento que exista una fuerte conexión entre nosotros». Y, además, «En mi caso, no he notado esa chispa».

Es que no lo entiende. Desde luego que existe una fuerte conexión entre ambos, lo que pasa es que ella aún no se ha dado cuenta. Y, si él ha sentido la chispa, es imposible que a ella no le haya ocurrido lo mismo.

Transcurren otros diez minutos hasta que se siente preparado para hacer la llamada. Pero, al hacerlo, no obtiene respuesta. Lo intenta varias veces, deja que suene, pero Gemma no responde y él nota que vuelve a nacerle la rabia.

A continuación, redacta un mensaje con dedos temblorosos:

«Por favor, déjame hablar contigo, Gemma. Seguro que puedo convencerte para que no renuncies a lo nuestro. Si crees que las cosas van demasiado deprisa, podemos ir más despacio. Lo que siento por ti es muy fuerte y, a pesar de lo que dices, de verdad creo que estamos hechos el uno para el otro. Besos».

Tiene que esperar otros cinco minutos hasta que ella le responde.

«Lo siento, John, pero ya he tomado la decisión y te pediría amablemente que no vuelvas a ponerte en contacto conmigo».

Sus palabras se le congelan en la tripa, y de pronto tiene la impresión de que la habitación encoge, de que las paredes le oprimen.

Bebe un poco más de *whisky* y cierra los ojos mientras sopesa qué hacer a continuación. No piensa perderla, menos ahora que está completamente enamorado de ella. Tendrá que convencerla de que hacen buena pareja y de que lo que le pasa es que tiene miedo al compromiso, que es algo que podrá superar con su ayuda.

Ha bebido demasiado y se nota algo mareado, así que no podrá conducir hasta su casa de momento. Irá más tarde, cuando se haya tomado un par de cafés y haya comido algo.

Está decidido a no dejarla escapar, por el bien de ella así como por el suyo propio.

CAPÍTULO 33

Gemma

Me cuesta mucho no sentir cierto grado de empatía por John. Su último mensaje ha sido una sorpresa. No tenía ni idea de que ya hubiese desarrollado sentimientos tan potentes hacia mí.

Evidentemente cree que soy alguien con quien poder construir una relación, y el tono de su mensaje olía a desesperación.

Me alegra mucho no haber respondido al teléfono cuando ha llamado. Temía que eso pudiera darle pie a pensar que sería capaz de hacerme cambiar de opinión.

Me he visto tentada, por supuesto, pero después de solo dos citas no siento que le deba una explicación detallada sobre los motivos que me han llevado a dejarlo.

Sé que la búsqueda del amor puede ser un camino difícil y doloroso. Hay innumerables libros, páginas web y revistas para mujeres que ofrecen trucos y consejos al respecto, incluido cómo y cuándo ponerle fin si tu instinto te dice que el hombre no es «el elegido». Todas las publicaciones te animan a ser directa y a no alargar las cosas. Y, si tan solo has tenido un par de citas, un mensaje amistoso y conciso resulta bastante apropiado.

No obstante, aunque he puesto fin a la relación antes de que pudiera llegar más lejos, me da la impresión de que lo he decepcionado.

Ha hecho que vuelva a preguntarme si alguna vez encontraré a alguien que llene el vacío que dejó Callum en mi corazón. Puede ser que esté poniendo el listón demasiado alto. Él era la pareja perfecta para mí y no me imagino conocer a alguien que sea comparable. Aún me cuesta creer que estuviéramos juntos menos de un año. Fue un romance de cuento de hadas que quería que durase para siempre. Todavía atesoro cada día y cada noche que pasé con él, y una parte de mí no desea crear recuerdos nuevos con otra persona. No puedo evitar preguntarme si será ese el motivo por el que mis citas nunca progresan hacia algo más significativo.

Con tantas cosas en la cabeza, me resulta imposible relajarme. Conforme avanza la tarde, me bebo media botella de vino delante del televisor, pero no me apetece cocinar nada para la cena, así que picoteo patatas fritas y fruta.

Soy muy consciente de que estoy volviendo a beber demasiado para ayudarme a gestionar el estrés, y sé que es un problema que tendré que abordar. Pero todavía no.

Mañana empieza una nueva semana, así que decido que me acostaré temprano. A las siete apago todas las luces de abajo y me voy al piso de arriba. Antes de meterme en la cama, necesito aliviar la rigidez de mis huesos, así que me doy una ducha y me quedo bajo el chorro de agua caliente durante varios minutos. Eso me ayuda y, cuando me meto bajo el edredón, me encuentro mucho mejor.

Cierro los ojos y trato de relajarme pensando en Callum. Me viene a la cabeza la noche en que me pidió matrimonio. Estábamos en su piso y acabábamos de terminar una cena que había cocinado él. Yo no tenía ni idea de lo que pensaba hacer, así que cuando se levantó de la silla de pronto e hincó la rodilla en el suelo me quedé de piedra.

—Antes de irme a por el postre, hay algo que quería preguntarte —me dijo, y se sacó una cajita del bolsillo.

Yo me quedé sin respiración, con la boca abierta, cuando abrió la caja y me mostró el anillo.

—Gemma Morgan —prosiguió, con la voz distorsionada por los nervios—. Has capturado mi corazón y te quiero muchísimo. Deseo estar contigo para siempre, en lo bueno y en lo malo. Dame la oportunidad de ser el hombre más afortunado del planeta. ¿Quieres casarte conmigo?

Me explotó la sonrisa en la cara y, antes de caer rendida en sus brazos, respondí:

—¡Sí, sí y sí!

Sigo despierta pensando en esa noche cuando me sobresalta el sonido del timbre. No espero visita, de modo que lo primero que pienso es que Sean ha regresado para volver a amenazarme y un nudo de inquietud se aloja en mi estómago.

Mientras salgo de la cama, el timbre vuelve a sonar, y quienquiera que sea parece haber dejado el dedo pegado al botón, porque no para de sonar.

La ansiedad me devora por dentro, y me detengo justo antes de encender la luz. Antes de dejar ver que estoy en casa, quiero saber de quién se trata y si es prudente bajar las escaleras y abrir la puerta.

La ventana de mi dormitorio da a la calle y, aunque tengo las cortinas echadas, hay una rendija de más o menos un par de centímetros entre ellas, lo que me permite asomarme al exterior.

El camino de acceso se encuentra casi justamente debajo y alcanzo a ver una figura en la sombra frente a la puerta.

De pronto, el timbre deja de sonar y la figura da un paso atrás. Es entonces cuando me doy cuenta de que no se trata de Sean Kelly.

Mi visitante es John Jackman.

Debería sentirme aliviada, pero no es así. El hecho de que se haya presentado aquí me da miedo.

No le he dado mi dirección, ¿cómo sabe entonces dónde vivo? ¿Me habrá seguido hoy después de comer? ¿O se las habrá apañado para averiguarlo antes incluso de conocernos?

Estoy convencida de que va a levantar la mirada hacia la ventana, así que me preparo para apartar la cabeza con rapidez y ocultarme tras las cortinas.

Sin embargo, no lo hace. En lugar de eso, se da la vuelta y regresa por el camino de acceso hasta la acera. Entonces le veo cruzar la calle y montarse en un utilitario de color oscuro. Segundos más tarde, arranca y se marcha, y yo me quedo preguntándome qué habría sucedido si le hubiera abierto la puerta.

Tomo aire para calmarme, pero por dentro no paro de temblar. Regreso a la cama y me siento en ella.

No es solo el hecho de que sepa dónde vivo lo que me tiene profundamente inquieta. También que haya ignorado mi petición de no volver a ponerse en contacto conmigo.

¿Habrá venido entonces para rogarme educadamente que me replantee mi decisión de dejarlo, o su intención sería hacerme daño?

No sé qué creer, porque no lo conozco lo suficiente para estar segura. Estoy tentada de llamarlo, pero entonces sabrá que estoy en casa y bien podría regresar.

Tal vez haya sospechado que estaba en casa de todas formas y se haya dado cuenta de que no pensaba abrirle la puerta. O puede que haya dado por sentado que, como ni siquiera son las ocho, he salido por ahí.

Noto unos golpes sordos en el pecho y tengo el resto del cuerpo rígido por la tensión. Cabe preguntarse si esta será la última vez que lo vea. O si resultará ser uno de esos hombres que se niega a aceptar la realidad hasta que se les obliga.

Me recuerda al tipo que se pasó un mes acosándome y no paró de llamarme y de escribirme hasta que amenacé con denunciarlo a la policía. Fue una experiencia de lo más inquietante y no desearía tener que volver a pasar por lo mismo.

He leído infinidad de artículos sobre los riesgos de las citas *online*. Las historias sobre mujeres que han tenido problemas serios con hombres que se tomaron mal el rechazo. He leído los abusos que sufrieron, que en algunos casos llegaron a la agresión física.

No quiero creer que John Jackman sea uno de esos hombres, pero ¿habré pasado por alto algún indicio importante en su conducta? ¿Alguna señal de alarma?

Solo hemos salido dos veces y hemos mantenido una conversación telefónica, y aun así ya parece obsesionado conmigo. La clave radica en lo que ha escrito en su mensaje.

«Lo que siento por ti es muy fuerte… y de verdad creo que estamos hechos el uno para el otro».

Y, previo a eso, me dio la impresión de mostrarse demasiado entusiasta. Deseaba adelantar nuestra primera cita después de la charla telefónica y me pareció que intentaba correr demasiado. Además me he sentido incómoda con todas las preguntas que me ha hecho este mediodía. La comida me ha parecido más bien un interrogatorio.

Pero lo de presentarse en mi casa esta noche se lleva la palma. Me angustia pensar que supiera dónde vivo, dado que me he cuidado de no decírselo, igual que nunca se lo dije a mis anteriores citas.

También sabía que no deseaba volver a verlo, pero eso no le ha impedido venir, lo que en sí mismo es bastante alarmante.

Lo único que puedo hacer es aguardar y ver qué sucede. ¿Entrará en razón y me dejará en paz, o estará siendo presa de una obsesión malsana?

Sacudo la cabeza y dejo escapar el aliento lentamente. Ya tenía bastante con Sean Kelly y Elias Cain.

Ahora tengo que añadir a mi lista de preocupaciones al puto John Jackman.

CAPÍTULO 34

Es lunes por la mañana y, cuando me levanto de la cama a las cinco en punto, siento el cuerpo torpe y perezoso. La falta de sueño ya me tiene agotada antes incluso de empezar el día.

Aunque no es de extrañar, habida cuenta de los pensamientos intrusivos que me han estado asaltando toda la noche. Siguen ahí, por supuesto, como una pesada losa que voy a tener que llevar a hombros durante Dios sabe cuánto tiempo.

Antes de meterme en la ducha, miro por la ventana para ver si hay algún coche aparcado en la calle que me resulte familiar. Aún es de noche, pero estoy bastante segura de que John no está ahí fuera esperando a que salga de casa.

Después miro el teléfono y me siento aliviada al comprobar que no he recibido ningún otro mensaje a lo largo de la noche.

Cuesta creer que me esté sucediendo esto. En el transcurso de tan solo unos pocos días, se me ha complicado la vida de forma considerable. Y es gracias a tres hombres, quienes, por diferentes motivos, me están haciendo sentir incómoda. Cada uno de ellos se me ha metido en la cabeza y eso no me gusta nada.

Quiero que me dejen en paz para poder regresar a mi vida de

siempre. No quiero ponerme nerviosa cuando alguien se presente en mi puerta o cuando me suene el teléfono porque he recibido un mensaje de texto. Y me fastidia reconocer que hay muy poco que pueda hacer al respecto salvo mantener la cabeza fría y aguantar.

Pero, al mismo tiempo, estoy decidida a no permitir que todo esto me afecte. No soy una víctima indefensa y no me considero vulnerable. De modo que haré todo lo que esté en mi mano para seguir fuerte y enfrentarme a lo que sea que suceda.

En la ducha, el agua caliente me proporciona un efecto calmante y, luego, me siento mucho más preparada para encarar el día que tengo por delante.

Me ciño a mi rutina del café y la tostada mientras veo las noticias en la tele. Durante la noche han saltado nuevas historias y no se hace mención al asesinato de Larry Spooner. No me sorprende, dado que el ciclo informativo avanza a gran velocidad y debe reflejar lo que sucede en todo el mundo.

El aire frío me araña la piel al salir de casa y el vacío que reina en la calle es un reflejo de lo que siento por dentro. Pero al menos John Jackman no hace ninguna aparición inesperada, lo que me anima a creer que puede que no vaya a suponerme un problema al final.

Los turnos de la plantilla en *The Sunday News* están escalonados, pero la mayoría de los reporteros acudimos los lunes y nos tomamos libres el martes y el miércoles. Se debe a que el lunes siempre es un día ajetreado, al tener que gestionar toda la repercusión generada por la edición del día anterior.

Llego a la oficina pocos minutos pasadas las ocho y, antes de que me dé tiempo a encender mi ordenador, Ryan se acerca a mi mesa.

—Buenos días, Gem —me saluda—. Me alegra que llegues temprano.

—¿Y eso por qué, jefe? —pregunto.

—Porque significa que tendrás tiempo de sobra para pensar en una entrevista que vas a hacer luego.

—¿Y a quién voy a entrevistar?

—Al gran protagonista, ¿te lo puedes creer? —me dice con una sonrisa—. Al inspector jefe Elias Cain.

El corazón me da un vuelco.

—¿Estás de broma?

Niega con la cabeza.

—He hablado otra vez con él por teléfono justo antes de que llegaras. Tiene pensado conceder varias entrevistas hoy, incluyendo una con nosotros que podemos publicar *online*. Dice que desea aclarar las cosas en relación con su esposa desaparecida.

—Ya tuvo ocasión de hacerlo cuando hablé con él hace unos días.

—Lo sé. Y dice que lamenta no haber hablado contigo entonces. Pero se ha visto sobrepasado por las especulaciones descabelladas que nuestro artículo ha generado en las redes sociales.

—No entiendo por qué. Ha sido así desde que su mujer se esfumó.

—Pero, hasta ayer, los comentarios y las acusaciones eran pocos y espaciados. Ni siquiera causó tanto revuelo cuando publicamos la noticia por primera vez.

—Seguramente se deba a que la mayoría de la gente dio por hecho que su esposa aparecería sana y salva transcurridas unas semanas pese a los miedos expresados por sus padres.

—Sospecho que tienes razón. El caso es que, al ofrecerse a concedernos una entrevista, no he dudado en aprovechar la oportunidad.

—¿Y sabe que me lo vas a encargar a mí?

Sonríe de nuevo.

—Ha insistido en que fueras tú.

Noto que se me dispara la adrenalina.

—Madre mía. Ese hombre es masoquista.

—Pero he accedido a una condición que me ha puesto —agrega Ryan—. Si habláis del asesinato de Larry Spooner y de la acusación que hizo, tendrá que ser de manera extraoficial. Muy poca gente de la policía sabe que él es el agente en cuestión y no quiere que se conozca su nombre.

—Lo entiendo. ¿Y cuándo y dónde lo entrevisto?

—Va a venir a las doce. Tras la reunión editorial de por la mañana, podrás revisar el primer artículo que escribiste y familiarizarte con toda la información que tenemos sobre su esposa y él.

La inminente reunión con el inspector jefe es el primer punto del día cuando da comienzo la reunión editorial.

Ryan informa al equipo, y todos ellos muestran su sorpresa, aunque algunos se lamentan cuando les dice que no podemos publicar una respuesta oficial a la acusación de Larry Spooner de que es un policía corrupto.

—Y es de vital importancia que no filtremos su nombre llegado este punto —asegura Ryan—. Le he hecho la misma promesa que les hice a la inspectora que investiga el asesinato de Spooner y a la oficina de prensa de la policía.

Ryan llama entonces nuestra atención sobre algunas de las cosas que han escrito los usuarios sobre Cain en internet.

—Una publicación de Twitter incluía una fotografía de su mujer y la pregunta: «¿Soy el único que no se cree que se fugara sin más?» —nos cuenta Ryan—. Y, en otra página, alguien ha escrito: «Los padres de la mujer han dicho que creen que está muerta. Y también han dejado claro que creen que su marido la mató».

A continuación menciona varias publicaciones más:

«No entiendo por qué la policía ha dejado de buscar a esa pobre mujer».

«La poli debería ponerse a excavar en el jardín de la casa de la pareja».

«Pamela Cain se habría puesto en contacto con sus padres si siguiera viva. Solo cuentan con la palabra del marido de que la mujer hizo la maleta y lo abandonó».

A todos les resulta evidente por qué Cain siente la necesidad de dejarse entrevistar en lugar de limitarse a emitir una declaración.

—Sin embargo, podría salirle el tiro por la culata —señala Martin—. Si no parece sincero, sin duda generará más controversia aún.

Ryan aclara entonces que el periódico va a investigar ambos aspectos de la noticia de Larry Spooner: su asesinato y la acusación sobre la presunta naturaleza corrupta de Cain.

—Tú estás al mando, Gemma —dice mirándome—. A ver qué puedes sonsacarle hoy y, a partir de ahí, redacta un plan sobre los siguientes pasos. Con quién deberíamos hablar. Qué información podemos encontrar sobre la banda criminal de los Hagan. Sería fantástico si pudiéramos tener otra exclusiva para el próximo domingo.

—¿Quieres que venga también mañana y el miércoles? —le pregunto.

—Si puedes, sería estupendo —admite—. Si no puedes, asigna los diferentes encargos y trata de mantenerte informada en la medida de lo posible desde casa.

—Creo que prefiero venir, jefe —respondo—. No tengo ningún otro plan.

—Esperaba que dijeras eso —reconoce Ryan—. Toma nota de los días que se te deben y, en algún momento, podrás tomarte unas merecidas vacaciones.

Después de la reunión, regreso a mi mesa y reviso el artículo que escribí hace un año poco después de la desaparición de Pamela Cain, el que provocó que su marido me llamara y me dijera: «Deberías ceñirte a los hechos, zorra de mierda. Y los hechos son que Pam hizo la maleta y me dejó por voluntad propia. Y seguramente le parezca gracioso que yo tenga que vivir bajo una nube de sospechas el resto de mi puta vida».

En el artículo, señalé que la pareja estaba atravesando dificultades conyugales, pero no incluí el hecho de que Pamela hubiera amenazado con abandonarlo después de que él tuviera un rollo de una noche con otra mujer cuando estaba de despedida de soltero en Benidorm.

Sigo repasando todas las notas que tomé en su momento cuando me informan de que el inspector Cain ya ha llegado al edificio y Ryan me pide que baje a recibirlo.

—Le he informado de que durante la entrevista estará presente un compañero nuestro y no ha puesto ninguna objeción —me explica Ryan—. Quiero que sea Martin, así que te estará esperando en la sala de reuniones pequeña.

CAPÍTULO 35

Ha pasado alrededor de un año desde la última vez que vi a Cain y, cuando poso mis ojos en él en recepción, lo encuentro muy diferente.

Ha perdido peso y su cabello, en otra época oscuro y abundante, luce ahora casi del todo gris.

No obstante, sigue siendo una presencia alta e imponente, vestido con un traje azul y una camisa blanca con el cuello abierto, y, si no supiera que tiene cincuenta y un años, pensaría que es mucho más joven.

Noto el cuerpo rígido por la tensión cuando me aproximo a él, pero logro esbozar una sonrisa. Él no me la devuelve, pero sí me tiende la mano para que se la estreche.

—Cuánto tiempo, señorita Morgan —me dice con una expresión serena y neutra—. Que sepa que solo puedo dedicarle una media hora. Mi próxima cita es con el *Daily Mail* a la una.

—Entonces será mejor que nos pongamos a ello —respondo—. Nos han reservado una sala en la planta de arriba y mi compañero nos está esperando allí. Se dedicará a tomar notas. Según me ha dicho mi editor, le parece bien que le saquemos una fotografía de hombros para arriba.

—Desde luego —confirma—. ¿Y su editor también le ha dejado claro que esta entrevista es sobre mi mujer, no sobre Larry Spooner?

—Así es.

—Bien. Entonces, empecemos cuando quiera.

Lo llevo directo a la sala de reuniones pequeña, donde le presento a Martin y a Tony, nuestro fotógrafo. Tras declinar el ofrecimiento de tomar algo caliente, Cain se sienta a la mesa para que le saquen la foto. Tony se marcha después y yo me pongo manos a la obra.

—Me gustaría empezar dándole las gracias por venir aquí a hablar con nosotros, inspector Cain —le digo—. Entiendo que no debe de ser fácil para usted.

Me clava sus ojos claros y voraces.

—Tiene que entender que no estoy aquí por elección, señorita Morgan. Las autoridades de la policía han insistido en que contara mi versión de la historia. No quieren que guarde silencio después de la reacción *online* a su artículo del periódico de ayer. Esos enfermos se me han echado encima, aunque no es de extrañar, teniendo en cuenta que, una vez más, insinuó usted que debí de tener algo que ver con la desaparición de mi esposa.

Siento que se me enciende la cara.

—Le aseguro que no era mi intención. Me limité a reproducir los hechos. Y le recuerdo que le invité a colaborar y usted rehusó.

—Es que no quería —responde con gesto de irritación—. Lo que quiero es que se olviden de este asunto de una vez por todas. Ya les he contado a usted y a todo el mundo que Pam me abandonó. Yo no le hice nada. Y no es culpa mía que no se haya puesto en contacto con sus padres para hacerles saber que se encuentra bien. Pero lo que no le han contado es que nunca tuvo una buena relación con ellos. Apenas se hablaban y siempre le dejaban claro que yo no les caía bien.

Se da cuenta de que Martin está garabateando notas y entorna los ojos adoptando una expresión de fastidio.

—No se atreva a utilizar eso como una cita directa —amenaza entre dientes—. No he venido aquí para empeorar las cosas poniendo a parir a la familia de mi mujer.

—Entonces, ¿qué es lo que quiere contarnos? —le pregunto.

Deja escapar el aliento lentamente.

—Quiero reiterar lo que ya he dicho muchas veces: que quería a Pamela y la sigo queriendo. Hace un año, estábamos pasando una mala racha. No nos llevábamos tan bien como antes. Pero cuando regresé a casa aquella noche y descubrí que se había marchado, llevándose algunas de sus pertenencias y el pasaporte, me quedé destrozado. Naturalmente di por hecho que me había dejado, tal vez por otro. Ahora también pienso que es probable que se trasladara a vivir al extranjero y haya empezado una nueva vida.

»Hice varios llamamientos a través de los medios de comunicación para que nos dijera a sus padres y a mí que estaba bien, pero no hubo respuesta. No hay mucho más que pueda hacer. Ninguno de sus amigos o compañeros de trabajo sabía dónde se había metido.

»Mis compañeros del cuerpo llevaron a cabo una investigación de personas desaparecidas, pero no hallaron pruebas que indicaran que hubiera sufrido ningún daño. Como es natural, me entrevistaron, como harían con cualquier marido en tales circunstancias, y enseguida llegaron a la conclusión de que yo estaba tan desconcertado como cualquiera.

Se frota la parte inferior de la nariz con un nudillo y después se arrellana en la silla y se cruza de brazos.

—Como usted ya sabrá, señorita Morgan, cuando las esposas desaparecen, las sospechas siempre recaen en el marido —continúa—. Y, como soy agente de policía, hay mucha gente por ahí que quiere creer que la maté.

Tiene los músculos de la mandíbula apretados y me doy cuenta de que le está costando controlar el temblor de la voz.

—¿Qué les diría a esas personas que están publicando comentarios incendiarios sobre usted en internet? —le pregunto.

Se queda mirándome con dureza, sin parpadear.

—Les pediría que, por favor, dejasen de hacerlo. Resulta muy doloroso y no me lo merezco porque no he hecho nada malo. No quiero llegar al extremo de verme obligado a pensar en tomar acciones legales contra ellos.

Le hago algunas preguntas más, pero zanjo la cuestión pasados quince minutos para poder colar un par sobre Larry Spooner.

—Antes de que se vaya, inspector Cain, solo quiero asegurarme de que no desea decirnos nada oficial en relación con Larry Spooner y la acusación que realizó contra usted —comento.

Se yergue en la silla y levanta la barbilla.

—Sabía que no sería capaz de resistirse a entrar en eso, aunque ya le dejé claro a su jefe que no pienso hacer ninguna declaración oficial. Pero, entre usted y yo, le diré que es una auténtica gilipollez. Ese tipo solo intentaba destrozar mi reputación. Como ya sabrá, fui yo quien lo envió a prisión y quería vengarse. No estoy corrompido y jamás he hecho tratos con los hermanos Hagan. Su absurda alegación ha dado pie a una investigación interna y, si se filtra mi nombre, lo utilizarán como otro palo más con el que apalearme.

»Larry Spooner era escoria, un pedazo de mierda, y tenía muchos enemigos. Les estaba tomando el pelo, y lo que fuera que tuviera pensado decirles habría sido una absoluta patraña.

Cuando se pone en pie, noto su mirada dura y penetrante.

—Y con eso concluye la entrevista —anuncia—. No responderé a más preguntas. Pero que sepa que todo lo que le he contado es la verdad. Y, en lo relativo a mi esposa desaparecida, le pediría que se ciñera a los hechos y no intentara hacerme quedar como alguien que oculta algo. Porque no es así.

CAPÍTULO 36

Martin regresa a la redacción mientras yo acompaño a Cain a recepción.

En el ascensor, se vuelve hacia mí y enarca las cejas con expresión inquisitiva.

—¿Y bien? —me pregunta—. ¿He logrado convencerla de que soy inocente de ambos cargos, señorita Morgan?

La pregunta me pilla desprevenida y me hace apretar la mandíbula.

—Mi trabajo no es juzgarlo, inspector —respondo—. Informo de los hechos y, en el caso de su esposa, eso es lo que he hecho siempre. Lamento que lo que escribí en el pasado le molestara, pero nada de lo que incluí en aquel artículo era falso.

En su boca se dibuja una sonrisa irónica.

—Y yo lamento haberme alterado tanto entonces y haberla llamado zorra de mierda. Debería haberme disculpado después.

Percibo en su voz una absoluta falta de sinceridad, pero contengo el impulso de responder con un comentario sarcástico y articulo un «gracias» silencioso.

El ascensor llega a la planta baja y ambos salimos. Pero, en lugar de dirigirse hacia las puertas giratorias, Cain se detiene y dice:

—¿Y qué hay de la acusación de Larry Spooner? ¿Se siente inclinada a creerlo a él o a mí?

—Bueno —respondo, encogiéndome de hombros—, no tuve ocasión de hablar con él, así que no sé lo que me habría contado. Pero sí que acepto que, si su objetivo era dañar su reputación, entonces lo único que tenía que hacer era generar sospechas mencionando su nombre.

El inspector asiente y se muerde el labio inferior.

—Eso es. Pero acaba de decir que no habló con él. Me dijeron que habló con un reportero de *The Sunday News* y di por hecho que sería usted porque había estado llamando a mis compañeros para averiguar cosas sobre mí.

—Fue otro compañero quien mantuvo una breve conversación con él —le explico—. Después me asignaron la historia a mí.

—Y, según tengo entendido, Spooner acordó reunirse con ustedes el jueves por la mañana.

—Así es. Pero no se presentó y después supimos por qué de boca de la inspectora a cargo de la investigación de su asesinato.

—La inspectora jefe Patel vino a verme también —me informa—. Me dijo que las dos últimas llamadas que realizó Spooner con su teléfono fueron a este periódico.

—Efectivamente —confirmo—. Y por eso una de las líneas de investigación de la inspectora Patel es que lo tirotearan para impedirle pasarnos información.

Entorna algo los ojos.

—O puede que su asesinato no tuviera nada que ver con eso. Ese tipo era un villano. Un delincuente profesional. No me cabe duda de que tenía más enemigos que yo.

—No me cuesta creerlo —convengo—. Pero, ahora que ha muerto, supongo que nunca sabremos qué era lo que pensaba decirnos.

Está a punto de hacerme otra pregunta, pero cambia de opinión y, en su lugar, dice:

—Entonces me marcho. Que tenga un buen día, señorita Morgan. Estoy deseando ver cómo enfoca la entrevista. Y de verdad confío en que no me dé razones para quejarme.

No espera a que responda, se da la vuelta y camina hacia la salida.

Me invade un torrente de rabia al verlo abandonar el edificio.

Y es entonces cuando caigo en la cuenta de que no ha mencionado el expediente que Spooner dijo que había elaborado y que tenía planeado entregarnos. Me pregunto si eso significa que la inspectora Patel no le ha hablado de ello.

Puede que no exista, desde luego, pero, en caso contrario, bien podría contener pruebas que demuestren que el inspector Cain es un cabrón mentiroso y sí que figura entre la legión de policías corruptos de la Policía Metropolitana.

Repaso en mi cabeza las palabras del inspector mientras regreso a la redacción. No estoy convencida de que haya sido sincero conmigo, pero me ceñiré a su declaración cuando escriba la entrevista, permitiéndole así defenderse.

Es imposible saber si provocará mucha compasión y evitará que sigan criticándolo en las redes sociales. Pero hay una cosa que sí sé, y es que pienso poner todo de mi parte para intentar averiguar qué era lo que Larry Spooner tenía pensado contarnos.

Cuando entro en la redacción, me entero de que Martin ya ha informado al jefe del desarrollo de la entrevista.

—Así que lo único que ha hecho el inspector Cain ha sido desmentirlo todo —me dice Ryan.

—Era de esperar —contesto con gesto afirmativo—. Ha lanzado

una contraofensiva y me ha dado la impresión de que está convencido de que las acusaciones de Spooner no llegarán a nada.

—A la policía le resultará difícil demostrar nada si no hay pruebas.

—Pero podría haberlas si Spooner llegó a elaborar un expediente y la policía lo descubre —conjeturo.

Ryan frunce los labios.

—Imagino que, si fue asesinado para impedirle delatar a Cain y si existe tal expediente, entonces ahora estará en manos de su asesino.

Es uno de los puntos que habremos de tener en cuenta cuando abordemos la tarea de entretejer los diferentes hilos y conseguir otra exclusiva para la portada. Pero sé que no va a ser fácil.

Las historias relacionadas con el crimen organizado y una posible corrupción policial siempre plantean un desafío especial. La gente se muestra reacia a hablar por motivos evidentes. Los policías cooperan menos porque deben proteger su reputación. Y los periodistas implicados tienen más probabilidades de encontrar resistencia e incluso de sufrir amenazas serias.

Sin embargo, nada de ello va a impedir a una escritora como yo desear verse envuelta en el caso.

Ryan me pide que redacte de inmediato la entrevista a Cain para poder publicarla *online* y, minutos más tarde, mis dedos vuelan ya sobre el teclado.

No me lleva mucho tiempo, y ya en el primer párrafo dejo claro el tono de la entrevista.

«El conocido inspector londinense cuya mujer lleva un año desaparecida aún conserva la esperanza de que se encuentre con vida y hoy ha hecho otro emotivo llamamiento para que se ponga en contacto con él o con sus padres».

Me aseguro de decir que sigue convencido de que Pamela lo abandonó porque estaban atravesando una mala racha en su matrimonio y que niega categóricamente haberle hecho daño. También empleo las citas en las que declara seguir queriéndola y ruega a la gente que deje de criticarlo en internet.

Una vez terminada, se la envío a Ryan y a los subeditores y luego decido ir a ver si Martin quiere comer algo conmigo en la cafetería.

Pero, justo cuando estoy a punto de levantarme, me suena el teléfono y, al mirarlo, noto una explosión de calor en el pecho.

Quien me llama es John Jackman. Por un momento me planteo responder. Pero prevalece el sentido común y pulso el botón para rechazar la llamada.

Tomo aire y lo dejo escapar con un suspiro lento y melodioso. Debería haber sabido que intentaría ponerse en contacto conmigo hoy, al no haberme encontrado en casa la noche anterior. No obstante, supone para mí una sorpresa y noto que me recorren los nervios cuando me levanto de la mesa y voy en busca de Martin.

CAPÍTULO 37

Siento la necesidad de hablar con alguien para poder desahogarme. Desde la muerte de Callum, ese alguien siempre ha sido Alice. Pero ahora no puede ayudarme, así que tendrá que ser Martin. Es mi compañero de trabajo y amigo, y una de las pocas personas en las que puedo confiar.

Mientras comemos en la cafetería, le cuento el fin de semana de mierda que he tenido, empezando por la visita inesperada de Sean y el motivo por el que llamé a la policía.

—Me pareció que no tenía elección —explico—. Hizo que me hirviera la sangre y me dio miedo que volviera a casa y la pagara con Alice otra vez.

Advierto el susto en su cara.

—Debió de ser horrible, Gem. Ese tío debería estar entre rejas, en especial si ya le ha hecho daño a su mujer.

—Pues mintió a la policía y les dijo que me lo había inventado todo. Y Alice les contó que los hematomas se debían a un accidente con una puerta. La agente que vino a verme dijo que me creía, pero que lo máximo que podían hacer era advertirle que no volviera a acercarse a mí. Y no quieren que me ponga en contacto con él ni con Alice. Pero me resulta muy difícil porque estoy preocupada por ella.

—Bueno, ahora que la policía ya está al corriente, tendrán vigilada la situación —comenta Martin.

La verdad es que no lo creo, pero decido dejarlo correr y, a continuación, paso a hablarle de John Jackman y de mi decisión de terminar con él ayer.

—Es que no creía que fuésemos compatibles, así que pensé que sería mejor dejarlo antes de que las cosas se complicaran demasiado —le cuento—. Se lo expliqué en un mensaje, pero resulta que es uno de esos tíos que no aceptan el rechazo. Respondió básicamente rogándome que me lo replanteara. Y anoche vino a mi casa, pero no le abrí la puerta. Y ahora acaba de llamarme otra vez.

—¿Y qué te ha dicho?

—No he respondido.

—Bueno, lo siguiente que deberías hacer es bloquear su número.

—Eso fue lo que hice con el otro tío que te conté que me acosaba. Pero siguió llamando con números diferentes.

Martin me cuenta entonces que Tracy tuvo una experiencia similar con un hombre al que conoció en una aplicación de citas.

—Terminó con él después de seis semanas, pero luego el tío estuvo dos meses más detrás de ella —me explica—. Seguía llamándola, escribiéndole y presentándose en su casa. De pronto paró, así que ella supone que debió de cansarse del asunto. Pero se quedó muy angustiada y no volvió a utilizar la aplicación de citas hasta pasados otros seis meses.

—No me extraña —comento—. Y, puesto que mencionas a Tracy, ¿cómo van las cosas entre vosotros? La última vez que hablamos, estabas bastante decaído.

Martin se encoge de hombros.

—Ayer estuvimos hablando largo y tendido y estoy seguro de que ya estamos bien. Sabes bien cómo son las relaciones. Hay días y semanas que son mejores que otros.

No acaba de convencerme de que todo se haya solucionado entre ellos, pero no me corresponde a mí cuestionar lo que me ha contado, de manera que desvío la conversación para dejar de hablar de nosotros y digo:

—Hora de pensar en la historia de Spooner y ver si se nos ocurre un plan de acción. Supongo que, antes de que acabe el día, Ryan querrá saber qué avances hemos hecho.

Cuando regresamos a la redacción, reunimos al equipo que está trabajando en la historia junto con nosotros.

Han recabado bastante información. Han elaborado una lista de personas con las que tenemos que hablar, incluyendo algunos de los tipos con los que se relacionaba Larry Spooner. Hemos sabido que su madre viuda vive en una residencia de Camberwell, que no queda lejos de donde él vivía.

Ya han interrogado a sus vecinos más cercanos de Peckham, que lo han descrito como un tipo peculiar pero agradable y retraído.

Vivía solo desde que salió de prisión nueve meses atrás y la casa la había heredado de sus padres. Allí había vivido su madre antes de ser trasladada a la residencia un año atrás por motivos de salud.

Clive Bridger, el reportero de asuntos criminales de *The Sunday News* que está trabajando con nosotros, nos hace saber que ha estado buscando información entre sus contactos policiales y de los bajos fondos.

—Corre el rumor de que los hermanos Hagan tenían a Spooner en alta estima y que trabajaba mano a mano con ellos en su mansión del sur de Londres —comenta—. Si tienen en nómina al inspector Cain, es muy probable que a Spooner se lo dijeran o que este se enterase. Y una posible hipótesis sería que se propusiera entonces reunir pruebas que acabaran con el hombre que lo envió a prisión.

Clive será el que colabore con la oficina de prensa de la policía y además resulta que mantiene una estrecha relación con el agente que está al frente de la Unidad de Anticorrupción y Abuso.

—Os aseguro que no les hace ninguna gracia que se haya hecho una acusación contra uno de sus propios agentes —continúa—. Pero no es la primera vez que sucede, de modo que tienen un protocolo establecido para gestionar tales situaciones. También me han puesto al corriente de que, desde que hace varios años la Policía Metropolitana intensificó su lucha contra la corrupción dentro de sus propias filas, se ha producido un incremento significativo del número de acusaciones falsas y maliciosas contra agentes de servicio.

—Creo recordar que hace un tiempo publicamos un reportaje al respecto —comento.

—Así es —confirma Clive—. El comisario de la Policía sacó el tema durante una rueda de prensa. Declaró que el año anterior se había malgastado mucho tiempo y dinero en investigar alegaciones espurias de corrupción y mala conducta.

Dejo escapar un resoplido.

—Por si sirve de algo —digo—, me cuesta creer que Larry Spooner hubiera accedido a quedar con nosotros si no tuviera un montón de trapos sucios sobre el inspector Cain. Seguramente sabía que lo que nos ofreciera sería sometido a un concienzudo escrutinio, ya fueran fotografías, documentos o conversaciones grabadas. Y que, si no lográbamos corroborarlo, no lo publicaríamos. De modo que, por ahora, trabajaremos presuponiendo que lo que dijo era cierto y veremos si podemos demostrarlo.

* * *

Me paso la siguiente hora buscando en internet y en nuestros propios archivos digitales historias que mencionen a Larry Spooner y a los hermanos Hagan.

El juicio y la condena de Spooner por tráfico de drogas provocó una cobertura mediática limitada hace seis años, pero su nombre no volvió a aparecer en los periódicos hasta que fue asesinado. Y parece que nunca tuvo presencia en redes sociales, y si la tuvo ha sido borrada.

Lee y Charlie Hagan, por otra parte, han sido noticia en múltiples ocasiones a lo largo de los años. Ambos han cumplido condenas de cárcel cortas: Lee por agredir a un hombre y Charlie por robo. Y es un secreto a voces que ahora son un par de malhechores acérrimos cuyos tentáculos alcanzan múltiples actividades ilícitas.

Su empresa criminal se extiende por gran parte del sur de Londres y llega hasta el West End, y por lo tanto generalmente se presupone que hay más de unos pocos policías corruptos trabajando bajo cuerda para ellos. Agentes dispuestos a retirar cargos, destruir pruebas y hacer la vista gorda ante todo tipo de actividades viles. Y la pregunta que nos planteamos ahora es si el inspector Elias Cain se cuenta entre ellos.

Estoy a punto de buscar cuánta visibilidad han tenido en redes sociales cuando me suena el teléfono.

En pantalla aparece el número de Alice y me provoca un retortijón. Es la última persona de la que esperaba tener noticias hoy, lo que me hace preguntarme si habrá ocurrido algo.

—Alice, ¿estás bien?

—Sí, estoy bien, y me alivia mucho que hayas contestado a mi llamada —responde en voz baja y temblorosa.

—¿A qué te refieres? ¿Por qué creías que no iba a contestar?

—Pues por todos los problemas que te he causado; lo de Sean y la policía. Me daba miedo que no quisieras volver a saber nada de mí. Y no me habría extrañado. Me siento muy culpable.

—No deberías sentirte culpable. El culpable es el cabrón de tu marido. ¿Ha vuelto a hacerte daño?

Tose antes de responder.

—No, pero ahora las cosas están aún más tensas entre nosotros y no sé cuánto tiempo podré soportarlo. Pero, verás, llamo para decirte que lo siento mucho. Debería haber sido sincera con la policía cuando vinieron. Pero estaba en *shock* y Sean me rogó que no contradijera lo que él les había contado. Sé que mintió y que sí te amenazó. Y sé que te he decepcionado. Fue culpa mía que acudiera a tu casa, no debería haberte involucrado en mis problemas.

—Soy tu mejor amiga, Alice. Quiero que me involucres. He estado muy preocupada por ti. Pero la policía me dijo que no me pusiera en contacto contigo. Y temía que, si ignoraba su consejo, tu situación empeorase más aún.

—En teoría tampoco yo debería llamarte, Gem, pero le estaba dando tantas vueltas a la cabeza que tenía que hacerlo.

La desesperación que transmite su voz me provoca un vuelco en el estómago. Es descorazonador y me siento impotente porque no hay nada que pueda hacer para mejorar su situación.

—¿Qué planeas entonces? —le pregunto—. Ya es hora de que tomes el control de tu vida. Y, si él no te lo permite, no te quedará más remedio que dejarlo. —Soy consciente de que lo que le estoy diciendo es justo lo que su marido no quiere que diga. Y, si llega a enterarse, es muy probable que sienta que tiene motivos para volver a amenazarme. Pero si le impide a Alice ponerse en contacto conmigo, no tendré otra oportunidad, de modo que siento que debo aprovecharla.

—Pero es complicado, Gem —responde—. De verdad deseo que nuestro matrimonio funcione y no paro de repetirme que así será cuando Sean acepte que es él quien lo ha hecho mal. No yo.

Dejo escapar un soplido.

—¿De verdad crees que eso va a suceder, Alice? Él es así, y te estás engañando a ti misma si crees que va a cambiar. No lo va a hacer y, como ya te dije antes, cuanto más aguantes con él, más se agravará la situación.

—Por eso no quiere que hable contigo, Gem —responde, y percibo una nota de irritación en su voz—. Sabe lo que me dirás y le da miedo que me convenzas para abandonarlo.

—No debería tener que convencerte. Seguramente ya te hayas dado cuenta de que no es el hombre con el que creías que te habías casado. Y no deberías permitirle persuadirte de que se comporta de ese modo porque se siente inseguro. Es una estupidez.

—Entiendo lo que me estás… —De pronto deja de hablar y la oigo tomar aliento.

—¿Qué sucede, Alice? —le pregunto—. ¿Ocurre algo?

Se aclara la garganta y baja la voz hasta adoptar un tono aún más conspiratorio.

—Ha vuelto, Gem. Tengo que colgar. Perdona. Hablaremos pronto, te lo prometo.

Y, sin más, cuelga el teléfono y a mí se me forma un nudo en la garganta.

Cierro los ojos y rezo a Dios para que Alice no le cuente a Sean que me ha llamado, por el bien de ambas.

CAPÍTULO 38

Me quedo sentada a mi escritorio durante un minuto tomando bocanadas de aire. Quiero saber qué es lo que le está pasando a Alice, pero no hay forma de averiguarlo.

No puedo arriesgarme a llamarla ahora que Sean ha vuelto a casa, por miedo a enfadarlo. Hace que me sienta impotente y ansiosa, y noto que en mi pecho se instala un peso asfixiante. Solo espero estar preocupándome innecesariamente y que no esté siendo sometida a ningún abuso mental o físico.

Cierro los ojos y trato de impedir que pierda el control sobre mis pensamientos. Pero la cara de mi amiga se abre paso en mi cabeza y luce una expresión de pánico.

Eso basta para obligarme a abrir los ojos y animarme a buscar una distracción. No puedo permitir que me consuma algo sobre lo que no tengo ningún control.

Contemplo la redacción y distingo a Ryan frente a su despacho, reunido con Clive y Martin. Me levanto enseguida y me dirijo hacia ellos.

—¿Me estoy perdiendo algo? —pregunto.

—Estaba a punto de llamarte para que vinieras —responde Ryan—. Estaba informándolos de algunos de los comentarios que ha generado tu entrevista *online* a Cain.

Le dedico una sonrisa de labios apretados.

—No me digas que ha llamado para quejarse.

—Qué va, no he sabido nada de él. Estoy hablando de la reacción de los lectores. La última vez que lo he comprobado, había cincuenta comentarios y todos ellos salvo cinco no parecían impresionados por lo que nos ha contado. Varios de los comentarios son casi difamatorios. Están convencidos de que sabe dónde está su esposa, o dónde está enterrada, y quieren que la policía reabra la investigación de su desaparición.

—Entonces parece que su intento por despertar la compasión de la opinión pública ha sido un fracaso —comento—. Aunque no es que me sorprenda mucho.

—A mí tampoco —conviene Clive—. Mientras su mujer siga desaparecida, tendrá que vivir bajo una nube de sospechas.

—Y la situación no mejorará cuando se sepa públicamente que él es el policía acusado de corrupción por Larry Spooner —señala Martin.

—Puede que eso nunca suceda —responde Clive—. Muy pocas personas de la policía saben que es él, y los altos cargos confían en que pueda ser absuelto antes de llegar al punto de tener que dar su nombre.

—Creo que eso es bastante iluso por su parte, habida cuenta de que la mitad de la gente de este edificio está al tanto del secreto —dice Ryan—. Además, estos asuntos nunca se resuelven rápido. Las investigaciones internas tienden a avanzar a un ritmo tan lento que resulta frustrante.

* * *

A raíz de nuestra conversación, Ryan convoca una reunión del equipo, cosa que agradezco porque me permite dejar de pensar en Alice y en sus tribulaciones.

Me solicitan que detalle cómo creo que deberíamos abordar el seguimiento de la exclusiva de Spooner. Es algo bastante directo y nadie espera gran cosa en un punto tan inicial.

—Pero no os equivoquéis, es una historia muy delicada —les advierto—. No será nada fácil tratar de establecer un vínculo entre el inspector Cain y Larry Spooner sin revelar que Cain es el agente misterioso en el centro de la noticia. Eso restringirá las cosas que podemos publicar y las preguntas que podemos hacer.

Es un asunto complicado, pero ya lo he vivido antes, y el resto del equipo también. Por lo tanto sabemos cómo sortear los obstáculos sin pasarnos de la raya.

A continuación invito a Clive a que nos informe sobre el avance de la investigación del asesinato de Larry Spooner.

Tras consultar sus notas, responde:

—La inspectora Patel ha hablado con los hermanos Hagan y no resulta sorprendente que ambos tengan coartada para la noche del miércoles. Han confirmado que Spooner trabajaba para ellos, pero con un cargo legítimo como escolta. Y aseguran no saber quién le disparó ni por qué.

—Y doy por hecho que la inspectora les contó lo que tenía planeado hacer Spooner —conjetura Ryan.

Clive asiente con la cabeza.

—Les contó que Spooner se puso en contacto con este periódico e iba a ofrecer información confidencial sobre un agente corrupto de la Policía Metropolitana que supuestamente trabajaba para ellos. Le preguntaron de quién se trataba, pero ella declinó darles el nombre de Cain por motivos evidentes. Si lo hubiera hecho, ya lo sabría toda la ciudad y, casi sin lugar a dudas, ellos habrían negado tener cualquier contacto con él. El caso es que aseguran no tener ni idea de lo que se proponía Spooner, pero suponen que quería difamar al agente por algún agravio personal que no tiene nada que ver con ellos.

—¿Y Patel se creyó lo que le dijeron? —pregunto.

Clive se encoge de hombros.

—No ha dicho nada a ese respecto. Pero sí ha comentado que están haciendo todo lo posible por averiguar si existe algún vínculo entre la empresa de los Hagan y Cain. Eso incluye acceder a las cuentas bancarias, registros telefónicos y dispositivos electrónicos.

No me cabe ninguna duda de que la policía verá entorpecido su trabajo. Las bandas del crimen organizado se toman muchas molestias por proteger a las personas corruptas del cuerpo de policía que les suministran información. Y, si Spooner fue asesinado porque estaba a punto de delatar a una de esas personas, entonces debía de saber que estaba corriendo un riesgo enorme. Si hubiera revelado sus intenciones sin darse cuenta y los Hagan lo hubieran descubierto, habría sido como firmar su propia sentencia de muerte.

Ryan concluye la reunión recordándonos que nos enfrentamos a una dura competencia.

—Estoy bastante seguro de que somos el único medio de comunicación con el que Spooner se puso en contacto —anuncia—. Pero todos los demás van ahora detrás de la historia y no me sorprendería que al menos algunos de ellos ya se hayan enterado del nombre de Cain.

Estaba destinado a pasar. En la actualidad, es prácticamente imposible que los individuos que protagonizan un escándalo o noticia importante mantengan su anonimato. En la era de las redes sociales y las aplicaciones de mensajería instantánea, mantener secretos es algo que no se lleva.

Es una mala noticia para el inspector Cain, desde luego, incluso aunque sea víctima de una falsa acusación por parte de un depravado bien conocido. Los troles insistirán en que cuando el río suena agua lleva, y sus enemigos, tanto dentro como fuera del cuerpo, presionarán a la Metropolitana para que lo degrade o lo despida.

Antes de regresar a nuestras mesas, Ryan se asegura de recordarnos a todos que mañana se publicará el último número de la revista *Capital Crime*.

—Os aconsejo a todos que le echéis un vistazo, y no solo porque aparezca la trágica historia de Gemma —explica señalándome con la cabeza—. Para quienes aún no lo sepan, este mes estará enteramente dedicada al elevado número de homicidios que se han cometido en los parques de Londres a lo largo de los últimos años. Sin duda habrá bastante material del que podamos hacernos eco.

Se me había olvidado que la revista saldrá a la calle mañana, pero al acordarme me da un vuelco el corazón. No sé cómo me sentiré cuando lea mi propia historia y vea la cara de Callum mirándome desde las páginas de la publicación.

Pero sigo sin arrepentirme de haber concedido la entrevista. El tema de las agresiones violentas contra hombres y mujeres en espacios abiertos de la capital merece toda la cobertura mediática que sea posible.

De vuelta en mi mesa, reviso mis notas y elaboro una lista con puntos de acción. La jornada laboral está a punto de acabarse, de forma que no se pondrán en marcha hasta mañana.

Sigo tratando de decidir qué tarea asignarme a mí misma cuando me suena el teléfono, provocándome otro pico de ansiedad.

El nombre de Alice aparece de nuevo en la pantalla, de modo que me apresuro a responder.

—Hola, Alice —le digo—. No esperaba volver a saber de ti tan…

—No soy Alice, Gemma —responde Sean, y sus palabras se me clavan como un aguijón—. Cuando te dije que no hablaras con ella, también me refería al teléfono, no solo en persona. Ahora vuelve a estar disgustada por lo que le has dicho.

—No me lo creo —le digo en un arrebato de rabia—. No la he llamado yo. Ha sido ella.

—Eso no es excusa. Deberías haberle colgado el teléfono.

—¿Y cómo coño lo sabes?

—Porque estoy teniendo que revisar su teléfono y controlar sus llamadas. Está pasando un mal momento porque te empeñas en manipularla. Y no permitiré que empeores las cosas.

—Eres un cabrón. Eres tú quien le está amargando la vida. Tienes que…

—Cierra la puta boca, Gemma —me espeta—. Ambos sabemos que estás desesperada por hacer que nuestro matrimonio se derrumbe y ya te he dicho que no permitiré que eso suceda. También te he advertido que no te metieras en nuestras vidas. Y, si crees que involucrar a la policía te será de ayuda, sugiero que te lo pienses dos veces. No se interpondrán entre Alice y yo y no me impedirán destrozarte la vida si sigues intentando destrozar la mía.

Noto todos los nervios de mi cuerpo en tensión y me dan ganas de gritar al teléfono, pero me contengo porque no quiero llamar la atención de mis compañeros de la redacción.

—¿Te pone cachondo amenazar a las mujeres, Sean? —le pregunto en voz baja y decidida—. ¿Se trata de eso?

Se produce una pausa larga y tensa hasta que farfulla una respuesta.

—Estás tentando a la suerte, Gemma, y va a llegar un punto en el que tendré que recurrir a algo más que meras amenazas para conseguir que me hagas caso.

Antes de poder responder, me cuelga el teléfono y me quedo con el aparato pegado a la oreja mientras una rabia cegadora me nubla la mente.

CAPÍTULO 39

Cuando dejo mi teléfono sobre la mesa, me recorre un escalofrío y noto que el corazón está a punto de salírseme por la boca.

Sean Kelly acaba de amenazarme por tercera vez y, de nuevo, ha dejado claro que me hará daño si no hago lo que me dice. La implicación de la policía no parece haber tenido ningún impacto en su conducta. Sigue dispuesto a comportarse como un psicópata enrabietado con tal de asegurarse de no perder el control sobre su mujer. Teme que, si Alice empieza a pensar por sí misma, decida abandonarlo, y quiere transmitir el mensaje de que hará lo que haga falta para evitar que eso suceda. No soporto pensar en lo que le estará haciendo a Alice a puerta cerrada.

Mis pensamientos erráticos permanecen varios minutos dando vueltas en círculos descontrolados mientras trato de decidir si debería o no volver a llamar a la policía. ¿Tendrá algún sentido? ¿Serían capaces? Una vez más, sería su palabra contra la mía y es improbable que Alice vaya a ponerse de mi lado. Puede incluso que la policía me diga que ha sido una imprudencia por mi parte responder a su llamada cuando ya me habían aconsejado que era mejor no establecer ningún contacto con ella.

No ayuda que no deje de oír la voz de Sean en mi cabeza, lo que dificulta mi concentración. Pero al final decido que no debería precipitarme llamando a la policía. Que, si lo hago, sería como echar más leña al fuego.

—Parece que estás a años luz de aquí —me dice Ryan, interrumpiendo mis pensamientos.

Me obligo a sonreír por su bien.

—Estaba pensando en cómo y dónde empezar mañana, jefe —miento.

—Bueno —dice devolviéndome la sonrisa—, ¿por qué no lo dejas para mañana? He venido a decirte que me marcho, así que tú también deberías. Ha sido un día largo para todos nosotros y, como vas a venir mañana, deberías marcharte ya y pasar una noche tranquila.

No puedo negar que me noto muy cansada, así que aprovecho la oportunidad que me brinda y me marcho. Meto en el bolso las notas que he tomado y me pongo el abrigo. Cuando miro el reloj, me sorprende comprobar que ya son las seis. Es más tarde de lo que pensaba.

Martin también se va para casa, de modo que bajamos juntos en el ascensor.

—No he podido evitar fijarme en que no parecías muy contenta con la conversación que estabas manteniendo por teléfono hace un rato —comenta—. ¿Me equivocaría al pensar que estabas hablando con uno de los dos tíos de los que me has hablado en la comida? ¿El asqueroso marido de tu amiga o el tío al que dejaste ayer?

—¿Tan evidente era? —pregunto enarcando las cejas.

La sombra de una sonrisa se asoma a sus labios.

—Para los demás no.

Tomo aire y resoplo con los labios fruncidos.

—Pues resulta que era Sean. Ha intentado hacer todo lo posible por asustarme.

El ascensor se detiene con un trompicón y, cuando se abren las puertas, Martin dice:

—Veo que te ha alterado bastante. Así que, si no tienes prisa por volver a casa, ¿te apetece tomar algo rápido? Me lo puedes contar con una copa de vino y te desahogas.

Es una oferta que no puedo rechazar. Estoy convencida de que me vendrá bien y me ayudará a liberar la tensión que se me ha alojado dentro como una pelota de músculos.

—Suena bien —admito—. ¿Adónde sugieres que vayamos?

—¿Qué tal al Rose and Crown? —propone—. Está a poca distancia andando y no habrá mucha gente.

—Me parece bien —respondo con gesto afirmativo.

Estamos en plena hora punta londinense y la calle está cuajada de tráfico y peatones. De camino al *pub,* se me ocurre que Martin no suele salir a tomar una copa después del trabajo con nadie. Siempre se asegura de irse directo a casa, al piso que comparte con Tracy en Islington.

—¿Estás seguro de que te viene bien? —le pregunto—. ¿No te estará esperando Tracy?

—Está trabajando hasta las ocho —responde sacudiendo la cabeza—. Una sesión de fotos en una tienda de ropa de Kensington. Quieren que ayude a promocionar una nueva línea de abrigos de invierno para mujeres. Tengo pensado llegar a casa antes que ella.

—Parece que le va bien.

—Pues sí. En los últimos meses, no para de salirle trabajo, y le dan tantos productos gratis que ha creado otra fuente de ingresos vendiéndolos por internet.

—Impresionante.

—Lo sé, pero ojalá no le quitase tanto tiempo —se lamenta—. Trabaja sin parar y casi nunca se toma un descanso. No es bueno para ella.

Contengo las ganas de preguntarle si esa es una de las razones por las que han estado teniendo problemas en su relación. Estoy convencida de que, si quiere que lo sepa, me lo contará. Del mismo modo que yo estoy a punto de contarle por qué siento que de pronto me han arrastrado a una montaña rusa emocional.

El Rose and Crown está más tranquilo que de costumbre y Martin insiste en pagar una botella de vino para los dos.

—No pienso dejar que hagas eso —le digo—. Ya has sido muy amable invitándome aquí para que pueda aburrirte con mis problemas. Lo mínimo que puedo hacer es pagar la cuenta.

Se dispone a rebatirme, pero señalo con el dedo una de las mesas de banco corrido y le digo que vaya a sentarse.

Imita un saludo militar y se dirige hacia la mesa mientras yo pido en la barra una botella de vino blanco de la casa.

Cuando me reúno con él, me quito el abrigo y trato de comportarme como si me diera igual estar aquí. Pero no me da igual. No es propio de mí buscar apoyo emocional en alguien que no sea Alice. Aun así, eso es lo que estoy haciendo porque me he quedado muy alterada por lo que ha sucedido en los últimos días. Y, evidentemente, no puedo recurrir a Alice. La situación me ha hecho darme cuenta una vez más de lo rápido que puede descolocarse tu vida.

—Bueno, ¿y qué te ha dicho el tal Sean, Gem? —me pregunta Martin.

Cuando estoy a punto de responder, llega el camarero con nuestro vino. Deposita la botella entre nosotros sobre la mesa y llena dos copas.

Doy un sorbo a la mía antes de responder a la pregunta de Martin.

De nuevo, le espanta el comportamiento de Sean y se le abren los ojos como platos.

—Tienes que llamar a la policía —me aconseja—. Está claro que ese tío es inestable y eso lo convierte en peligroso.

—Pero lo negará como hizo antes —respondo encogiéndome de hombros— y no podrán hacer nada.

—En ese caso, deberías seguir el consejo que te di la última vez, que es no meterte en el asunto. Deja que tu amiga resuelva las cosas ella sola.

—Eso es muy fácil decirlo.

—Ya lo sé, pero no deberías poner en riesgo tu vida por lo que, en esencia, es una disputa doméstica que no te incumbe.

Hablamos sobre Alice y Sean durante otra media hora, durante la cual el vino se cuela en mi torrente sanguíneo. Es una sensación agradable. Me noto más relajada y eso me anima a seguir hablando.

Decido expandir la conversación y le explico a Martin que no son solo las amenazas de Sean lo que me tiene inquieta.

—Empezó con la entrevista de *Capital Crime* —admito—. No esperaba que fuesen a adelantarla y me ha traído recuerdos muy dolorosos. Luego está el asunto de Larry Spooner, que me ha vuelto a poner en contacto con Elias Cain, lo que no ha supuesto una experiencia muy agradable que digamos. Y, mientras sucedía todo eso, resulta que empiezo a salir con un tío que, al parecer, ha desarrollado una obsesión malsana conmigo después de solo un par de citas.

Me escucha con paciencia cuando paso a relatarle que, para mí, todo esto ha supuesto una gran sorpresa. Y le explico que, debido a lo que le sucedió a Callum, es fácil socavar mi seguridad en mí misma.

Poner todo esto en palabras desencadena en mí una violenta oleada de emociones y temo estar a punto de desmoronarme. Lo último que deseo es perder los nervios delante de Martin y, al sentir que me sube por el pecho un sollozo, me apresuro a contenerlo.

—Me doy cuenta de que te ha afectado mucho, Gem —conviene—. Pero estoy seguro de que todo se resolverá muy rápido.

—Eso espero, joder —respondo con un suspiro.

—Y no dudes en llamarme a cualquier hora si quieres mi consejo sobre cualquier cosa, lo que sea, o si solo te apetece hablar.

Estiro el brazo por encima de la mesa y le doy una palmada en el dorso de la mano.

—Te lo agradezco, Martin, de verdad. Y te pediría que no compartieras con nadie de la oficina las cosas de las que hemos hablado. No es necesario que lo sepan.

—No te preocupes por eso.

Tras haberme quitado de encima las cosas más serias, me apetece compartir otra botella de vino y una conversación amena y distendida. Pero, después de consultar el reloj, Martin anuncia que tiene que marcharse para poder estar en casa cuando llegue Tracy.

Trato de disimular mi decepción y le doy las gracias por escuchar mis tribulaciones.

Cuando nos levantamos de la mesa, no puedo evitar darle un beso en la mejilla. No lo había hecho antes, y él responde dándome un abrazo.

No es la primera vez que, después de haber tomado una copa, me descubro deseando que Martin Keenan no estuviera pillado. Y que fuéramos algo más que simples amigos y compañeros de trabajo. Pero es un pensamiento al que no me atrevo a dar voz. Mi vida ya es suficientemente complicada y, según parece, la suya también.

Martin tiene prisa por volver a casa, de forma que, una vez fuera, se aleja en busca de un taxi y yo encamino mis pasos hacia el metro.

Me alegro mucho de haber ido al *pub* y siento que me ha hecho mucho bien. Con media botella de vino nadando en mi interior, mis problemas no parecen tan intensos. El alcohol me ha dado sensación de perspectiva y eso es justo lo que necesitaba.

Empiezo a notar el hambre cuando voy en el tren y me arrepiento de no haber picado algo en el Rose and Crown. Pero no me molesto en comer nada hasta que llegue a casa. Tengo montones de cosas de picar en la nevera y con eso bastará.

Son poco más de las ocho y media cuando me meto por mi calle, que es angosta y está mal iluminada, con arcenes de hierba y árboles pequeños colocados a intervalos regulares.

Y es de detrás de uno de dichos árboles de donde aparece de pronto un hombre cuando me aproximo a mi casa.

—Hola, Gemma —me dice, y me hallo lo suficientemente cerca para ver a John Jackman dibujar una sonrisa reticente en su rostro.

Me detengo en seco sobre la acera y el corazón se me desboca.

—¿Qué coño estás haciendo aquí? —le pregunto.

—¿No es evidente? —responde dando un paso hacia mí—. Tenemos que hablar y, como no respondes a mis llamadas, no me ha quedado más remedio que venir a hacerte una visita.

CAPÍTULO 40

Noto un nudo de pánico en la tripa y, de pronto, se tensa hasta el último nervio de mi cuerpo.

—No tienes de qué asustarte, cielo —me dice John—. Solo quiero explicarte lo que siento por ti, y por qué estoy convencido de que somos perfectos el uno para el otro.

No puedo creerme que considere aceptable abordarme de pronto en mitad de la calle y de noche.

¡Ni que me haya llamado cielo!

—¿Se te ha ido la puta cabeza o qué? —le grito—. Casi me da un infarto. ¿Y cómo cojones sabías dónde vivo? No te he dado mi dirección.

Se encoge de hombros como si el asunto careciera de importancia.

—Me tomé la molestia de averiguarlo poco después de que hiciéramos *match* en la aplicación. No fue tan difícil. Pero, en serio, siento mucho haberte asustado. Estaba esperando en mi coche cuando te he visto. Así que he cruzado corriendo la calle para…

Levanto las manos para impedir que siga hablando.

—Por favor, vete. Me estás asustando. No deberías haber venido y, además, no tengo nada que decirte.

Me dispongo a rodearlo, pero se mueve para cortarme el paso, lo que me provoca un escalofrío por todo el cuerpo.

—Habla conmigo, Gemma —me suplica, y percibo un brillo febril en su mirada—. No entiendo por qué de pronto te has vuelto distante conmigo. Pensé que te gustaba y que las cosas iban muy bien. Cuando comimos ayer, me diste la impresión de que tendríamos más citas.

Le sostengo la mirada y noto que empiezan a palpitarme las venas de las sienes.

Tal como yo lo veo, se me plantean tres alternativas. Gritar como loca para llamar la atención y confiar en que salga corriendo. Apartarlo de un empujón y correr hacia mi puerta. O responder a sus preguntas con la esperanza de que eso ponga fin a esta locura.

Mi voz interior me insta a decantarme por la tercera opción, de modo que dejo escapar el aliento con un resoplido violento y respondo:

—Ya te lo expliqué en el mensaje que te envié ayer. Tienes que respetar mi decisión para que ambos podamos seguir adelante. Lo siento si no es lo que querías o esperabas que sucediera, pero no creo que conectemos. Y con eso debería bastar.

—Pero es que no puedo ignorar mis sentimientos, cielo —responde sacudiendo la cabeza—. Estoy enamorado de ti. Sé que parece una ridiculez después de habernos visto solo dos veces, pero así son las cosas, y no me cabe duda de que al final sentirás lo mismo por mí si podemos pasar más tiempo juntos.

Se acerca un poco más y trata de tocarme el hombro, pero le aparto la mano de un manotazo.

—Por amor de Dios, ni me toques. Y deja de llamarme cielo. No soy tu cielo. Y deja de acosarme y acepta que no tenemos futuro.

—No te estoy acosando. Lo único que he hecho ha sido intentar que hablases conmigo por teléfono y respondieras a mis mensajes.

—Pero eso no es cierto. Anoche viniste aquí y no parabas de llamar al timbre. Eso fue del todo inapropiado y tienes suerte de que no llamara a la policía.

Suelta entonces una risotada escueta y despectiva.

—Así que estabas en casa. Mira que lo sabía, joder. ¿Y por qué no me abriste la puerta?

—Porque no esperaba que te presentaras así y no sabía lo que ibas a hacer.

—Solo quería asegurarme de que estuvieras bien. Estaba preocupado.

—Pero ¿por qué? ¿Qué es lo que te preocupaba?

Se queda mirándome, parpadea perplejo, y entonces me doy cuenta de que he hecho bien en terminar con este hombre. Habría sido un tremendo error seguir saliendo con él.

—Temía que pudiera haberte ocurrido algo —responde—. Algo que te hiciera cortar conmigo de esa forma. Tu mensaje fue inesperado y brutal, y me hizo entrar en pánico.

A estas alturas, cada molécula de mi cuerpo está chillando y sé que tengo que alejarme de él.

—Ya estoy harta —le digo—. He respondido a tus preguntas y ahora me voy a mi casa. Si te atreves a intentar detenerme, montaré una escena y haré que te arresten.

Me dedica entonces una sonrisa amplia pero poco convincente.

—No voy a detenerte, Gemma. Solo me alegra haber podido hablar contigo y deseo que te pares a pensar seriamente en lo que te he dicho. No voy a renunciar a ti. No puedo. De verdad creo que estamos hechos el uno para el otro. El problema es que aún no te has dado cuenta. Pero ya lo harás, con el tiempo. Estoy convencido.

Temo que vuelva a intentar tocarme, de modo que me supone un gran alivio cuando se da la vuelta y cruza la calle sin mirar atrás hasta donde tiene aparcado su utilitario.

Me quedo clavada al suelo, temblando como una hoja en mitad de una tormenta, hasta que se aleja conduciendo. Después corro hacia la puerta de mi casa.

CAPÍTULO 41

Al entrar en casa, me envuelve el silencio. Tengo que respirar despacio para que me llegue el aire a los pulmones. Oigo en la cabeza un rugido más potente que un motor a reacción.

Me apetece beber hasta perder el sentido, así que lo primero que hago es ir al frigorífico y sacar una botella de vino. Tras llenar una copa y tomármela de un trago, me llevo tanto la botella como la copa al salón y me dejo caer en el sofá.

Bebo entonces un poco más de vino mientras intento asimilar lo que acaba de suceder.

Las palabras de John Jackman revolotean en mi cabeza y parte de lo que ha dicho me provoca un nudo de pánico en el estómago.

«No voy a renunciar a ti. No puedo».

¿Hablaba en serio? ¿Piensa seguir acosándome? ¿Presentándose de improviso con la esperanza de poder convencerme para que cambie de opinión?

Ha perdido el juicio si cree que voy a llegar a la conclusión de que he cometido un error, en especial después de cómo se está comportando ahora. Solo desearía haberme dado cuenta de que había algo raro en él durante nuestras conversaciones *online.* Cierto, me dio la impresión de que hacía demasiadas preguntas y parecía entusiasta de más. Pero me pareció normal. Simpático. Amable. Atractivo. Y, aunque tras nuestra segunda cita decidí que no era el hombre adecuado para mí, no pensé que fuera un chalado.

Ahora me enfrento a la desalentadora perspectiva de verme acosada por él. Es lo último que necesito ahora mismo, con todo lo que tengo encima. Es como si de pronto la vida la hubiese tomado conmigo. Otra vez.

Levanto mi copa y, agarrándola por el tallo, empiezo a dar vueltas de un lado a otro de la habitación como un animal enjaulado.

¿Qué he hecho para merecer esto? ¿Por qué me están sucediendo tantas cosas malas al mismo tiempo? Un hombre con el que debía reunirme el jueves fue asesinado en plena calle la noche anterior. El marido de mi mejor amiga ha empezado a amenazarme. Y un hombre al que apenas conozco ha desarrollado una obsesión intensa e inquietante conmigo.

Un sentimiento de desesperación se apodera de mí y me planteo llamar a Martin para contarle lo de John. Pero descarto de inmediato esa idea. ¿Por qué estropearle la velada con su novia? Podré hablar con él mañana, y tampoco es que vaya a poder decirme nada que alivie la tensión que atenaza mis huesos.

Vacío la copa y voy a la cocina a por algo de comer. Pero es entonces cuando me doy cuenta de que se me ha quitado el apetito. Estoy bastante segura de que, si me obligara a comer algo, lo vomitaría. Así que regreso al sofá y me sirvo otra copa.

Y de pronto decido llamar a mi madre. Siempre me ha apoyado y estoy segura de que el consejo que me ofrezca me dará fuerza.

Pero, cuando cojo el teléfono, cambio de idea. No sería justo descargar mis problemas con ella. Solo serviría para preocuparla.

Sería distinto si viviera cerca. Entonces iría a pasar tiempo con mi padrastro y con ella. Pero no viven aquí.

El resto de la velada transcurre como en trance y, a las diez de la noche, subo a la planta de arriba temblorosa y mareada.

Me quito la ropa y me doy una ducha larga y relajante. Pero, cuando termino, no me siento mejor. Sigo presa de un siniestro sentimiento de pánico y, cuando apago las luces, la oscuridad me asfixia como si fuera un peso.

Me meto en la cama con la esperanza de quedarme dormida cuanto antes, pero los pensamientos preocupantes consiguen mantenerme despierta gran parte de la noche pese a la copiosa cantidad de vino que he bebido.

CAPÍTULO 42

Jackman

Se despierta temprano el martes por la mañana, pero no se levanta de la cama inmediatamente. Se queda allí tumbado, con los ojos abiertos, pensando en la incómoda conversación que mantuvo anoche con Gemma.

Está claro que tiene trabajo por delante, pero nada le gusta más que un desafío.

Se ha enfrentado a muchos a lo largo de los años y siempre ha salido victorioso. Y está decidido a volver a hacerlo.

No se engaña pensando que vaya a resultarle sencillo ganarse la confianza y el cariño de Gemma. A ella se le ha metido en la cabeza que no es el hombre adecuado, que puede aspirar a algo mejor.

Pero se equivoca en ambos aspectos, y se daría cuenta si le permitiera pasar más tiempo con ella.

Sin embargo, es como tantas otras mujeres que buscan el amor en internet. Son impacientes. Esperan que todo encaje desde el principio. Después de solo un par de citas, quieren ver cumplidos todos sus requisitos, de lo contrario lo abandonan alegando que no hay chispa o química. Y entonces pasan al siguiente tío.

Es lo que, en el mundo de las citas, se conoce como la «paradoja de la elección», según la cual tener tantas opciones puede hacer que resulte más difícil tomar una decisión y comprometerse con una persona. Significa que se pasan la vida teniendo citas, pero evitan alcanzar las fases más profundas y significativas de una relación.

Sabe por experiencia y por lo que ha leído que sentir la «chispa» desde el principio no siempre significa que tengas compatibilidad romántica con tu cita. La mayoría de las relaciones duraderas no se construyen en base a la química instantánea, sino que se desarrollan con el tiempo. A fuego lento, como se suele decir. Esos casos en los que, cuanto más descubres de la otra persona, más te gusta y más la quieres.

Él no necesita más tiempo para estar seguro de que Gemma es la mujer con la que desea envejecer. Ya lo sabe. La ama. Y sí, está obsesionado con ella. No podrá seguir adelante sin ella. Así que está decidido a ganarse su afecto.

No se dejará abrumar por las dudas, y para lograrlo ya ha adoptado un mantra que no parará de repetirse: «Gemma es para mí una gema preciosa y ha llegado a mi vida por un motivo».

CAPÍTULO 43

Gemma

Me arrepiento de haber bebido tanto anoche. Esta mañana tengo la cabeza como si la hubiera metido en una colmena.

Tampoco me veo muy buen aspecto, incluso después de ducharme y vestirme. El maquillaje no logra disimular los ojos enrojecidos e hinchados ni mi piel pálida y tirante.

Cuando salgo de casa, miro instintivamente si el utilitario de John Jackman está aparcado allí fuera. No está, lo que supone un gran alivio. Pero el hecho de sentirme obligada a comprobarlo despierta en mi interior un súbito torrente de furia.

El muy cabrón debe de saber que me ha puesto nerviosa y sospecho que se divertía con ello. El tío que me acosó la última vez desde luego lo disfrutaba. Yo lo notaba en el tono burlón de su voz y en la mirada que adoptaba cada vez que se enfrentaba a mí. Era como si se deleitara con lo que consideraba cierto grado de poder que ejercía sobre mí.

Por enésima vez me digo a mí misma que no permitiré que John Jackman me haga pasar otra vez por esa mierda. Esta vez responderé de forma más asertiva. Ya he bloqueado su número en mi teléfono y no responderé a ningún email que pueda enviarme.

Conservaré todo aquello que pueda servir como prueba, incluidos los mensajes que ya me ha enviado. Y, si aparece aquí de nuevo, amenazaré con llamar a la policía. De ser necesario, lo haré, igual que hice con Sean Kelly.

Puede que tenga mil cosas en la cabeza esta mañana, pero aun así me acuerdo de comprar un ejemplar de la revista *Capital Crime* en el quiosco de periódicos.

Leerla me plantea sentimientos encontrados, porque sé que me traerá todos esos recuerdos desagradables y me hará sentir aún peor.

Ya solo la portada basta para provocarme un vuelco en el corazón. Aparecen primeros planos de cinco de las personas que han sido asesinadas en los parques de Londres, y entre ellos figura el de Callum.

No miro el interior de la revista hasta llegar al metro, y al hacerlo se me forma un nudo en la garganta.

Hay dos páginas enteras dedicadas al asesinato de Callum, y el titular reza así: «LA MUERTE DE UN HOMBRE QUE PASEABA A SU PERRO EN WANDSWORTH COMMON».

Se me ponen los ojos vidriosos mientras contemplo las fotografías. Hay una en la que aparecemos Callum y yo tres meses antes de aquella fatídica noche. Habíamos salido a celebrar su cumpleaños a un restaurante del West End.

Las otras fotos son de su perro Sampson, de un grupo de agentes de policía reunidos en la escena del crimen y un primer plano de Chris Tate, el hombre que fue acusado de su asesinato.

Entorno los ojos y sigo leyendo, ignorando el chirrido y el estruendo del tren en su camino hacia London Bridge.

La periodista Kendra Boyle ha escrito un reportaje largo y completo que incluye gran parte de lo que le conté durante la entrevista que me hizo. Pero comienza rememorando lo sucedido hace tres años, cuando Callum se llevó a Sampson a dar un paseo por el parque.

Explica que su perro y él fueron golpeados repetidas veces con una piedra y después murieron. Que yo descubrí lo que había ocurrido cuando fui a buscarlos y me topé con la escena del crimen. Incluye citas mías describiendo el hombre tan maravilloso que era y lo mucho que lo amaba y lo echo de menos.

Conforme sigo leyendo, noto que aumenta la presión en el pecho y los ojos se me llenan de lágrimas, haciendo que me cueste mantener la concentración, pero consigo no ponerme a llorar.

A Chris Tate le dedican una columna lateral de media página. Su foto me pone la piel de gallina. Esos ojos pequeños y feroces. La nariz torcida, demasiado grande para su cara. Y ese estúpido tatuaje con sus iniciales en la frente.

Siempre defendió su inocencia y Kendra detalla que aseguró haberse topado con los cuerpos y que no dio la voz de alarma porque no deseaba verse implicado. Pero fue captado por las cámaras de seguridad huyendo del parque y encontraron sangre de Callum en sus zapatos.

La periodista también repite que el acusado aseguró que, al acercarse a la escena del crimen, se cruzó con un encapuchado que pasó corriendo a su lado, pero no se encontraron pruebas que sugirieran que pudiera ser cierto.

Figura una cita del padre de Tate en la que dice seguir convencido de que su hijo era inocente. Le dijo a Kendra: «Sé que Chris se avergonzaba de ser un delincuente profesional. Traficaba con drogas y se relacionaba con algunas personas indeseables. Pero no era un asesino. Hablé con él muchas veces tras su detención y antes de que lo mataran, y me creí hasta la última palabra de lo que dijo. Él no asesinó a ese pobre hombre. Ese crimen atroz lo cometió otra persona, que quedó impune».

Kendra también ha hablado con la mujer que era la novia de Tate en aquella época. Esta le dijo: «La policía no hizo lo suficiente por localizar al hombre al que Chris vio alejarse corriendo del lugar donde se encontraron los cuerpos. Yo siempre sabía cuándo mi chico mentía porque se le daba fatal, y me contó la verdad sobre lo sucedido esa noche. Simplemente resultó estar en el lugar equivocado en el momento equivocado».

Nunca he podido quitarme de encima la sensación de que tal vez se produjera un error judicial, puesto que las pruebas contra Tate fueron circunstanciales en el mejor de los casos. Es posible que Tate llegara a la escena del crimen minutos o incluso segundos después de que Callum fuera asesinado y se acercara lo suficiente como para pisar la sangre que se había acumulado y salpicado por todas partes. Y, dado que aquella noche se hallaba en el parque vendiendo droga, bien podría haber huido presa del pánico.

Por aquel entonces, mi intención era reservarme la opinión hasta que el tipo contara su propia versión en el estrado. Pero nunca llegó a ir a juicio y, hoy por hoy, sigo sin saber las circunstancias que propiciaron lo sucedido.

Ni si la persona o personas que realmente mataron a mi prometido y a su adorado perro han logrado eludir la justicia.

CAPÍTULO 44

Cuando llego a la oficina poco antes de las nueve, en mi cabeza siguen dando vueltas las imágenes de la revista. Y siento un nudo de angustia en el estómago.

Me ha alterado mucho leer el artículo sobre Callum y estoy convencida de que los parientes de las demás víctimas que figuran también en el reportaje experimentarán la misma sensación. No me ha dado tiempo a leer sus historias en el metro, pero lo haré más tarde. Siento que tengo que hacerlo.

Como periodista, me doy cuenta de que han dedicado mucho cuidado y esfuerzo a elaborar la edición especial. Y hay que reconocerles a Kendra y al resto del equipo de la revista el haber mostrado a los lectores por qué ya no es seguro aventurarse por los espacios abiertos de Londres después del anochecer y a solas. Parece que no pasa un solo mes sin que alguien, normalmente una mujer, sufra una agresión, una violación o sea asesinado. Eso queda claro en la página introductoria de la revista, donde se hace alusión al asesinato la semana pasada de la enfermera Gillian Ramsay en Richmond Park.

Cuando entro, observo que la revista es uno de los temas de conversación en la redacción. Sé que Ryan se aseguró de pedir dos docenas de ejemplares y están todos desperdigados por las mesas, algunos de ellos siendo leídos y comentados.

Varios de mis compañeros se me acercan para preguntarme si he visto el reportaje y, de ser así, cómo me siento. Una de ellas me dice que me admira por acceder a dar la entrevista y otro comenta que no puede creer que hayan pasado tres años desde que sucedió.

Cuando estoy sentada delante del ordenador, me descubro deseando no haber accedido a venir en lo que debería haber sido mi día libre. Tengo la cabeza en otra parte y sé que me va a resultar difícil concentrarme.

Y no solo por los recuerdos que ha resucitado la revista.

La cara de John Jackman no para de venirme a la cabeza, haciéndome sentir inquieta y desanimada.

Creo que necesito un tiempo de reflexión para ordenar mis pensamientos dispersos y elaborar un plan de acción para gestionar la situación si no me deja en paz. Quiero creer que lo hará, ahora que le he dejado claro que quiero que lo haga, pero mi instinto me dice que no será así.

—Buenos días, Gemma.

Levanto la mirada y me encuentro a Martin allí de pie con una sonrisa radiante.

—Lo mismo digo —respondo—. Y gracias de nuevo por tomar algo conmigo anoche. Lo necesitaba de verdad.

—Fue un placer. Doy por hecho que llegaste a casa sana y salva.

—Sí, gracias —respondo con gesto afirmativo—. ¿Y tú? ¿Llegaste a casa antes que Tracy?

Asiente él también.

—Resulta que podría haberme tomado un par de copas más contigo. No llegó hasta casi medianoche.

—Qué pena —observo, percibiendo que no le hizo mucha gracia.

—El caso es que he venido a decirte que he leído el artículo sobre Callum en *Capital Crime* y a darte la enhorabuena por hablar con ellos del asunto.

—Gracias. Solo espero que atraiga mucha atención.

—Estoy seguro de que así será. Pero, cambiando de tema, ¿el loco de Sean te ha seguido dando problemas? Anoche no podía dejar de pensar en él y en lo que te dijo.

—No —respondo sacudiendo la cabeza—, pero no creo que vuelva a saber nada de él a no ser que Alice le dé razones para ello. Solo espero que ella esté bien.

Estoy a punto de contarle lo que me pasó con John Jackman cuando llegué a casa anoche, pero, antes de poder hacerlo, la voz de Ryan resuena por toda la redacción.

—Atención todo el mundo, vamos a hacer una reunión informativa —anuncia—. Ha habido una novedad significativa en el caso de Larry Spooner y tenemos que decidir cómo abordarla.

Se palpa la expectación en el ambiente cuando nos reunimos todos frente al despacho de Ryan.

Seremos unos veinte empleados hoy, entre reporteros, investigadores, transcriptores y asistentes. Todos ansiosos por escuchar lo que tiene que decir.

Empieza informándonos de que acaba de mantener una conferencia telefónica con la inspectora jefe Patel, la agente que lleva la investigación del asesinato de Larry Spooner, y el comandante Sam Addison, director de la Unidad Anticorrupción de la Policía Metropolitana y jefe del inspector Cain.

—Anoche, a última hora, recibí una llamada de la oficina de prensa de Scotland Yard —explica—. Como estamos tan implicados en la historia de Spooner y, además, fue con este periódico con quien se puso en contacto antes de ser asesinado, me invitaron a participar en la conferencia telefónica de esta mañana. El caso es que Patel y Addison tenían muchas ganas de decirme que ahora están convencidos de que Spooner mentía respecto a la presunta corrupción de Cain.

Me invade un sentimiento de decepción que me lleva a responder.

—No lo entiendo. Pero si acaban de empezar a investigar.

Ryan se encoge de hombros y dice:

—Al parecer, alguien ha asegurado que Spooner le dijo que iba a difundir el rumor falso de que Cain es un poli corrupto. Su objetivo era complicarle la vida al inspector, a quien hacía responsable de haberlo mandado a chirona durante cinco años por tráfico de drogas. Esto yo no lo sabía, pero Spooner siempre insistió en que Cain o alguien de su equipo le puso las drogas encima para incriminarlo.

Ryan hace entonces una pausa para evaluar nuestra reacción, y creo que Martin habla por todos nosotros cuando dice:

—A mí eso me suena a falso, jefe. Me parece el camino fácil para salir de una situación difícil para la Policía Metropolitana. ¿Y quién es esa persona que se ha puesto en contacto con ellos?

—Era uno de los amigos más cercanos de Spooner y, según el comandante Addison, no tiene ninguna implicación con el crimen organizado —responde Ryan—. El asunto surgió cuando fue interrogado por la inspectora jefe Patel en relación con el asesinato de Spooner.

—¿Y se fían de su palabra sin más? —pregunto—. ¿Cómo saben que los hermanos Hagan no le han pagado para decir eso con la esperanza de quitarse presión a sí mismos y a Cain?

—Sospecho que quieren creerlo —confiesa Ryan—. El tipo les dijo que Spooner tenía pensado ponerse en contacto con nosotros para ofrecernos pruebas inventadas que darían pie a habladurías, y que sus socios criminales no sabían nada al respecto.

—¿Significa eso entonces que Cain ya ha sido absuelto? —pregunta alguien.

—Eso parece —confirma Ryan asintiendo con la cabeza—. Como sabemos, ya ha sido interrogado, sus dispositivos electrónicos han sido examinados y no han encontrado ningún vínculo entre los Hagan y él. Y ahora tienen a un tipo que asegura que la intención de Spooner era difamar a su agente.

—Entonces, ¿por qué le pegaron un tiro a Spooner después de ponerse en contacto con nosotros? —pregunta Martin.

—Le he hecho esa misma pregunta a la inspectora Patel y ha llegado a la conclusión de que probablemente fuera una coincidencia y que su asesinato no tuviera nada que ver con el hecho de que fuera a ofrecernos información. Y no nos olvidemos de que nosotros mismos considerábamos que esa era una teoría plausible.

—¿Y dónde nos deja eso? —pregunto—. ¿Seguimos detrás de la noticia o la dejamos?

—Seguimos, al menos de momento —aclara Ryan—. Martin tiene razón. Suena a falso y la aparición de este supuesto amigo cercano me resulta demasiado oportuna. No significa que Cain no vaya a permanecer bajo una nube de sospechas, pero la Metropolitana podrá evitar un gran escándalo y, en un futuro próximo, puede que consideren oportuno trasladarlo de la Unidad Anticorrupción o incluso obligarle a jubilarse anticipadamente. No será la primera vez que hacen ese tipo de jugada.

—¿Y cómo lo hacemos? —pregunto.

—Seguiremos adelante dando por hecho que Spooner no mentía y que Cain está corrompido —responde Ryan—. Veamos si podemos encontrar quién es el amigo y hablar con él nosotros mismos. Y seguiremos la investigación del asesinato muy de cerca para ver hacia dónde nos lleva. Puede que al final concluyamos que Spooner estaba a punto de embarcarnos en un enfermizo plan de venganza contra un policía honesto. De ser así, eso en sí mismo sería una historia.

Regreso a mi escritorio con mucho en lo que pensar. La historia ha dado otro giro drástico y ahora cabe preguntarse si implicará también una cortina de humo policial. No me sorprendería, habida cuenta de que un informe reciente describía a la Policía Metropolitana como una «institución corrupta» y decía que los «sucesivos comisarios no han logrado garantizar la integridad de sus agentes y de la organización».

The Sunday News ha investigado un abundante número de escándalos de corrupción policial, incluidos varios casos en los que se acusaba a altos cargos de tratar de cortar de raíz historias que amenazaban con revelar los propios fracasos del organismo.

Y no cabe duda de que las acusaciones de corrupción contra un agente veterano de la Unidad Anticorrupción serían extremadamente dañinas, sin importar que fueran ciertas o no.

No entiendo por qué no deberíamos seguir abordando la historia tal como habíamos planeado y entrevistar a los individuos que figuran en la lista que se ha elaborado.

Me he asignado a mí misma la tarea de tratar de hablar con la madre de Spooner, que vive en una residencia. Es su único pariente y, con suerte, arrojará algo de luz sobre la clase de hombre que era. Y no es del todo inconcebible que Spooner le hiciera una confidencia cuando salió de prisión hace nueve meses y le contara lo que se proponía hacer.

Descuelgo el teléfono para empezar a hacer llamadas, pero justo entonces me interrumpe una de las transcriptoras, quien de pronto deja caer un ramo de flores sobre mi mesa.

—Estaban en recepción, Gem, y me han pedido que te las suba —me informa—. Las han enviado hace poco.

Enarco las cejas. No es mi cumpleaños, de modo que llego a la conclusión de que me las habrá enviado la revista *Capital Crime* a modo de agradecimiento por contribuir a su edición especial.

Adjunto hay un pequeño sobre, pero al abrirlo y leer el mensaje de la tarjeta que lleva dentro noto que me falta la respiración y el corazón se me acelera.

«Feliz martes, Gemma. Quiero que sepas que estoy pensando en ti. A veces hay que luchar por aquello en lo que crees. Y yo creo en nosotros. Por favor, déjame demostrarte que estamos hechos el uno para el otro. Con todo mi amor…, John. Besos».

CAPÍTULO 45

Siento como si me hubieran pegado un puñetazo en el estómago y, durante un rato, me quedo allí sentada sin moverme.

La cara de John Jackman se abre paso entre mis pensamientos y me pregunto si de verdad creerá que voy a reaccionar favorablemente a su mensaje. Me da repelús. Es condescendiente. Delirante. Pero también me resulta preocupante porque sugiere que no tiene intención de renunciar a mí e incluso ha comenzado a acosarme no solo en casa, sino también en el trabajo.

Me muerdo el labio inferior, con tanta fuerza que me hago daño, y siento que el pánico me trepa por la espalda.

En la cabeza se me agolpan las preguntas. ¿Cuál será su próximo paso? ¿Volverá a venir a mi casa? ¿Debería considerar su conducta obsesiva una amenaza seria? ¿Sería una estupidez quedar con él a tomar algo con la esperanza de poder así hacerle entrar en razón?

El problema es que no hay respuestas fáciles. Si las hubiera, situaciones como esta en la que me encuentro metida no serían tan habituales. Pero lo son, gracias a un panorama de citas que permite a los hombres ir de flor en flor. La mayoría se encuentra con decepciones a lo largo del camino, pero para algunos cualquier forma

225

de rechazo resulta difícil de asimilar y entonces reaccionan de mala manera.

Lo que no quiero es que John Jackman surja como un espectro en mi vida durante días, semanas o incluso meses. Ya tengo bastantes cosas en la cabeza, entre la presión del trabajo y el miedo por la terrible situación en la que se encuentra mi mejor amiga a manos de un marido controlador y violento.

A estas alturas, el zumbido de la cabeza me invade los oídos, hasta el punto de que no oigo a Martin cuando se me acerca por detrás. Tiene que darme una palmada en el hombro para captar mi atención.

Cuando levanto la mirada, le veo señalar las flores con la cabeza.

—He visto que Julie te las traía y, al abrir la tarjeta, me he fijado en que te ha cambiado la cara —me dice mientras acerca una silla para sentarse junto a mí—. Supongo que no han sido una sorpresa agradable.

—Son del tío ese que no acepta un no por respuesta —le cuento.

—Es lo primero que se me ha venido a la mente.

Sigo con la tarjeta en la mano, así que se la entrego.

—Échale un vistazo —le pido.

Mientras la lee, entorna los párpados y sacude la cabeza.

—Lo de este puto tío es increíble —comenta—. Esperaba que no volvieras a saber nada de él.

—No sabes ni la mitad. Anoche, cuando llegué a casa, estaba esperándome. Me dio un susto de muerte.

—¿Cómo? —pregunta, casi gritando.

Tomo aliento y trago la saliva que se me ha acumulado en la garganta. Después le cuento el incidente y le veo fruncir el ceño.

—Esto no pinta nada bien, Gem —me dice—. Es hora de que llames a la policía.

—Ya hemos hablado de esto, Martin —respondo—. No creo que quieran involucrarse tan pronto. Puede que no les parezca inadmisible que quisiera verme. Y ahora me pregunto si acaso me tomarían en serio. El sábado los llamé porque Sean se había presentado en mi casa y me había amenazado. No me parece convincente tener que quejarme ahora de otro tío.

Me mira con los ojos como platos. Es algo que, evidentemente, no se le había ocurrido.

—No creo que eso deba impedirte dar la voz de alarma si Jackman está poniéndote nerviosa —me dice—. No deberías tener por qué tolerar esto.

—Y, si sigue así, no lo toleraré. Pero creo que probablemente sea demasiado pronto para recurrir a medidas desesperadas.

Me doy cuenta de que no quiere dejarlo correr, pero le digo que prefiero no seguir hablando del tema por ahora.

—Tenemos trabajo que hacer —le recuerdo—. Ya lo pensaré más tarde. —Agarro el ramo de flores y se lo tiendo—. Entre tanto, puedes llevarte las flores a casa y dárselas a Tracy. No tiene por qué saber que no se las has comprado tú. De lo contrario, se van directas a la basura.

Enarca una ceja con gesto de incredulidad.

—¿De verdad crees que las quiero? La basura es donde tienen que estar.

Y es ahí donde las tiro.

El día avanza inexorablemente lento después de eso y ninguno de nosotros hace muchos avances.

No logro concertar una entrevista con la madre de Larry Spooner porque, cuando me pongo en contacto con la residencia, me informan de que sigue en *shock* tras conocer la muerte de su hijo y no desea hablar con nadie. Pero la gerente de la residencia sí me comenta que Spooner acudía a verla siempre que podía y, de hecho, fue a visitarla el pasado lunes por la tarde, dos días antes de ser asesinado.

Se conciertan otras entrevistas con amigos y socios de Spooner y se envían reporteros a realizarlas.

Clive sigue recurriendo a sus compañeros de la Policía Metropolitana en busca de información sobre Spooner, así como sobre el inspector Cain y la banda criminal de los Hagan. Pero no le dicen nada que no sepamos ya, lo que resulta un poco descorazonador para todos.

Agradezco la distracción que me proporciona trabajar en esta historia, pero cada vez que no estoy al teléfono o hablando con algún compañero, vuelvo a pensar en mis propios problemas.

Como sola porque Martin tiene que salir a realizar un encargo y no estoy de humor para charlar con nadie más.

Pero sigo dándole vueltas a la cabeza con pensamientos erráticos y me invade un tumulto de emociones descontroladas. Llegadas las cuatro de la tarde, me siento consumida por un arranque de autocompasión y decido que probablemente sea mejor marcharme temprano e ir a algún sitio a relajarme. O a casa o a un bar o a un *pub*.

Tendré que decirle a Ryan que tengo que resolver algún asunto personal. Sé que no me pondrá ningún problema, pero, cuando estoy a punto de ir a decírselo, me suena el móvil.

No reconozco el número, pero respondo de igual modo y, al oír la voz de Alice, me da un vuelco el corazón.

—Tengo que verte, Gemma —me dice con la voz cargada de emoción—. Y no te preocupes. Te prometo que Sean no se enterará.

—¿Dónde estás? —le pregunto.

—Estoy en el trabajo, te llamo desde uno de los teléfonos de la oficina. Sean ha tenido que ir a Maidstone por negocios y no volverá hasta mucho más tarde. Así que eso nos da la oportunidad de vernos. Sé que seguramente no quieras, después de todo lo que ha pasado, pero tengo que contarte lo que he hecho.

Me recorre entonces una descarga de adrenalina.

—¿Qué has hecho?

—Te lo diré cuando te vea. Por favor, Gemma, ven. No puedo confiar en nadie más.

Cierro los ojos y los aprieto mientras dejo escapar el aliento, porque sé que no me queda otro remedio.

—De acuerdo —le digo—. Dime dónde y a qué hora.

CAPÍTULO 46

Ryan está al teléfono en su despacho, de modo que le hago un gesto para indicarle que me marcho y se limita a despedirse con la mano.

Nadie más me pregunta adónde voy y salgo de la redacción sin que me vean.

Alice y yo hemos acordado reunirnos en un *pub* que hay cerca de las oficinas de su empresa en Streatham. Podría ir en metro, pero quiero llegar rápido, así que pido un taxi.

Cuando me acomodo en el asiento de atrás, me atraviesa el cuerpo una corriente de alto voltaje. Ha ocurrido algo. Algo que ha propiciado otro desesperado grito de auxilio por parte de mi amiga.

No puedo ni imaginarme qué sorpresa me tiene preparada, pero es evidente que se trata de algo serio. Dado lo que ha sucedido ya, está corriendo un riesgo enorme al volver a juntarse conmigo. ¿Cómo puede estar segura de que su marido no se enterará? Puede que Sean le mintiera al decir que tenía una reunión de trabajo en Maidstone y, en realidad, se encuentre frente a su oficina esperando para ver adónde va cuando salga de allí. Conociéndolo, no lo descartaría.

Trato de ignorar el sentimiento de pánico que va apoderándose lentamente de mí.

En mi mente se reproduce un sinfín de hipótesis macabras que incluyen a Sean y a John Jackman. Esos dos hombres hacen que me resulte difícil relajarme. Sentirme segura. Llevar una vida normal.

Los desprecio por alterar mi tranquilidad mental y despojarme de mi seguridad en mí misma.

Y no ayuda el hecho de haberme convencido de que la situación va a ir de mal en peor.

Tardo solo quince minutos en llegar al *pub* y Alice ya me está esperando allí. Se halla sentada a una mesa en la que descansan dos copas de vino blanco.

—Me he tomado la libertad de pedir por ti, Gem —me dice cuando me acerco—. Espero que no te importe. Y muchas gracias por haber venido.

Me inclino para darle un beso en la frente y después me quito el abrigo y me siento frente a ella. Lo primero que pienso es que tiene mucho peor aspecto que la última vez que nos vimos. Su piel luce un tono como de leche agria y la esclerótica de los ojos está recorrida por ramificaciones de capilares enrojecidos.

El dolor es desgarrador y visible en su rostro, lo que me hace estirar el brazo por encima de la mesa y estrecharle la mano.

—¿Qué está pasando, Alice? —le pregunto—. ¿Qué has hecho que te tiene tan alterada?

Traga saliva y se pasa la lengua por los labios antes de responder.

—He decidido dejarlo. No aguanto más. Tenías razón. No es el hombre que pensé que era. Es un puto monstruo y, si sigo con él, jamás seré feliz ni estaré a salvo.

Se detiene para ver mi reacción y, cuando no lo hago porque no tengo claro que vaya a seguir adelante con su plan, continúa.

—Esta última semana ha sido una auténtica pesadilla. Después de que viniera la policía a casa, Sean me acusó de conspirar contigo en su contra y volvió a ponerse violento.

Ladeo la cabeza y enarco una ceja.

—¡Otra vez!

Resopla y asiente con la cabeza.

—No he sido sincera con eso, ya lo sé. Pero me he acostumbrado a que me pegue cuando se enfada y me daba demasiada vergüenza admitirlo.

—Entonces, cuando te hizo esos moratones en el brazo, ¿no fue un incidente aislado?

—No. Ahora se pone violento a todas horas. Me ha dejado moratones en el pecho y en el cuello, pero he logrado mantenerlos tapados.

—Ay, Alice, eso es terrible. Deberías habérmelo contado.

Aprieta los labios y asiente.

—Cuando ayer descubrió que te había llamado, me rodeó el cuello con las manos y pensé que iba a estrangularme. Y luego, cuando te llamó con mi teléfono, me llevó a rastras hasta el dormitorio y me violó, diciendo que ya era hora de esforzarse un poco más en dejarme embarazada.

Se detiene ahí y da un sorbo a su vino con la mano temblorosa y la respiración entrecortada.

Yo le suelto la mano y noto el escozor de las lágrimas en los ojos. La rabia que siento es como un ácido que me quema por dentro. No sabía que se hubiera puesto tan violento con ella y ahora desearía haberle hecho más preguntas, haberle insistido para que me contara la verdad.

—No sabes lo mucho que siento que hayas sufrido en silencio durante tanto tiempo —le aseguro—. Tienes que aceptar que ya es hora de hacer algo al respecto. Algo que…

—Por eso quería verte —me interrumpe—. Voy a hacer algo al respecto. Y eres la única que puede saberlo.

—Te escucho —respondo, inclinándome hacia delante.

Deja su copa sobre la mesa y prosigue.

—Lo que no te he contado antes es que, hace un par de semanas, me puse en contacto con la línea de atención al maltrato doméstico. He estado en contacto con ellos desde entonces y hoy les he dicho que tengo que alejarme de él, pero que no tengo ningún sitio al que ir.

—Podrías venir y quedarte conmigo.

—No sería posible, Gem —responde sacudiendo la cabeza—. Sean lo averiguaría e iría a buscarme. Y a ti también. Pero la cuestión es que han estudiado ya mi caso con detenimiento y se ha elaborado un plan. Mañana, cuando Sean esté en el trabajo, recogeré algunas cosas y me iré de casa. Acudiré a un refugio para mujeres maltratadas. Acabo de presentar mi dimisión en el trabajo y, sin que Sean lo sepa, he estado ahorrando algo de dinero para poder apañarme. En cuanto lo resuelva, solicitaré el divorcio y le obligaré a vender la casa, que ahora está a nombre de los dos y ya no tiene hipoteca. La mitad me corresponderá, y entonces haré lo que haga falta para seguir con mi vida. Pero, por supuesto, no puedo permitir que ese cabrón averigüe dónde estoy ni adónde voy.

Por desgracia, la historia me resulta familiar y las estadísticas son alarmantes. He leído que una de cada cuatro mujeres en Inglaterra y Gales experimenta maltrato doméstico a lo largo de su vida. Y, de media, dos mujeres a la semana son asesinadas por su pareja actual o por su ex. Pero esas cifras no tienen en cuenta las muchas mujeres que, por temor, no denuncian lo que les está pasando.

—Estoy muy orgullosa de ti, Alice —le digo mientras empiezan a caérseme las lágrimas, igual que le sucede a ella—. Y siempre te apoyaré. Te ayudaré en todo lo que pueda.

—Ya lo sé, Gem —responde con la voz quebrada—. Pero debería haber hecho esto antes. Para evitar que te vieras arrastrada al problema y no tuvieras que enfrentarte al lado oscuro de Sean. Por supuesto, seguiré en contacto contigo, y también le dejaré claro que no sabes dónde estoy y que no has tenido nada que ver con mi decisión de marcharme.

CAPÍTULO 47

Hablamos media hora más hasta que Alice me dice que tiene que irse a casa. Y, cuando salgo del *pub,* me siento emocionalmente agotada.

Ahora sé todo lo que ha tenido que soportar y solo de pensarlo se me hiela la sangre.

Por primera vez, se ha abierto a hablar sobre los maltratos físicos sufridos a manos de su marido y me sorprende que haya podido mantenerlo en secreto durante tanto tiempo. Al menos ahora ha encontrado el valor para abandonarlo, y no puedo más que rezar para que Sean no lo averigüe antes de que se vaya de casa mañana.

Alice ya se ha buscado otro teléfono móvil y me llamará cuando llegue al refugio.

Para un taxi frente al *pub,* pero yo decido irme andando a casa. Debería tardar solo media hora y así no sentiré la necesidad de salir a correr después. Hace una tarde fría pero seca, y confío en que el ejercicio me ayude a relajarme antes de que toque a su fin otro día de mierda.

Sin embargo, pasados solo diez minutos, empieza a palpitarme la cabeza por el cansancio y la tensión. No puedo dejar de pensar en

Alice y de preguntarme cómo le irá el resto del día. Solo espero que no haya subestimado a su marido.

También me pregunto si Sean supondrá para mí una amenaza mucho mayor dentro de poco. Ella dice que le va a asegurar que no he tenido nada que ver en su decisión de dejarlo y poner fin a su matrimonio. Pero, la verdad, sospecho que él no la creerá. Y, si no la cree, me asusta pensar en cómo podría reaccionar.

Pero no es Sean quien me ronda por la cabeza cuando llego a Balham. Es John Jackman.

La idea de que pueda estar otra vez esperándome delante de casa me provoca temblores.

Mantengo los ojos bien abiertos cuando entro en mi calle, pero no distingo su utilitario. No está delante de mi casa ni al otro lado de la calle. Pero podría haberlo aparcado al doblar la esquina y estar observándome desde detrás de un árbol o un seto.

Se me acelera el corazón al aproximarme a mi casa, pero por suerte no sucede nada ni aparece nadie.

Cuando entro, la cabeza sigue palpitándome con insistencia, así que voy a por un par de paracetamoles antes de hacer cualquier otra cosa y me los trago con una copa de vino.

Sigo sin haber recuperado el apetito, pero sé que tengo que comer algo, así que me preparo un sándwich de queso y me lo como mientras veo las noticias en la tele de la cocina.

No mencionan a Larry Spooner ni a Elias Cain, y enseguida pierdo el interés. Estoy demasiado preocupada pensando en Alice.

Siento como si me hubieran chupado toda la energía y el cansancio me llega a los huesos.

No me apetece quedarme levantada hasta tarde inmersa en

pensamientos truculentos, así que, pasado un rato, decido darme un baño caliente e irme a la cama.

Pero, antes de apagar las luces y subir, compruebo que todas las puertas y ventanas estén bien cerradas y aseguradas. Y echo un vistazo al exterior para ver si hay alguien a punto de hacerme una visita no deseada.

Diez minutos más tarde, estoy desnuda frente al espejo mientras se llena la bañera. Compruebo entonces que mi aspecto refleja lo mal que me encuentro. Tengo la cara cenicienta y sin color, y pronunciadas bolsas bajo los ojos.

Pero al menos no estoy llena de moratones. Y, al contrario que Alice, no temo que vayan a pegarme o a violarme en las próximas horas.

CAPÍTULO 48

Jackman

Ha sido un día largo y se alegra de que casi haya terminado. Ha pasado las últimas dos horas sentado en el sofá bebiendo *whisky* y deseando que Gemma estuviera a su lado.

No le cabe duda de que algún día lo estará, y con suerte no será dentro de mucho tiempo.

Mientras tanto, tendrá que conformarse con imaginar que está allí, compartiendo su casa, su vida, y demostrándole que hizo bien en perseverar.

Como es natural, siente una curiosidad tremenda por saber dónde está y qué estará haciendo esta noche, pero se niega a dejarse alterar por ello. Siente que por hoy ya ha hecho suficiente enviándole las flores. Si no le hubieran gustado, sin duda se habría puesto en contacto con él para comunicárselo. Aún tiene su número, aunque lo haya bloqueado en su teléfono.

Por consiguiente, lo interpretará como una buena señal y procederá a dar el siguiente paso en su ofensiva para conquistarla, lo cual hará necesaria otra visita a su casa en Balham.

Devuelve su atención al ejemplar de la revista *Capital Crime* y relee el reportaje sobre el asesinato del prometido de Gemma en Wandsworth Common.

Se alegra mucho de que le contara lo de la entrevista que había concedido a la publicación.

No ha debido de resultarle fácil contar su historia. Resucitar todos esos recuerdos. Recordar el dolor que sufrió. Seguramente haya supuesto un auténtico desafío.

Pero lo ha llevado a cabo de manera admirable.

Inevitablemente, sus ojos se ven de nuevo atraídos hacia la fotografía de Gemma y Callum que se sacaron cuando estaban celebrando el cumpleaños de él pocos meses antes de morir.

Recuerda haberla visto en uno de los tabloides hace tres años y pensar en lo guapa que era y lo feliz que debía de haber sido. La pareja tenía la vida entera por delante. Un futuro brillante y prometedor que les fue arrebatado.

A continuación desvía la mirada hacia la foto de Chris Tate, el hombre acusado del asesinato de Callum. Y de inmediato se acuerda de la primera vez que vio a ese tipo y de por qué le cayó mal al instante.

Tate era un cabrón asqueroso con un lado perverso. Era frío y cruel, y resultaba muy molesto que adornara todas sus frases con improperios. Cuando lo detuvieron por matar a Callum, según parece escupió a la cara a una agente de policía.

Así que huelga decir que el hombre que apuñaló y mató a Tate en prisión le hizo un favor al mundo.

CAPÍTULO 49

Gemma

El miércoles amanece con la lluvia golpeando la ventana de mi dormitorio.

Me tapo la cara con la almohada para amortiguar el sonido, pero no funciona. Aunque tampoco importa, dado que es imposible que vuelva a dormirme.

Ya noto la ansiedad arrastrándose hacia el interior de mi cabeza, haciendo que mi corazón lata como un martillo pilón.

He pasado otra mala noche. Me he despertado varias veces empapada en un sudor frío, preocupada porque fuera a ocurrirle algo malo a Alice. Porque Sean hubiera descubierto que estaba a punto de abandonarlo.

Le prometí que no la llamaría y que esperaría a que ella se pusiera en contacto conmigo cuando se hubiera instalado en el refugio para mujeres. Todavía no me ha proporcionado su nuevo número y, hasta que lo haga, no sería sensato tratar de localizarla.

Ahora está sola y lo único que puedo hacer es rezar para que sea capaz de liberarse de las garras de su marido.

Echo un vistazo rápido al reloj de la mesilla y veo que son las cinco de la mañana, lo que me recuerda que Callum siempre solía levantarse a esta hora para ir a trabajar. Yo me levantaba también y le preparaba un té y una tostada, y pasábamos casi una hora sentados juntos en la cocina antes de que saliera de casa.

Lo echo mucho de menos. Añoro su compañía. Su voz tranquila y amable, que siempre me parecía muy relajante. Y el hecho de que me hiciera sentir bien conmigo misma.

Fui muy afortunada por tenerlo en mi vida, aunque fuese durante un período relativamente corto.

Con toda sinceridad, nunca he llegado a acostumbrarme del todo a vivir sin él. Al aislamiento. A la soledad. Al hecho de que todo lo que me encuentro me suponga un desafío. En los meses posteriores a que me lo arrebataran, en ocasiones deseé que quienquiera que lo hubiera matado me hubiera matado a mí también. Ahora ya he dejado eso atrás, pero no significa que no haya días en los que todo me resulte demasiado abrumador.

Transcurren otros diez minutos hasta que me quito la colcha de encima y saco las piernas por el borde de la cama. Mientras dirijo mis pasos hacia la ducha, me digo a mí misma que podré afrontar lo que sea que se me presente en este nuevo día. Y eso es porque sé que Callum sigue a mi lado. Puede que no sea capaz de verlo, pero percibo su presencia y oigo su voz en mi cabeza. Me anima a que siga adelante, por su bien además de por el mío propio.

CAPÍTULO 50

Ryan tiene algunas novedades significativas que contarnos cuando nos juntamos para que dé comienzo la reunión editorial a las nueve de la mañana.

—Empezaré con lo que tiene pinta de ser otra exclusiva para nosotros —nos informa—. Como todos sabéis, Russell ha estado trabajando en la historia sobre las organizaciones benéficas que despilfarran fondos públicos en proyectos sin importancia y pagas y bonus exorbitantes para sus directores.

He estado tan absorta en la historia de Spooner que casi me había olvidado del resto de las noticias. Es un recordatorio oportuno de que hace falta más de una historia para llenar el periódico.

—Recordaréis que, hace una semana, acudió a una rueda de prensa en Basingstoke donde el director ejecutivo de una de las organizaciones benéficas respondió a las acusaciones refutándolas categóricamente —prosigue Ryan—. Pues bien, Russell ha tenido acceso a circulares internas que demuestran que se han malgastado cientos de miles de libras. Y no solo eso. También se ha puesto en contacto con nosotros un miembro del personal de otra organización benéfica que está dispuesto a dar un chivatazo sobre su mala gestión financiera.

Cede el turno de palabra a Russell, quien nos explica los detalles de la historia que le fue asignada después de que Larry Spooner nos llamara por primera vez.

Russell invierte cinco minutos en detallar lo que tiene y lo que hay que hacer para elaborar el reportaje antes de la edición del domingo.

Entonces vuelve a hablar Ryan, quien nos dice que Clive, que hoy trabaja desde casa, ha logrado encontrar información nueva que debería ayudarnos a avanzar con la historia de Spooner y Cain.

—Para sorpresa de Clive, y también para mi sorpresa, le han dado el nombre del tipo que asegura que Spooner le dijo que iba a lanzar acusaciones falsas contra el inspector Cain —explica Ryan—. El chivatazo le llegó ayer a última hora de la noche de boca de otro de sus contactos dentro de la Policía Metropolitana. El tipo en cuestión es un tal Roy McBride. Era colega de borracheras de Spooner y regenta una cafetería en Rye Lane, en Peckham, cerca de donde vivía Spooner y fue asesinado.

—¿Significa que podemos ir a hablar con él? —pregunto, incapaz de disimular mi entusiasmo.

—Desde luego —asiente Ryan—. Pero hemos de tener en cuenta que alguien, probablemente los hermanos Hagan, podría haber pagado o presionado a McBride para mentir a la policía a fin de impedirles investigar demasiado a fondo la acusación de corrupción de Spooner. Y, de ser así, parece que la estrategia está funcionando. A Clive también le han contado que la Metropolitana ya ha empezado a olvidarse de la investigación.

—Creo que todos nos lo veíamos venir —dice alguien.

—Por supuesto que sí —confirma Ryan—. Pero, por ahora, seguiremos investigando y, con ese fin, Clive ha encontrado otra pista que podemos seguir. Esta tiene que ver con el propio Cain. Sabemos que su esposa desapareció hace un año, pero lo que no sabíamos es que, desde entonces, ha mantenido una relación con otra mujer. Empezó hará unos seis meses, según uno de sus compañeros, pero al parecer terminó tres meses después. Clive ha tenido acceso al nombre y la dirección de la mujer. Se llama Kim Brogan y vive en Rotherhithe. No creo que pueda decirnos gran cosa sobre el trabajo de Cain, o si tiene algún vínculo con los Hagan, pero tal vez pueda aportar color a nuestra historia si finalmente logramos sacarla adelante.

—¿Qué más sabemos sobre ella? —pregunto.

—Solo que trabaja en un casino como camarera —responde Ryan encogiéndose de hombros—. Allí fue donde la conoció Cain.

—Qué interesante —señalo—. Los padres de su esposa me dijeron que Cain era aficionado al juego mientras estuvo casado con su hija y acumuló deudas considerables. Esa era una de las razones por las que tenían problemas conyugales. De modo que, según parece, no se ha desenganchado.

—Y, si es un agente corrupto, ese podría ser el motivo —responde Ryan—. Puede que fuera tan estúpido como para pedir dinero prestado a un prestamista que trabaje para los Hagan. De ser así, puede que estos se ofrecieran a cancelar la deuda si él accedía a ser uno de sus soplones dentro de la Metropolitana. Si Cain hubiera aceptado llevado por la desesperación, entonces lo tendrían bien pillado por los huevos.

—Si me dieran una libra por cada vez que sucede eso... —interviene Martin—. Es una de las maneras más habituales en las que las bandas criminales atraen a los agentes de policía a sus redes. De hecho, hace un par de años sacaron un documental sobre el tema.

—Lleva décadas siendo así —conviene Ryan. Se vuelve entonces hacia mí y continúa—: Quiero que Martin y tú sigáis ambas pistas, Gem. Id a Peckham y hablad con el tal McBride. Después id a

Rotherhithe. Os daré la dirección de la ex de Cain. Si hace turnos en el casino, puede que esté en casa. Si no, podéis ir al casino.

—Me parece buen plan —respondo—. Creo que también deberíamos aprovechar la oportunidad para dejarnos caer por la residencia de Camberwell donde vive la madre de Spooner. Hasta ahora, no ha estado dispuesta a hablar con nadie sobre su hijo, pero, si nos presentamos allí, puede que cambie de opinión.

Ryan deja claro que, salvo que seamos capaces de corroborar la acusación de Spooner de que Cain trabaja bajo cuerda para la banda de los Hagan, no tendrá mucho sentido que investiguemos la historia con tanto entusiasmo.

—Está muy bien que queramos que sea verdad porque fue con este periódico con el que se puso en contacto el tipo —admite—, pero, si no podemos demostrarlo y la policía acepta como cierto lo que les ha dicho McBride, entonces no quiero que perdamos el tiempo detrás de una historia que no existe.

CAPÍTULO 51

El periódico tiene un contrato con una empresa de taxis, de modo que ponen un coche a nuestra disposición para que nos lleve a las tres ubicaciones.

Primero vamos a Peckham. Está solo a veinte minutos en coche desde London Bridge, en el sur de Londres.

Todavía no he tenido noticias de Alice y trato de quitármela de la cabeza porque me pongo nerviosa cada vez que pienso en ella. Pero, en cuanto nos ponemos en marcha a las diez y media, Martin me pregunta si he sabido algo de Sean o de John Jackman, así que inevitablemente vuelve a mi mente.

Noto que se me acelera el pulso mientras le informo de las novedades sobre la situación de Alice y su intención de dejar hoy mismo a su marido.

—Bueno, pues es una buena noticia —contesta—. Ese primer paso siempre es el más difícil.

—Tienes razón —le digo—. Pero ojalá supiera si consiguió ocultárselo anoche y si de verdad ya ha abandonado el domicilio.

—Aún es bastante pronto, Gem. Has de ser paciente. Seguro que se pondrá en contacto contigo en cuanto tenga oportunidad.

No quiero tirarme todo el trayecto hasta Peckham hablando de ello, así que cambio de tema y planteo cómo deberíamos abordar los encargos del día. Sabemos que Roy McBride y Kim Brogan podrían no estar dispuestos a hablar con nosotros. Y, aunque lo estuvieran, no hay garantía de que podamos hacer uso de lo que nos digan. Y eso, por desgracia, ayudaría a convencer a Ryan de que probablemente haya llegado el momento de dar carpetazo a la historia.

En nuestro trabajo, eso es algo que sucede a menudo. Te enteras de una noticia que, en apariencia, tiene mucho potencial. Te dedicas a ella en cuerpo y alma, pero al final llegas a la conclusión de que le falta sustancia y credibilidad. Entonces queda relegada a un archivador y jamás vuelve a ver la luz del sol.

No quiero que suceda eso en este caso. Aún no estoy dispuesta a dar por perdido lo que Spooner le contó a Martin por teléfono. Y no creo que debamos aceptar sin más que tenía intención de pasarnos un expediente lleno de mentiras sobre el inspector Cain.

Me parece demasiado simple. Demasiado forzado. Y, desde luego, demasiado sospechoso.

No soy ajena al barrio de Peckham. Mis padres vivían allí cuando nací, y nos quedamos hasta que cumplí los quince años. Por entonces, tenía fama de ser una zona bastante dura y peligrosa, y, comparada con casi todas las demás zonas de Londres, sigue siéndolo.

Rye Lane es el epicentro de todo. Se extiende algo menos de un kilómetro y está llena de tiendas de ropa, supermercados, bares, mercadillos y cafeterías.

La cafetería de Roy McBride resulta fácil de encontrar. Se halla en el extremo norte, junto al de sobra conocido *pub* Nags Head.

El coche nos deja frente al establecimiento y se aleja para aparcar en algún sitio hasta que volvamos a llamarlo.

Se trata de un local pequeño con una docena de mesas y tan solo una de ellas está ocupada por una pareja de ancianos.

Detrás de la barra hay una mujer que rondará los veintipocos años, pero no hay nadie más.

Sonríe cuando nos acercamos.

—Muy buenas. ¿Qué os pongo?

—Antes de pedir nada, ¿podrías confirmar que esta cafetería pertenece a Roy McBride? Nos gustaría hablar un momento con él.

Me mira inquisitivamente con una ceja levantada.

—Sí, le pertenece a él. Es mi jefe.

—¿Y está aquí hoy?

—Pues sí, pero acaba de ir enfrente a por tabaco. Volverá enseguida.

—Fantástico. En ese caso, lo esperaremos. Y, cuando puedas, ponnos dos americanos con leche, por favor.

—Marchando. Por favor, sentaos y enseguida os los llevo.

Tan solo unos segundos después de sentarnos, se abre la puerta de la cafetería y entra un hombre achaparrado vestido con vaqueros y jersey grueso. Nos saluda con la cabeza mientras se dirige hacia la barra y, al llegar, su empleada me señala y dice:

—Roy, esa mujer quiere hablar contigo.

Cuando se vuelve para mirarme, me pongo en pie y le sonrío. Pese al ceño fruncido que se dibuja en su rostro, me devuelve la sonrisa antes de acercarse a nuestra mesa.

—Qué hay —saluda con voz grave y un marcado acento del sur de Londres—. Este es mi local. Soy Roy McBride. ¿Hay algún problema con algo?

—Ningún problema, señor McBride —respondo fijándome en

su nariz venosa y en su tez rubicunda—. Me llamo Gemma Morgan y este es mi compañero, Martin Keenan. Nos gustaría hablar con usted de un asunto privado, si es posible.

Su expresión ceñuda se vuelve más marcada.

—¿Representan al casero? Si es así, ya deberían saber que estoy a punto de saldar lo que debo del alquiler. Ya está todo resuelto y la transferencia se realizará hoy mismo.

—No se trata de eso, señor McBride —le informo—. Trabajamos para un periódico nacional, *The Sunday News,* y hemos estado investigando el asesinato que tuvo lugar cerca de aquí hace una semana. Según nos han contado, la víctima, Larry Spooner, era íntimo amigo suyo.

—Sí, lo era —confirma, y adopta un tono más cauto—. Aún no me hago a la idea. Pero ya le dije a la policía que no sé quién lo hizo ni por qué.

—De hecho, nos interesa saber qué más cosas les dijo.

En ese preciso instante llegan nuestros cafés y la camarera dispone las tazas sobre la mesa. En cuanto se aleja, McBride saca una de las otras sillas y se sienta.

—¿Qué es lo que van buscando? —pregunta.

Me aclaro la garganta antes de hablar.

—Puede que esté al corriente de que el señor Spooner se puso en contacto con nuestro periódico la noche antes de ser asesinado. Nos dijo que trabajaba para una banda criminal londinense y deseaba transmitirnos información sobre un veterano agente de policía de la Metropolitana que está corrompido. Acordó reunirse conmigo y con Martin el jueves por la mañana, pero no se presentó a la cita porque, para entonces, ya estaba muerto. El domingo publicamos la noticia en portada, pero…

McBride alza una mano para interrumpirme.

—No hace falta que siga. Ya sé por dónde va. Pero me dio la impresión de que lo que le dijera a la policía sería confidencial.

—Y así debería haber sido —confirmo—. Pero no es infrecuente que estas cosas se acaben filtrando.

Toma aliento y deja escapar un suspiro prolongado.

—Vi lo que escribieron en el periódico y estuve siguiendo los cotilleos que surgieron a continuación —explica—. No pensaba decirle a nadie lo que Larry me había contado. Me pareció mejor guardar silencio. Pero me pudo la conciencia y acudí a la policía.

—¿Y qué le dijo exactamente el señor Spooner? —pregunta Martin.

McBride se humedece los labios con una lengua rosa y afilada.

—Evidentemente ya lo saben. ¿Por qué se molestan en preguntármelo?

—Porque nos gustaría oírlo de su boca.

Se produce una pausa antes de que responda.

—Vale, pero con la condición de que, si publican algo en el periódico, no digan mi nombre. Si lo hacen, me traerá muchos problemas.

—Descuide, que no daremos su nombre, señor McBride —le aseguro.

—Bueno. —Se encoge de hombros—. Larry me dijo que iba a vengarse del poli que lo detuvo hace años y lo mandó a chirona. Yo ya sé que era el inspector Cain porque Larry había hablado de él a menudo, tanto antes como después de salir de la cárcel. Dijo que había elaborado un expediente lleno de pruebas falsas e iba a entregárselo a un periódico. No dijo que se tratara de *The Sunday News*.

—¿Y usted lo creyó? —le pregunto.

—Claro. —Asiente con la cabeza—. Éramos amigos. Le dije que me parecía una estupidez, pero estaba decidido. Siempre había asegurado que Cain le había engañado con la redada antidroga. Me hizo jurar que no se lo contaría a nadie. Y habría cumplido mi palabra si no lo hubieran asesinado.

—Supongo que sabe que trabajaba para la banda criminal de los hermanos Hagan —interviene Martin.

McBride emite una carcajada breve e irónica.

—Por aquí lo sabían todos, pero a Larry no le importaba una mierda. Había sido un villano desde que terminó el colegio y aceptaba con entusiasmo la credibilidad que eso le otorgaba en las calles.

—¿Sabe si los Hagan estaban al corriente de lo que tenía planeado hacer? —le pregunto.

—No los conozco, así que tendrá que preguntárselo usted misma. Pero estoy bastante seguro de que Larry no se lo habría contado. Era su secreto y yo fui el único al que se lo contó, hasta donde yo sé. Y se debe a que yo era la única persona en quien confiaba.

—¿Es consciente de que la policía se está planteando la posibilidad de que sea usted quien miente, señor McBride? —pregunto tras una pausa—. ¿Que tal vez le hayan pagado a usted para inventarse esta historia y poder así absolver al inspector Cain y que deje de estar bajo sospecha?

Era una pregunta que había que hacer, y no me sorprende ver que se le encienden los ojos con rabia.

—Es una absoluta gilipollez acusarme de algo así —responde, aunque mantiene un tono de voz pausado—. No soy ningún mentiroso. Lo que le dije a la poli es verdad. Y el inspector que me tomó declaración dijo que me creía. Creo que lo único que buscan ustedes es armar jaleo. En cuyo caso, pueden irse a tomar por culo y no volver nunca por aquí.

CAPÍTULO 52

Tras echarnos de allí, Martin y yo salimos apresuradamente de la cafetería.

Mientras nos alejamos por la calle, Roy McBride se queda mirándonos con cara de pocos amigos desde la puerta de su establecimiento.

Cuando llegamos al final de la calle y ya no puede vernos, saco el teléfono y llamo a nuestro conductor. Nos dice que ha aparcado el coche a la vuelta de la esquina, de modo que dirigimos nuestros pasos hacia allí.

—¿Qué opinas de lo que nos ha dicho McBride? —me pregunta Martin.

—Pues opino que nos ha contado una mentira como la copa de un pino —respondo.

—Yo también. Y, de ser así, es probable que le pagaran para hacerlo y esté utilizando el dinero para saldar la deuda que tiene con su alquiler.

—Se me ha ocurrido eso mismo en cuanto lo ha mencionado —comento—. Y me cuesta creer que no conozca a los hermanos Hagan, dado que su mejor amigo trabajaba para ellos. Seguramente haya coincidido con ellos en un *pub* o en alguna fiesta.

—Sé a lo que te refieres, Gem, pero creo que hemos de aceptar que ambos podríamos estar equivocados. Y, aunque no lo estuviéramos, no sé hasta dónde podemos llegar con esta historia si la policía está dispuesta a creer a McBride y concluir que Cain ha sido víctima de acusaciones falsas.

Sigo dándoles vueltas a los engranajes de mi cabeza cuando volvemos al taxi y le doy al conductor la dirección de la residencia de Camberwell donde vive la madre de Spooner.

Una vez en marcha, ambos seguimos reflexionando sobre nuestra breve conversación con McBride. Sin duda podemos escribir un reportaje utilizando lo que nos ha contado y publicitarlo como la continuación de la exclusiva de primera página del domingo pasado. Planteará todo tipo de preguntas en relación con la acusación de Spooner contra el inspector Cain y su posterior asesinato. Pero no tendrá el mismo impacto que un reportaje que delate a un agente corrupto que trabaja en la Unidad Anticorrupción de la Policía. El mismo agente del que muchos, incluida yo, sospechan que tuvo algo que ver con la desaparición de su mujer.

Tardamos solo diez minutos en llegar a la Residencia Comfort de Camberwell. Martin se queda en el coche mientras yo voy a recepción. Le digo a la mujer del mostrador quién soy y que me gustaría ver a Harriet Spooner si está lista para recibir visitas. Le explico que hemos hablado por teléfono con la gerente de la residencia, la señora Whyte.

—Tendré que hablarlo con ella —responde la recepcionista—. Está en el despacho, así que voy a buscarla.

Poco después, me presento a Faye Whyte, una mujer alta de mediana edad, rostro amable y lustrosa melena oscura.

—Le he transmitido su petición a Harriet, señorita Morgan, pero no estaba de humor para hablar con usted ni con nadie —me informa—. Y me temo que no podrá verla hoy, pues están a punto de llevársela al hospital para hacerle una revisión. Desde que le comunicaron el fallecimiento de su hijo, le está costando mucho respirar. No creo que sea nada grave, pero hemos de asegurarnos, ya que tiene casi ochenta años y está muy frágil.

—Lo comprendo, desde luego —respondo, y le ofrezco una de mis tarjetas—. Pero, por favor, comuníqueme si está dispuesta a charlar conmigo. Solo estamos tratando de averiguar algo más sobre su hijo y, según parece, ella es la única familia que tenía.

—Lo haré, sin duda, y estoy convencida de que se mostrará encantada de hablar con usted cuando vuelva a tener la cabeza en condiciones. Harriet es una mujer muy sociable y sé que echará mucho de menos a Larry. Lo que le ha ocurrido la ha dejado destrozada. Venía a visitarla más o menos todas las semanas.

—¿Usted trató con él?

—Muchas veces. Todos sabíamos que había estado en prisión y no era un ciudadano respetuoso con las leyes, pero con nosotros siempre fue amable y educado, y adoraba a su madre.

—Entonces estaré encantada de saber qué puede contarme sobre él —respondo antes de despedirme.

Nuestra siguiente parada será en Rotherhithe, en casa de Kim Brogan, la mujer que, supuestamente, mantuvo una breve relación sentimental con el inspector Cain. No sabemos nada sobre ella salvo que trabaja en un casino como camarera y que allí fue donde se conocieron.

Si está dispuesta a hablar con nosotros, deberemos tener cuidado con lo que decimos. No podemos revelar que su expareja es el agente anónimo que protagoniza la historia de presunta corrupción que aparece en todos los periódicos. Tendremos que darle la impresión de que seguimos investigando el caso de la desaparición de su esposa un año después del suceso. Pero, al mismo tiempo, dejaremos caer preguntas relacionadas con el trabajo de Cain, con sus finanzas y con algunas de las personas con las que se relacionaba cuando salían juntos.

Su casa resulta ser una propiedad situada al final de una hilera de viviendas adosadas, junto al centro comercial de Surrey Quays.

Nuestro conductor se detiene junto al bordillo al otro lado de la carretera y, desde allí, no alcanzamos a distinguir si la señorita Brogan está en casa.

—Puede que lo más sensato sea que vayas tú sola a llamar a la puerta —sugiere Martin—. Si quiere hablar con nosotros, me avisas.

—De acuerdo.

Trato de elaborar mentalmente lo que voy a decirle mientras cruzo la calle y me aproximo a la vivienda. Pero, cuando me hallo a pocos metros de la puerta, esta se abre de pronto y veo allí de pie a un hombre vestido de traje.

Tardo unos segundos en darme cuenta de que no es otro que el mismísimo inspector Elias Cain, y percibo entonces sus ojos incandescentes de ira.

Me detengo y me quedo allí parada, con la boca abierta y temblando por dentro.

—¿Qué coño está haciendo aquí? —exige saber.

CAPÍTULO 53

Le sostengo la mirada sin acobardarme, pero tardo varios segundos en encontrar las palabras y ser capaz de responder a su pregunta.

—No esperaba encontrarle aquí —le digo con cierta timidez.

El inspector Cain me mira con el ceño fruncido.

—Eso es evidente, no me joda. Yo también me he llevado una sorpresa al mirar por la ventana y verla caminar hacia la casa. Así que responda a la pregunta. ¿Qué está haciendo aquí?

Tomo aliento y trago la saliva que se me ha acumulado en la garganta.

—He venido con la esperanza de que la señorita Brogan estuviera en casa. Me gustaría hablar con ella.

Antes de que pueda responder, una mujer emerge por la puerta a su espalda, atrayendo su atención además de la mía.

—¿Por qué quiere hablar conmigo? —me pregunta.

Rondará los cuarenta y muchos años y luce una larga melena castaño claro que le cae suelta sobre los hombros.

Noto que se me sonroja la cara y me esfuerzo por pensar en algo que decirle.

—¿Puedo contestar a la pregunta por usted, señorita Morgan?

—me dice Cain, esbozando una sonrisa repugnante, y se dirige a la mujer—: Quiere hacerte preguntas sobre mí porque le han dicho que antes salíamos juntos. ¿A que sí?

No me queda otro remedio que ser sincera, así que asiento y digo:

—Sí, así es. Y no creo que deba sorprenderle, inspector. En estos momentos es usted un sujeto de interés y mucha gente, incluyendo los lectores de mi periódico, desea saber más sobre usted.

—Así que es usted reportera de un periódico —dice Kim lanzándome una mirada hostil—. Pues ha perdido su tiempo viniendo hasta aquí. Elias y yo nos reconciliamos hace un par de semanas. Hoy ha venido a verme porque tiene el día libre y quería contarme que la prensa y los troles de internet están acusándole otra vez. Es vergonzoso. Es un buen hombre y no se merece nada de esto. Así que no pienso hablar con usted de nada. En lo que a mí respecta, todos los periodistas buscan alimentarse de las desgracias ajenas. Y lo único que hacen es difundir mentiras y desinformación.

Se gira abruptamente y vuelve a desaparecer en el interior de la vivienda.

Cain me mira con desdén sacudiendo la cabeza.

—Ni yo mismo lo habría expresado mejor. Verdaderamente es usted una vergüenza, Morgan. A estas alturas ya debería saber que lo que dijo de mí Larry Spooner ha resultado ser mentira. Me han contado lo de ese amigo suyo que ha acudido a la policía para hablar. Pero, a pesar de eso, usted no para y sigue intentando acabar conmigo. Pues puede seguir husmeando todo lo que quiera, que no encontrará ningún trapo sucio porque no lo hay. Y, si fuera mejor periodista y se molestara en contrastar los hechos, ya sabría que Kim y yo hemos retomado nuestra relación.

Su tono es despectivo y condescendiente, pero no respondo

porque noto que estoy a la defensiva y quiero evitar decir algo que pueda alimentar su rabia.

Cain sale por la puerta, se dirige hacia mí y, cuando habla de nuevo, percibo un súbito cambio de tono en su voz, mucho más bajo, presumiblemente para que su novia no le oiga.

—Estoy ya hasta las narices de usted y de su periódico de los cojones —me dice—. Primero intentó acusarme de la desaparición de mi mujer, después utilizó el aniversario para volver a sacar el tema sin ningún motivo. Y ahora está decidida a inventarse una noticia con toda esta mierda de Spooner. Pues ya le advertí que mi paciencia tiene un límite y no pienso quedarme de brazos cruzados. Me parece que ya es hora de tomar medidas.

Sin darme tiempo a responder, vuelve a entrar en la casa. Y, hasta que no cierra de un portazo tras él, no recupero el valor para moverme.

Martin ha salido del coche mientras cruzo la calle en dirección a él.

Tengo la cabeza a punto de explotar de la tensión, y lo que acaba de suceder me ha enfadado y avergonzado. No había manera de que yo supiera que Cain estaba en la casa, y siento como si me hubieran tendido una trampa y yo hubiera caído de lleno en ella.

Por mi expresión, Martin se da cuenta de inmediato de que no estoy bien.

—La madre que me parió, Gem, ¿estás bien? No sabía que estabas hablando con Cain hasta que le he visto salir de la casa.

—No me lo creía cuando ha abierto la puerta —le digo.

—Supongo que no le ha hecho mucha gracia. ¿Qué te ha dicho?

—Volvamos al coche y te lo cuento. Necesito alejarme de este lugar.

En cuanto nos ponemos en marcha, empiezo mi relato.

—Resulta que la información que nos han dado no estaba actualizada. Cain y la señorita Brogan están juntos otra vez y, según parece, él se ha pasado hoy por aquí porque es su día libre y quería decirle que los medios de comunicación, incluidos nosotros, se han empeñado otra vez en mancillar su reputación.

—¡Joder! Qué oportuno.

—Y que lo digas. La señorita Brogan ha dejado claro que no quiere hablar conmigo y él ha amenazado con tomar medidas contra nosotros, sea lo que sea eso. O puede que la amenaza solo fuese dirigida a mí.

—Yo no me preocuparía por eso, Gem. No hay mucho que pueda hacer al respecto. Estamos llevando a cabo una investigación periodística legítima.

—Él no comparte esa opinión. Ya se le ha informado de lo que va diciendo Roy McBride y considera que, a la vista de tales declaraciones, deberíamos dejar de investigar una noticia inexistente.

Seguimos hablando del asunto de camino a London Bridge, pero ambos hemos de aceptar que, hasta ahora, el día ha sido improductivo. A todos los efectos, nuestra historia se ha detenido en seco y no está claro qué podemos hacer a continuación.

Y, por si eso fuera poco, mi último encuentro con el inspector Cain no ha hecho sino inquietarme más.

Otro día. Otra amenaza.

Llegado este punto, me cuesta mucho ignorar la creciente sensación de angustia que tengo en la tripa.

Noto que se pone en marcha mi voz interior, diciéndome que no permita que me afecte. Pero ya me ha afectado. Y me da miedo pensar en lo que venga a continuación.

CAPÍTULO 54

Nada más regresar a la oficina, nos enteramos de que el inspector Cain ya ha estado hablando por teléfono con Ryan.

—Estaba hecho una furia y ha dicho que ha estado fuera de lugar por mi parte enviaros a casa de la señorita Brogan —nos dice el jefe—. Asegura que eso demuestra que estamos queriendo llevar a cabo una caza de brujas orientada a destruirlo. No ha querido hacer caso de lo que le he dicho y dice que piensa presentar una queja formal ante el comité de prensa y ante nuestra propia junta directiva. También me ha dicho que espera una llamada de la oficina de prensa de la Policía Metropolitana.

Me pregunto si será esto a lo que se refería Cain cuando ha amenazado con «tomar medidas».

—Ha sido mala suerte presentarnos justo en ese momento —comento.

—Estas cosas ocurren —responde Ryan encogiéndose de hombros—. Y lo que alega es, por supuesto, una absoluta idiotez. Después de que Spooner nos llamara para hacer la acusación, nuestro deber era investigarlo.

Le digo lo que me ha dicho el inspector y lo que hemos obtenido de Roy McBride.

—Ha sido un día decepcionante en todos los aspectos, jefe. Ni siquiera hemos podido hablar con la madre de Larry Spooner porque se la llevaban al hospital para una revisión.

Ryan frunce el gesto como si eso le doliera.

—Esto significa que sí que hemos de plantearnos si merece la pena seguir con la historia o no. El amigo de Spooner ha sido muy tajante, y no creo que obtengamos mucha cooperación por parte de nuestros contactos de la Metropolitana si seguimos insistiendo con el asunto.

Por mucho que me cueste admitirlo, Ryan tiene razón. Los recursos del periódico son limitados, y hay muchos otros sucesos actualmente que tenemos que cubrir.

—La información que nos está dando el resto del equipo que trabaja con vosotros en esta historia es que no van a ninguna parte —prosigue—. Todavía no hemos podido responder ninguna de las preguntas cruciales que hay que responder. ¿Spooner decía la verdad al asegurar que Cain trabajaba bajo cuerda para la banda de los Hagan? ¿De verdad iba a entregarnos un expediente y, de ser así, contendría pruebas auténticas de corrupción sobre un agente veterano, o sería todo un puñado de mentiras? Y, por último, ¿lo mataron porque se puso en contacto con nosotros o su asesinato no tuvo nada que ver?

Ryan se apoya en su mesa y se lleva las manos a la cara.

Pasados unos segundos, continúa.

—Creo que la mejor manera de proceder es dar la noticia de que Spooner, un conocido delincuente, presuntamente le dijo a alguien que iba a esparcir mentiras sobre un agente que trabaja en la Unidad Anticorrupción. No podemos nombrar al inspector Cain, y Roy McBride también deberá permanecer en el anonimato. Y tampoco podremos informar de que Spooner lo planeó a modo de venganza contra el policía que lo envió a prisión.

261

»Aunque dejará muchas preguntas sin responder, resultará de interés para nuestros lectores, que disfrutan con un buen misterio. Ningún otro periódico se ha hecho eco aún de la información, hasta donde yo sé, de modo que podemos ser los primeros si lo publicamos *online*. Y después esperaremos a ver si genera nuevas pistas que podamos seguir. De no ser así, la historia pasará a un segundo plano por el momento.

—Para mí tiene sentido —le digo, y Martin opina lo mismo.

—Bien —zanja Ryan—. Entonces, quiero que redactes el artículo, Gem, y que se publique cuanto antes. Tienes todo lo necesario, incluidas citas directas del hombre en quien Spooner confió. Pero te sugiero que incluyas también los últimos datos sobre la investigación del asesinato de Spooner. Mira a ver si han hecho algún avance.

Es un encargo bastante sencillo y me paso la siguiente hora redactándolo. La información de la oficina de prensa de Scotland Yard es que la investigación sigue abierta, pero de momento no hay ningún detenido. Y me ofrecen una declaración que deja bastante claro el rumbo que quieren tomar con el caso.

«No descartamos ninguna hipótesis sobre los presuntos motivos por los que el señor Spooner fue asesinado. Pero ahora sospechamos firmemente que fue víctima de una guerra territorial que lleva meses librándose entre dos bandas criminales rivales que operan por todo el sur de Londres».

Cuando termino, envío el artículo directamente al equipo de publicación *online* y después me voy a la cafetería a comer. Pero, de camino, recibo en mi teléfono la llamada de un número desconocido.

El corazón me da un vuelco ante la expectativa de que se trate de Alice y, cuando oigo su voz, me quedo paralizada.

—Lo he hecho, Gem —me dice—. Me he ido de casa y ya estoy en el refugio.

Tengo que morderme la lengua para no gritar de alegría.

—Vaya, Alice, qué bien. ¿Todo en orden? Tenía muchas ganas de saber de ti.

—Todo bien, por suerte. Las demás mujeres aquí me han recibido con los brazos abiertos y todas han pasado por lo mismo que yo. Y el personal es muy amable. En cuanto pueda, te enviaré un número en el que podrás localizarme.

—¿Y qué tal es aquello?

—Está bien. Es acogedor. Y me siento a salvo. Me han dado una habitación para mí sola y tiene unas vistas preciosas al jardín.

—¿Lo sabe ya Sean?

—Le he dejado una larga nota, pero no la habrá visto todavía. Le he explicado por qué lo dejaba y le he dicho que no hay vuelta atrás, y que quiero el divorcio. También he dejado claro que tú no has tenido nada que ver con mi decisión.

—Gracias. ¿Y qué pasa con tus padres? ¿Lo saben ya?

—Los llamaré a continuación. Quiero instalarme aquí antes de decírselo a nadie. Y todavía no puedo decirte dónde estoy.

—Tiene mucho sentido. Estoy muy orgullosa de ti, Alice.

—Solo espero poder contener los nervios y mantenerme firme —responde—. Sé que no va a ser fácil, pero es lo que había que hacer. Creo que esta es la única opción que tengo. Me pondré en contacto con él por teléfono dentro de poco porque hay muchas más cosas que quiero decirle y que no he escrito en la nota.

—Pues te apoyaré en lo que necesites, Alice, como siempre. Ya lo sabes.

—Lo sé, Gem, y tu cariño y tu apoyo lo son todo para mí. Ojalá Sean no se ponga en contacto contigo, pero, si lo hace, no dudes en llamar a la policía. Tardará un tiempo en aceptarlo y estará empeñado en echarle la culpa a cualquiera menos a sí mismo.

—No te preocupes por mí —la tranquilizo—. Cuídate y, por favor, mantente en contacto.

—Cuenta con ello. Ahora mismo, eres la única amiga de verdad que tengo.

CAPÍTULO 55

La noticia de Alice me ha alegrado sobremanera, pero sé que mi mente no descansará hasta estar segura de que Sean no reaccionará dirigiendo su ira contra mí. Cabe la posibilidad de que lo haga, de modo que debo estar preparada. Aunque en realidad no hay precauciones que pueda tomar que no alteren mi vida de forma considerable. Simplemente tendré que enfrentarme a ello de la mejor manera que pueda, igual que tendré que enfrentarme al puto John Jackman si no me deja en paz.

Como sola en la cafetería porque casi todos mis compañeros, incluido Martin, ya han terminado de comer y han vuelto arriba. Pero eso me permite un poco de tiempo a solas para ordenar mis ideas y tratar de encontrarle sentido a todo lo que está ocurriendo.

Claro está que no tiene ningún sentido, de manera que me veo obligada a concluir que soy una mera víctima de las circunstancias.

Después de comer, vuelvo arriba y descubro que han aprobado y publicado mi artículo en la página web del periódico. Ahora tendré que esperar a ver si la historia tiene más vida por delante, lo que dependerá de si afloran nuevas revelaciones. De no ser así, es improbable que podamos hacer un seguimiento de la exclusiva en la portada del próximo domingo.

Estoy convencida de que el inspector Cain respirará aliviado. Todavía no ha sido identificado oficialmente como el agente al que Larry Spooner acusó de corrupción, y el aniversario de la desaparición de su esposa ha pasado sin pena ni gloria. Sin duda los troles de internet seguirán vilipendiándolo, pero con el tiempo la historia se olvidará.

Me paso el resto de la tarde reuniendo todas las notas que he redactado sobre la historia de Spooner y las agrupo en un único archivo para tener fácil acceso a ellas.

Sin darme cuenta, ya es casi la hora de irse y mis compañeros empiezan a abandonar la oficina. Se me ocurre entonces que no he tenido ocasión de informar a Martin sobre la nueva situación de Alice. Seguro que querrá saber que ya está a salvo en el refugio, así que decido preguntarle si le apetece tomarse algo conmigo antes de irse a casa.

Pero, justo según me acerco a su mesa, cuelga su teléfono y suelta un improperio.

—¿Qué pasa? —le pregunto—. No es propio de ti decir tacos.

Me mira y consigue esbozar una sonrisa superficial.

—No es nada. Es que Tracy y yo íbamos a salir a cenar esta noche. Pero acaba de llamar para decirme que su agente ha concertado una sesión de fotos en Lake District y un coche pasará a recogerla en un par de horas. Y no volverá hasta el viernes.

—Vaya faena. Entonces, ¿eso significa que puedes tomarte algo conmigo después del trabajo? Así te cuento cómo va la situación de Alice y tú me cuentas lo duro que es mantener una relación sentimental con una modelo despampanante.

—Suena bien —responde agrandando la sonrisa—. ¿Al Rose and Crown?

Le devuelvo la sonrisa y digo:

—Eso mismo iba a sugerir.

Resulta que lo que ambos necesitamos para ayudar a suavizar el impacto de otro día ajetreado es una copa.

Ya incluso antes de llegar al *pub,* Martin empieza a contarme los motivos por los cuales su relación con Tracy está siempre atravesando altibajos.

—Cada vez está más obsesionada con su trabajo —me dice—. Es como si el resto de su vida, incluido yo, estuviese volviéndose irrelevante. No paramos de hablar de ello, y le digo que, a menudo, me siento como si fuera un accesorio, pero parece que no le queda claro. Lo único que le preocupa es su siguiente encargo.

Me resulta extraño oírle decir esas cosas porque, desde que empezaron, no ha hecho más que hablar maravillas de ella. Hace que me pregunte si los problemas empezaron a surgir hace tiempo pero él se negó a reconocerlos.

Cuando llegamos al Rose and Crown, Martin deja claro que está harto de hablar de sí mismo.

—Seguro que te parezco un viejo quejica —me dice—. Cuando entremos, me callaré y dejaré que me hables de Alice y del resto de mierdas que te están pasando.

Una vez dentro, pago una botella de vino y nos la llevamos a una mesa situada en el salón. Martin sirve las copas y después brindamos antes de contarle que Alice ha dejado a Sean.

—Es una noticia estupenda —asegura—. Y es fantástico que le hayan dado plaza en un refugio. Estará acompañada de otras mujeres que también han sufrido a manos de parejas maltratadoras, y seguro que eso fortalecerá su compromiso de empezar una nueva vida.

—Es probable que su marido no lo sepa todavía —le digo—. Le ha dejado una nota, pero no la verá hasta que llegue a casa del trabajo.

Una mirada de preocupación cruza su rostro.

—Entonces tendrás que estar alerta, Gem, por si acaso vuelve a presentarse en tu casa. Puede que piense que sabes dónde está su mujer.

—Eso mismo ha pensado ella, así que en la nota le ha dicho que yo no he tenido nada que ver con su decisión de marcharse y que no sé dónde se ha trasladado.

—Pues esperemos que se lo crea. ¿Y qué hay del otro pirado que te está haciendo la vida imposible? El que insiste en que es el amor de tu vida.

—No creo que se haya rendido aún —confieso encogiéndome de hombros—. Tendré que hacer lo que sea necesario para convencerle de que está perdiendo el tiempo.

La conversación se desvía entonces hacia asuntos de trabajo y pasamos los siguientes cuarenta minutos tratando de pensar en formas de mantener con vida la historia de Spooner. Pero seguimos devanándonos los sesos cuando se nos termina la botella de vino.

Ambos dudamos sobre lo sensato que sería pedir otra botella, porque ninguno tiene ganas de emborracharse. Pero entonces Martin dice:

—Te propongo una cosa. Como esta noche no pensaba cenar en casa, ¿y si te invito a picar algo aquí? Así podemos tomarnos un par de vinos más y no se nos subirá a la cabeza.

Me apunto al plan, en parte porque así no tendré que cocinar nada cuando llegue a casa y, además, porque estar aquí con Martin me ayuda a evitar los pensamientos negativos.

Compartimos una *pizza* grande y una fuente de patatas fritas, lo que a mí me resulta más que suficiente. Cuando terminamos la comida y el vino, decidimos que es hora de irse.

Una vez más, hemos disfrutado de nuestra mutua compañía, pero sus palabras de despedida activan las alarmas en mi cabeza.

—Muchas gracias por invitarme a tomar algo otra vez, Gem. Empieza a parecer que solo me divierto cuando salgo contigo.

Lo cierto es que no sé cómo interpretar lo que me ha dicho, y sus palabras se repiten sin cesar en mi cabeza durante el trayecto a casa. ¿De verdad lo decía en serio, o sería solo producto del alcohol?

No es posible que esté empezando a verme como algo más que una simple amiga y compañera de trabajo.

¿O sí?

Me digo a mí misma que estoy dándole demasiada importancia. El pobre hombre tiene la cabeza hecha un lío porque siente que su novia no lo aprecia. Es normal que esté triste. Enfadado. Confundido. Y, en semejante estado emocional, no sería de extrañar que dijera cosas que no piensa. En especial cuando ha tomado tanto vino.

Las palabras de Martin me acompañan hasta que doblo por mi calle y vuelvo entonces a pensar en quién podría estar esperándome allí. Sean Kelly, tal vez. Ya debe de haberse enterado de que Alice lo ha abandonado. O puede que John Jackman. Debe de estar desesperado por volver a hablar conmigo si todavía no ha perdido el interés.

Aprieto el paso conforme me acerco a mi puerta, y cada bocanada de aire que tomo se me clava en los pulmones.

Pero, por segunda noche consecutiva, ninguno de esos dos hombres está esperándome allí y, nada más entrar, giro la llave en la cerradura. Y es entonces cuando me percato de que estoy pisando un sobre que hay en el suelo.

Lo recojo y veo solo mi nombre garabateado en grandes letras negras. No lleva sello ni remite, lo que me indica que lo han llevado personalmente.

Espero a estar en la cocina antes de abrirlo y, cuando leo la nota que lleva dentro, empieza a darme vueltas la cabeza.

Qué hay, Gemma. No consigo dejar de pensar en ti y, a no ser que pueda volver a verte, no sé qué voy a hacer. Mañana a las siete de la tarde te estaré esperando en la vinoteca donde tuvimos nuestra asombrosa primera cita. Por favor, por favor, por favor, reúnete conmigo allí y toma un par de copas conmigo. Hablemos de la situación de manera civilizada. Siento que esta es la única manera de que podamos arreglar las cosas y seguir adelante con nuestras vidas.

Con todo mi amor. Besos,

John

CAPÍTULO 56

La nota de John Jackman me tiene despierta casi toda la noche, angustiada pensando en cómo responder.

Me enfrento a un auténtico dilema. ¿Debería ignorarlo o acercarme a la vinoteca con la esperanza de poder persuadirlo para que deje de acosarme?

Por un lado, me dará la oportunidad de mirarlo a los ojos y transmitirle con claridad mi mensaje. Cuando me abordó en la calle la otra noche, me quedé demasiado desconcertada para poder expresar mis sentimientos de forma coherente.

Pero, por otro lado, acudir a lo que, a todos los efectos, sería una tercera cita podría animarle a creer que no está todo perdido. A que aún cabe la posibilidad de ganarse mi cariño con su determinación de hierro y sus ridículas declaraciones de amor.

Sé que, si me quedo en la cama, me volveré loca pensando en ello. De forma que, pese a que solo son las cinco de la mañana, me levanto, me pongo la bata y bajo a prepararme una taza de té.

Reviso el teléfono mientras me lo bebo y, por suerte, no veo más mensajes ni correos que me hagan sentir peor de lo que ya me siento. Tengo el cuerpo entumecido y la mente en un estado de auténtico caos.

El telediario me proporciona solo una breve distracción, pero hay una noticia que llama mi atención y agudiza mis sentidos. Se trata de un hombre al que ayer condenaron a cadena perpetua por asesinar a su esposa. La mujer desapareció hace tres años y el hombre les había dicho a la policía y a la familia de ella que no tenía ni idea de lo que le había sucedido. Pero, al surgir nuevas pruebas, los inspectores reabrieron el caso y excavaron en el jardín trasero de su casa, donde encontraron el cuerpo golpeado de la mujer.

Me hace pensar en el inspector Cain y me pregunto una vez más si le hizo algo parecido a su mujer. Recuerdo que la policía sí que examinó su pequeño jardín trasero, pero no encontró nada. Aunque, si en efecto la mató, bien podría haberse deshecho del cuerpo en otra parte.

Me gustaría que se hubieran esforzado más en resolver el misterio de su desaparición. Pero, al mismo tiempo, entiendo que a menudo es una cuestión de recursos. En el Reino Unido, cada noventa segundos denuncian oficialmente la desaparición de alguien, y eso supone que a la policía no le queda más remedio que priorizar qué casos investigar con más ahínco.

Cuando me termino el té y subo a mi habitación a arreglarme, sigo con la cabeza a mil por hora. Antes de ducharme, me miro en el espejo y mi reflejo me espanta. Tengo la cara chupada y las escleróticas pobladas de capilares rojos.

La ducha me espabila un poco, pero sigo sin encontrarme bien incluso después de vestirme.

Es muy temprano, así que me preparo un café con tostadas. Pero, cuando empiezo a comer, suena el timbre y se me cierra el estómago. Estoy bastante segura de que, a estas horas de la mañana, no será nadie a quien me alegre de ver.

Y compruebo que llevo razón antes incluso de llegar a la puerta, cuando se abre la ranura del correo y oigo una voz familiar que grita a través de ella.

—Soy yo, Gemma. Sean. No finjas que no estás en casa. Tengo que hablar contigo y no pienso irme hasta que lo haga.

Me invade la rabia y le grito que se aparte de la puerta. Estoy dispuesta a escuchar lo que tenga que decir, pero de ninguna manera pienso permitirle entrar en mi casa.

A través de la mirilla, le veo retroceder por el camino y, cuando se encuentra a unos cinco metros de distancia, se detiene y se rodea con los brazos.

Abandono entonces toda precaución y abro la puerta. Para mi sorpresa, no estoy nerviosa. Solo enfadada. Y decidida a no dejar que ese cabrón vuelva a intimidarme. Es la tercera vez que se presenta en mi casa, y eso a pesar de que la policía le haya advertido que no lo haga.

—Sé lo que quieres de mí, Sean, pero voy a tener que decepcionarte —le digo—. No tengo ni idea de dónde está Alice y, aunque lo supiera, no te lo diría.

—Estás mintiendo —me acusa sacando pecho—. Lo sé. Esto es todo culpa tuya y ya tienes lo que querías.

La rabia sigue creciendo dentro de mí.

—Madura un poco, Sean. Alice te ha dejado porque has estado maltratándola. Yo no he tenido nada que ver. También me sorprendió a mí cuando me llamó ayer para decirme que se había marchado. No pensé que tuviera valor para hacerlo. Pero se negó a decirme adónde iba y no me dio un número de teléfono para poder localizarla. Aunque sí que me dijo que te llamará en algún momento.

Sacude la cabeza y, cuando vuelve a hablar, su voz suena aguda y amenazante.

—Te crees que soy un puto imbécil, y eso es un error. Alice y yo éramos felices hasta que empezaste a meterle ideas en la cabeza.

Y ahora está sola y seguro que desearía no haberte hecho caso. Así que dime dónde está y así podré ir a hablar con ella y hacerla entrar en razón.

—Por última vez, te digo que no lo sé —insisto—. Y no quiere que lo sepas porque te tiene miedo. Quiere que salgas de su vida y la entiendo perfectamente.

Empieza a avanzar hacia mí, pero se detiene en seco cuando levanto las manos.

—Si te acercas más, volveré a llamar a la policía —le grito—. Y me aseguraré de que esta vez te detengan. No vas a poder convencerlos de que no has venido aquí para amenazarme.

Me doy cuenta de que está reflexionando sobre ello y, durante varios segundos que se me hacen eternos, se queda mirándome con un gesto de furia animal.

Entonces sacude la cabeza nuevamente y dice:

—Me estás subestimando, Gemma Morgan. Te advertí en más de una ocasión que no te metieras en nuestra vida. Elegiste ignorar mis advertencias e, independientemente de que pueda o no arreglar mi matrimonio, pienso asegurarme de que sufras como nunca por lo que has hecho.

Se da la vuelta y se aleja, y yo no vuelvo a entrar en casa hasta verlo subirse en su coche, arrancar y marcharse.

CAPÍTULO 57

Es del todo increíble que haya vuelto a amenazarme. Se trata de la segunda vez en menos de veinticuatro horas y la tercera o cuarta en menos de una semana.

¿Es de extrañar que sienta que mi mundo está totalmente patas arriba?

Me quedo un rato sentada en la cocina con el corazón latiéndome en los oídos. Por un breve instante, me planteo la posibilidad de llamar a la policía, pero sé que, si lo hago, tendré que esperar a que lleguen. Y entonces volverán a decirme que no pueden hacer nada salvo hacerle otra advertencia inútil a Sean.

«Sé fuerte —me digo—. Te has enfrentado a ese cabrón y, pese a lo que ha dicho, puede que le hayas convencido de que no sabes dónde está su mujer».

Antes de salir de casa, decido no involucrar a la policía, a pesar de que una voz insistente cuestiona la sensatez de dicha decisión.

Pero la última diatriba de Sean Kelly no es lo único que ocupa mis pensamientos de camino al trabajo. También está la nota de John Jackman y el dilema de si aceptar o no su invitación a tomar algo con él esta noche.

* * *

En cuanto entro en la sala de redacción y veo a Martin sentado a su escritorio, vuelvo a pensar en lo que me dijo anoche a la salida del *pub*.

Dejé de pensar en ello tras leer la nota de John, pero de pronto sus palabras resuenan en mis oídos.

«Empieza a parecer que solo me divierto cuando salgo contigo».

Probablemente ni siquiera se acuerde de que me lo dijo, y desde luego yo no pienso recordárselo. Tengo cosas más importantes de las que preocuparme.

—Buenos días, Martin —le digo al acercarme—. ¿Qué tal estás hoy?

Levanta la mirada y hace un puchero.

—Sigo recuperándome de la resaca. Tras tomarme más de media botella de vino contigo, me fui a casa y me apreté Dios sabe cuántos brandis.

—Ay, madre. No deberías haberte molestado en venir.

—Tengo demasiado que hacer —responde sacudiendo la cabeza—. Además, no me apetecía pasarme el día metido en casa.

—Bueno, con suerte se te pasa pronto.

Estoy ansiosa por contarle los últimos acontecimientos del drama en que se ha convertido mi vida, pero tendré que esperar a la hora de comer.

Hasta entonces, estaremos ambos ocupados. Primero está la reunión editorial, en la que Ryan nos informa de que no hay novedades en la historia de Larry Spooner.

—Siguen investigando a conciencia su asesinato, pero ya no parecen interesados en su acusación de corrupción contra el inspector Cain —nos dice—. Aceptan de buena gana que Roy McBride dice la verdad al asegurar que Spooner se lo inventó todo.

—¿Y qué hacemos ahora, jefe? —le pregunto.

—He estado pensando en ello y quiero que Martin y tú elaboréis un reportaje para el domingo sobre el crimen organizado en Londres —responde—. Utilizad el asesinato de Spooner como excusa y hablad un poco más sobre su pasado. ¿Cómo se vio involucrado? ¿En qué consistía su trabajo para la banda? Tal vez su madre pueda ayudaros con eso si finalmente conseguís hablar con ella. E incluid una sección sobre si la policía está ganando la batalla contra las bandas criminales.

—Nos pondremos con ello de inmediato —contesto.

—Fantástico —dice Ryan levantando los pulgares—. Si sale tan bien como espero, podremos incluirlo en las páginas centrales.

El resto de la mañana transcurre haciendo llamadas telefónicas, revisando nuestros archivos y buscando información *online*.

Cuando llega la hora de comer, Martin y yo ocupamos una mesa tranquila en la cafetería. Pero, en lugar de hablar del reportaje, le cuento la visita de Sean a mi casa y la nota que John Jackman metió por la ranura del correo.

No sé cuál de los dos incidentes le sorprende más, pero es de la nota de lo que desea hablar cuando se la enseño.

—No puedo creerme que estés planteándote realmente volver a quedar con él —me dice—. ¿Por qué narices ibas a hacer tal cosa?

—Porque puede que así tenga la oportunidad de poner fin a esta locura cuanto antes —respondo—. Así podré explicarle con una claridad meridiana que no me interesa mantener una relación con él.

—Pero si ya se lo has dejado clarísimo. Le has enviado mensajes y le has dicho que se largue cuando ha aparecido en tu casa.

—Ya lo sé, pero aun así no me deja en paz. Así que tal vez la única forma de hacerle entrar en razón sea explicarle que me está causando muchos problemas. Apelar a su empatía, en otras palabras, y señalar que, si quiere que sea feliz, tiene que dejarme en paz.

Martin chasquea la lengua.

—Creo que tomarte una copa con él en una vinoteca sería una manera de recompensar su comportamiento.

—Puede que lo vea de ese modo —admito encogiéndome de hombros—, pero a lo mejor sirve para dejárselo claro. Mira, aún no estoy decidida, pero cuanto más lo pienso más creo que debería aprovechar la oportunidad. Será en un lugar público, así que estaré a salvo, y, si me hace sentir incómoda, me marcho y punto. Pero confío en que la cosa no llegue a tal punto.

Martin da un trago a su zumo mientras lo piensa.

—Lo creas o no, Gem —dice al cabo—, empiezo a entender lo que quieres decir. Sospecho que muchas mujeres han hecho eso mismo como último recurso. Y puede que funcione con mayor frecuencia de la que pensamos.

—Exacto, y tampoco es que crea que John Jackman pueda ser un psicópata loco de atar capaz de hacer mucho más que ser un fastidio. Me pareció un buen tipo. El caballero perfecto. Simplemente no consideré que fuese adecuado para mí.

—Hasta los buenos tipos desarrollan obsesiones que les hacen comportarse de forma inapropiada. Son cosas que se leen a todas horas, y sus historias siempre acaban en Netflix.

Cuando terminamos de comer, Martin me pregunta si hablar de ello me ha ayudado a decidirme.

—Tendré que pensarlo un poco más esta tarde.

—Bueno, si al final decides ir, yo iré contigo —me dice—. Esta noche estoy solo otra vez y no tengo nada más que hacer. Me aseguraré de llegar a la vinoteca antes de las siete y te tendré vigilada. Y no te preocupes, me cuidaré de que no se dé cuenta de lo que ocurre.

—No tienes por qué hacerlo, Martin. Será un lugar público y no creo que pueda pasar nada.

—Más vale prevenir que curar, Gem. Y, además, ¿cómo sabes que no te seguirá hasta casa después si no consigue encandilarte para que le des otra oportunidad?

El considerado ofrecimiento de Martin refuerza la seguridad en mí misma y, a mitad de la tarde, le digo que tengo intención de aceptar la invitación de John. Le doy el nombre y la dirección del bar y le envío una foto de John de la aplicación de citas.

Eso no significa que me sienta totalmente relajada con la idea ni que esté convencida de que sea lo correcto, pero sí que creo que merece la pena intentarlo.

CAPÍTULO 58

Me aseguro de salir de la oficina a las cuatro y media para poder estar en casa a las cinco y media. Necesito tiempo para prepararme mentalmente para la «cita» con John Jackman.

Martin insiste en que estará en el bar cuando yo llegue y eso me concede cierto grado de tranquilidad. No evita, sin embargo, que me pregunte si estaré a punto de cometer un grave error, y mi voz interior no para de repetir las mismas preguntas. ¿Estaré siendo una ingenua? ¿Lograré convencerlo de que nunca formará parte de mi vida? ¿Su imagen de buen tipo será solo una fachada para ocultar a un mujeriego frío y manipulador incapaz de aceptar el rechazo?

Como si fuera una señal, se me acelera el corazón cuando entro en mi calle. Buscar hombres que me acechan detrás de los árboles y entre las sombras se ha convertido en una costumbre bastante desagradable. Pero, de nuevo, consigo llegar hasta mi casa sin tener que enfrentarme a ningún encuentro desagradable.

Lo primero que hago tras quitarme el abrigo es ir a la cocina a servirme una copa de vino, que me bebo en cuatro tragos.

Estoy segura de que he bebido más en la última semana que a lo largo del último mes. Una vez más, me recuerdo a mí misma que es algo a lo que deberé prestar atención.

Durante un tiempo, tras el asesinato de Callum, recurría a la botella con demasiada frecuencia para ayudarme a sobrellevar los días. Pero al final me di cuenta de que no era más que una forma destructiva de autoterapia y reduje el consumo.

El problema es que ya tengo el cuerpo rígido por la tensión y siento un nudo en el estómago, un temor feroz. Tengo que recomponerme antes de acudir a la vinoteca. Eso implica ahogar mis emociones, tragármelas, a fin de ofrecer una imagen de mujer fuerte, decidida y segura de sí misma.

No me molesto en ducharme y apenas me esfuerzo en maquillarme. Además, no le veo mucho sentido a arreglarme en exceso. Bastará con unos vaqueros, un jersey y una vieja cazadora de cuero.

A las seis y media, estoy sentada en el sofá, mentalizándome con otra copa de vino, cuando me suena el teléfono.

Número desconocido.

—¿Diga? —respondo.

—¿Puedes hablar, Gem? —dice Alice, y en absoluto me sorprende que sea ella.

—Por supuesto. Pero tengo que salir en unos quince minutos.

—No te entretendré.

—¿Cómo estás? —le pregunto.

—Estoy bien. Preparándome para mi segunda noche aquí.

—¿Algún problema?

—De momento no, pero antes he tenido que colgarle el teléfono a Sean. La conversación ha empezado bien, me ha suplicado que volviese a casa, pero, cuando he insistido en que lo nuestro se había terminado, ha perdido los estribos. Ha empezado a maldecir y a amenazarme. Y entonces me ha dicho que había estado en tu casa y que habías amenazado con llamar a la policía.

—Así es. No se cree que no me hayas dicho dónde estás.

—Pues he vuelto a dejárselo claro. Pero ya sabes cómo es. La única verdad es su verdad. Volveré a llamarlo mañana y, con suerte, para entonces ya se habrá calmado. Quería decirle que voy a hablar con un abogado, pero no he tenido oportunidad.

—Seguro que eso le hace mucha ilusión.

—No cree que tenga valor para hacerlo.

—Pues sí que lo tienes, Alice, pero debes mantenerte firme.

—Esa es mi intención, y lamento mucho que haya vuelto a acosarte. Pero tienes mi bendición para hacer que lo detengan.

No le hablo de la amenaza descarada que me hizo porque no quiero que se sienta culpable o incluso que se vea tentada de volver con él solo por protegerme. Así que me limito a decirle que puedo gestionar la situación y después desvío la conversación hacia su nueva vida en el refugio.

Hablamos diez minutos más, pero me aseguro de no mencionar lo que me está pasando con John Jackman ni que he accedido a volver a verlo. No quiero agobiarla con mis problemas. Antes de colgar el teléfono, me da su nuevo número y le prometo que no lo compartiré con nadie.

—Nos veremos pronto, Gem —me dice—. Mientras tanto, cuídate y dime si vuelve a ponerse en contacto contigo.

—Así lo haré.

Las conversaciones con mi mejor amiga siempre sirven para recordarme que ella está pasando por una situación mucho más complicada que la mía.

Salgo de casa a las siete menos diez con la adrenalina disparada. La noche está tranquila y no hace tanto frío como ha estado haciendo últimamente, lo que me hace desear haber salido a correr en lugar de tener que ir a un sitio al que no quiero ir para tomarme una copa con alguien a quien no quiero ver.

Se trata de otro ejemplo más de la falta de rumbo que ha tomado mi vida debido a las acciones y amenazas de tres hombres que parecen decididos a ahogarme en un mar de ansiedad.

Conforme me aproximo a la vinoteca, se me desboca el corazón y debo detenerme un momento para regular la respiración. Vuelve de nuevo esa voz insidiosa que me dice que estoy siendo una estúpida inconsciente y que debería darme la vuelta e irme a mi casa.

Pero, una vez más, elijo ignorarla y dirijo mis pasos hacia la entrada con los hombros hacia atrás y la cabeza bien alta.

CAPÍTULO 59

El lugar está solo medio lleno, de forma que distingo a John Jackman nada más entrar.

Está sentado a la misma mesa que ocupamos en nuestra primera cita. Viste un traje oscuro con camisa azul claro y los últimos botones desabrochados, y parece seguro de sí mismo, convencido. Pero, al contrario que la primera vez que posé mis ojos en él, ahora no me parece en absoluto atractivo.

Cuando me ve, se levanta y me hace un gesto con la mano para que me acerque.

Según atravieso el establecimiento en su dirección, las voces y risas de los demás clientes me resultan extrañamente tranquilizadoras. Así como la presencia de Martin, acodado en un taburete frente a la barra. Nuestras miradas se cruzan un instante, pero no nos saludamos.

Noto el rubor de mis mejillas a medida que me aproximo a la mesa, y tengo que tragar saliva para aliviar el nudo que se me ha alojado en la garganta.

John se apresura a ofrecerme una silla, pero me alegra que no intente abrazarme ni besarme. Probablemente sepa que, si lo hiciera, la situación se volvería más incómoda de lo que ya es.

—Estás preciosa, Gemma —me dice, y me estremezco cuando me recorre con la mirada.

Me siento y respondo con una sonrisa vaga, después observo que hay una botella de vino y dos copas sobre la mesa.

—¿Te parece bien beber vino o prefieres otra cosa? —me pregunta.

—Me parece bien —respondo, y logro mantener el contacto visual con él.

Llena las copas mientras trato de ponerme cómoda en la silla.

—Salud —dice.

Alzamos nuestras copas, pero no brindamos. Doy un sorbo al vino y observo que John tiene el rostro tenso por la expectativa.

—Te agradezco mucho que hayas venido, Gemma —me dice—. Confío en que eso signifique que crees que hay un rayo de esperanza para nosotros. No sabes lo feliz que me hace eso. Empezaba a pensar que ya te había perdido.

Las palabras escogidas avivan en mi interior un fogonazo de rabia, pero lo reprimo y sacudo lentamente la cabeza.

—No significa eso, John, así que, por favor, no te hagas ilusiones —le aclaro bajando la voz para que los demás clientes no me oigan—. He venido porque deseo dejarte claro que no hay futuro para nosotros. Quiero que lo entiendas y que dejes de molestarme. Por favor.

Responde con una amplia sonrisa.

—Pero si ni siquiera me has dado una oportunidad. Y eso es lo único que te pido que hagas. Vamos a conocernos mejor. Salgamos alguna vez más. Podemos ir al cine o al teatro. O a pasear. Estoy convencido de que, si seguimos viéndonos, pronto sentirás por mí lo mismo que yo siento por ti.

Me trago el cabreo y mantengo un tono de voz sosegado y pausado.

—Eso no va a pasar nunca —zanjo—. Ya te he explicado que no creo que haya conexión entre nosotros. Tienes que aceptarlo y seguir con tu vida. Seguro que es cuestión de tiempo que conozcas a otra persona. Alguien que sí que desee mantener una relación contigo.

—Pero es que no quiero seguir adelante y tú eres la única mujer adecuada para mí —responde—. Conocerte ha sido lo mejor que me ha pasado en años. Sé que suena cursi, pero es que fue amor a primera vista. El destino nos ha unido, Gemma, y no quiero…

—Por favor, para ya, John. —Bajo la voz más aún hasta convertirla en un susurro áspero—. Lo que pienses o lo que digas no va a hacerme cambiar de opinión. Lo he pensado largo y tendido y, aunque creo que eres mucho más atractivo e interesante que los demás hombres a quienes he conocido en la aplicación de citas, no creo que encajemos.

Frunce el ceño como si eso le confundiera.

—Entonces, ¿por qué te has molestado en venir? La verdad es que no esperaba que lo hicieras. Y me había convencido de que, si venías, significaría que te arrepentías de las cosas que me habías dicho y hecho.

—Pues siento que pensaras así. He venido para intentar razonar contigo y que dejes de acosarme.

Se inclina hacia delante y estira el brazo por encima de la mesa para agarrarme la mano. Me la estrecha con una firmeza que me incomoda.

—No digas eso, mi amor. No hablas en serio. Sé que no es así. Lo que pasa es que te asusta el compromiso. Pero te prometo que, si me das una oportunidad, te demostraré que…

Aparto la mano y dejo mi copa con un gesto vehemente, derramando el vino sobre la mesa.

—Se acabó —respondo con los dientes apretados—. Ya estoy harta. Debería haber sabido que venir aquí sería una pérdida de tiempo.

Me pongo en pie apresuradamente, pero él también lo hace y, antes de poder darme la vuelta y marcharme, rodea la mesa para cortarme el paso.

—No, Gemma. Por favor, no te vayas —me suplica, en voz tan alta que llama la atención de todos los presentes en el bar—. Lo siento si te he ofendido. Pero vuelve a sentarte y seguimos hablando. Hay muchas más cosas que deseo decirte.

—No. Esto no va a ninguna parte y deberías saber que, si sigues acosándome después de esta noche, acudiré a la policía. Y también haré correr la voz por internet para que las mujeres no se acerquen a ti. Así que, si no te importa, apártate de mi camino.

Endurece entonces el gesto y veo el fuego en su mirada. Abre la boca para responder, pero, antes de que le salgan las palabras, Martin se sitúa detrás de él y le da una palmada en el hombro.

—Déjala en paz, gilipollas —le dice.

John se da la vuelta y responde:

—¿Tú qué coño pintas aquí?

Martin no se achanta. En su lugar, se vuelve hacia mí y dice:

—Da la vuelta por el otro lado, Gem. Y vámonos de aquí antes de que la cosa se salga de madre.

John nos mira alternativamente y la confusión distorsiona sus rasgos.

—No me lo creo —grita mientras me aparto de él—. No has venido sola, ¿verdad?

—Déjalo ya —le dice Martin alzando la voz—. La estás asustando.

John vuelve a mirar a Martin y, por un momento, temo que vaya a atacarlo, pero no lo hace.

—¿Y tú quién coño eres? ¿El novio que no sabía que tenía? ¿Habéis venido juntos para poder humillarme? ¿Es eso?

Martin no responde y, en lugar de eso, le da la espalda a John y avanza hacia la puerta, donde estoy a punto de reunirme con él.

John se queda donde está, mirándonos con sus ojos furiosos mientras dos robustos miembros del personal se acercan a él.

—Señor, cálmese, por favor —le dice uno de ellos—. Aquí no estamos dispuestos a tolerar este tipo de comportamiento.

Para entonces, Martin y yo ya casi hemos llegado a la puerta y, antes de atravesar el umbral, miro por encima del hombro y veo que John se ha quedado callado. Parece totalmente ajeno a lo que le están diciendo los dos empleados, y sigue mirándome, impasible, con ojos feroces.

Y en ese instante, justo antes de darme la vuelta, le veo articular una única palabra en voz baja, y no me hace falta saber leer los labios para descifrarla.

—Zorra.

CAPÍTULO 60

Cuando salimos a la calle, tengo la cara ardiendo y el corazón desbocado, y al hablar me sale la voz temblorosa por la rabia y el estupor.

—Pues sí que ha sido un puto error —comento—. Solo espero no haber empeorado las cosas.

Martin me pone la mano en la espalda y yo trato de no imaginar lo que podría haber sucedido si él no hubiera estado allí.

—Al menos le has dejado claro que está librando una batalla perdida —responde.

Antes de cruzar la calle, ambos miramos hacia atrás para ver si ya ha salido del bar, pero no lo ha hecho.

—Te acompaño a casa —me ofrece Martin.

—No es necesario —le aseguro, notando la flema en la garganta—. Vivo aquí al lado. Deberías volver a tu casa.

Sacude entonces la cabeza.

—No pienso dejar que te vayas sola. Quiero estar cerca por si acaso te sigue.

—¿Crees que lo hará?

—Probablemente no, pero es mejor asegurarnos.

Estamos a punto de doblar una esquina, y antes de hacerlo vuelvo a mirar hacia atrás y me alivia comprobar que sigue sin haber rastro de John.

—Estoy seguro de que, cuando se calme, se arrepentirá de lo que acaba de pasar —me tranquiliza Martin—. Claramente no esperaba que reaccionaras como lo has hecho.

—Y yo no esperaba que la cosa terminara en solo un par de minutos. Pero, en cuanto ha empezado a hablar, me he dado cuenta de que había perdido el tiempo y de que sería imposible razonar con él.

Martin nunca ha estado en mi casa, de modo que lo conduzco hasta allí y, cuando llegamos, tengo los nervios a flor de piel.

—Muchas gracias —le digo—. No creo que hubiera sabido gestionar la situación si no hubieras estado allí. ¿Te pido un taxi?

—No hay prisa. Puedo entrar y esperar un poco para ver si va todo bien. Solo por estar aquí en caso de que aparezca.

Su voz suena serena y tranquilizadora, y me calma el hecho de que se haya ofrecido a quedarse un rato.

Una vez dentro, nos quitamos los abrigos y lo guío hasta la cocina, donde abro el frigorífico y señalo el vino.

—Supongo que prefieres esto a tomar algo caliente —le digo.

—Desde luego. Me he pedido un *gin-tonic* en el bar y solo he podido tomarme la mitad.

Vamos al salón con la botella de vino y dos copas y nos sentamos uno junto al otro en el sofá. Me resulta extraño porque hace mucho tiempo que no invitaba a un hombre aquí.

—Qué bonita tu casa —comenta Martin, pero yo solo respondo con un leve asentimiento de cabeza porque noto un nudo en la garganta y tengo que hacer un esfuerzo por contener las náuseas—. Te ha afectado mucho, ¿verdad? —adivina.

—Nunca antes me había pasado algo parecido —confieso—. Ha sido muy embarazoso, además de inquietante. Y la verdad es que pensaba que iba a pegarte cuando te has enfrentado a él.

—Yo también lo pensaba. Y una parte de mí desearía que lo hubiera hecho, porque así habría tenido el placer de partirle la cara.

No puedo evitar sonreír.

—Has estado a la altura, Martin, y te lo agradezco mucho.

—Me alegra haber estado allí.

Tomo aliento con la respiración entrecortada, deseando que mis latidos recuperen su frecuencia normal, y mi mente empieza a repasar lo que ha acontecido en el bar.

—¿De verdad crees que piensa que eres mi novio y que le hemos tendido una trampa para humillarlo? —le pregunto.

—¿Quién sabe? —Se encoge de hombros—. Supongo que puede haberle dado esa impresión. Pero ¿qué más da? Si ahora se piensa que estás con otro, será más probable que te deje en paz y acepte su derrota.

En ese momento le suena el teléfono, lo que le pilla por sorpresa, y se lo saca del bolsillo.

—Es Tracy —anuncia tras consultar la pantalla—. Será mejor que no responda estando aquí, porque tendré que explicarle qué estoy haciendo en casa de otra mujer cuando ella no está.

Deja sonar el teléfono hasta que se corta y vuelve a guardárselo en el bolsillo.

—Ahora me siento culpable —le digo.

—No seas tonta —responde sacudiendo la cabeza—. No hay problema. Es que creo que será mejor explicárselo todo mañana cuando vuelva.

Bebo un poco más de vino, con la esperanza de serenar los nervios, luego me levanto para ir a mirar por la ventana.

—No hay nadie ahí fuera —anuncio—. John vive en Brixton. Supongo que ya estará de camino a su casa.

Antes de volver a sentarme, relleno ambas copas con más vino.

—¿Por qué no te tomas el día libre mañana? —sugiere Martin—. Haz algo que te permita desconectar de esta historia y del resto de las cosas que te están pasando. Se lo explicaré a Ryan y me pondré con el reportaje sobre el crimen organizado.

—Trabajar me ayuda a desconectar —le respondo—. Y, por favor, no le cuentes nada de esto a Ryan. No quiero que lo sepa ni él ni nadie.

Se produce entre ambos un incómodo silencio que se prolonga casi un minuto, hasta que Martin lo rompe.

—No me importa quedarme aquí todo el tiempo que quieras, Gem. Pero si quieres irte a la cama, me iré sin problema.

Estaría encantada de que se quedara aquí toda la noche, en el cuarto de invitados, por supuesto, pero me resultaría inapropiado. Somos amigos, pero no hasta ese punto. Y además tiene novia.

—Deberías irte —respondo—. Me siento a salvo aquí, y aunque apareciese John, no le dejaría entrar. A ambos nos vendría bien acostarnos temprano.

Utiliza su aplicación de Uber para pedir un taxi y, mientras esperamos a que llegue, vuelvo a agradecerle su presencia y su ayuda.

—Esta noche te has portado de maravilla, Martin, y no lo olvidaré.

En menos de cinco minutos, llega el taxi y, antes de marcharse, Martin me da un abrazo y me rodea la cintura con los brazos. Me resulta agradable, cómodo, y de nuevo me da por pensar en lo bonito que sería poder intercambiarme con Tracy.

* * *

Cuando se marcha, voy a prepararme un chocolate caliente con la esperanza de que eso me ayude a conciliar el sueño. Me siento en la cocina para bebérmelo y repaso mentalmente todo lo que ha sucedido esta noche.

Resulta que mi voz interior tenía razón al intentar disuadirme de acudir al bar. Ojalá le hubiera hecho caso.

La respuesta de John a lo que le he dicho ha sido de todo punto inapropiada, pero, aun así, siento una pizca de compasión por él. Desearía haber podido explicarle que Martin no es mi novio y que no hemos ido allí con la intención de humillarlo.

Podría enviarle un mensaje o un correo para aclarárselo, pero estoy segura de que sería una mala idea.

No, será mejor dejarlo correr y confiar en que empiece a buscar en otra parte al amor de su vida.

Me termino el chocolate y me voy arriba. La cama me atrae, pero cuando al fin me meto bajo el edredón, aún noto que el corazón está intentando salírseme del pecho. De modo que sé que tardaré un rato todavía en dejarme arrastrar por los cálidos brazos del sueño.

CAPÍTULO 61

Jackman

Lleva en casa ya más de una hora y la rabia que le invade no ha disminuido ni un ápice.

Está furioso con Gemma Morgan, pero también consigo mismo por ser tan estúpido como para creer que invitarla a tomar algo sería una buena estrategia en su plan para conquistarla.

Le ha salido el tiro por la culata, y sus sueños de tener un futuro con ella han quedado reducidos a cenizas.

Aunque tal vez haya sido para bien, porque ha descubierto que no es la mujer que creía que era. Esta tarde, en el bar, ha mostrado su verdadera naturaleza. Es fría, vengativa y manipuladora.

No le cabe duda de que ella debía de saber que acceder a tomar algo con él le haría creer que su persistencia había dado sus frutos. Que seguía interesada en tener una relación con él.

Pero, en lugar de eso, parece que aceptó su invitación para poder rechazarlo de manera cruel, tildarlo de acosador y humillarlo en un establecimiento lleno de gente. Incluso ha amenazado con convertirlo en objeto de escarnio en internet.

Y, para rematarlo, se ha presentado a la cita con otro hombre. Probablemente alguien con quien ha estado saliendo desde el principio. Otro tío de la aplicación. El imbécil por el que le ha dado calabazas.

No le cabe más que suponer que lo ha hecho para vengarse de él. Para castigarlo por ir a su casa, por enviarle esos mensajes, por expresarle su amor eterno.

Cuando han salido juntos de la vinoteca, se ha visto tentado de seguirlos. Se ha contenido porque sabía que probablemente acabaría haciendo algo de lo que después se arrepentiría.

Pero eso no significa que esté dispuesto a tolerar que se vaya de rositas con lo que ha hecho.

Le había ofrecido su alma y su corazón, y habría ido hasta el fin del mundo con tal de hacerla feliz. Y no solo por ella, sino también por sí mismo.

Lo que le sucedió a Callum, su prometido, fue un acontecimiento trágico. Pero la verdadera víctima fue ella. Y, cuando hicieron *match* en la aplicación, él vio la oportunidad de asegurar un futuro mejor y más próspero para ambos.

Pero la muy zorra ha dado al traste con su bienintencionado plan y le ha dejado herido, aislado y triste. Lo peor del asunto es que no ha dejado de quererla por ello. Y está convencidísimo de que siempre la querrá.

Lo que significa que tendrá que decidir qué hacer al respecto.

CAPÍTULO 62

Gemma

El viernes por la mañana me levanto temprano otra vez y me muevo por la casa en un trance motivado por la falta de sueño.

He vuelto a pasar una noche inquieta durante la cual no he parado de revivir lo sucedido en la vinoteca.

Por un instante me planteo pedirme el día libre, como sugirió Martin, pero la idea de quedarme aquí metida sin hacer nada me desanima.

En la oficina, tendré muchas cosas que hacer para mantener la cabeza ocupada. Elaborar un reportaje sobre el crimen organizado en Londres es algo que se me da de perlas. Se trata de un tema que siempre me ha intrigado porque las actividades de las diferentes bandas han generado un impacto nocivo en la capital. A ellas pueden atribuirse un sinfín de delitos: asesinatos con armas de fuego y armas blancas, venta de drogas, tráfico de personas, corrupción, fraude y blanqueo de capitales a gran escala.

Nuestro artículo se beneficiará de poder tirar del asesinato de Larry Spooner. La investigación del caso va progresando. Las redes sociales están plagadas de especulaciones sobre quién lo hizo. ¿Fue tiroteado por una banda rival a consecuencia de una guerra territorial? ¿O fue asesinado a instancias de los líderes de su propia banda, que descubrieron que estaba a punto de delatar a un policía corrupto que trabajaba para ellos?

La historia tiene todos los ingredientes necesarios para ocupar la doble página central de este domingo.

Trato de concentrarme en eso de camino a la oficina, aunque no me resulta fácil porque tengo muchos otros pensamientos rondándome por la cabeza. El encuentro con John Jackman en el bar. La amenaza de Sean Kelly, que cree que convencí a su mujer para que lo abandonara. El no saber si uno o quizá ambos estén esperándome frente a mi casa cuando vuelva de trabajar esta tarde.

Y, por supuesto, no puedo descartar la posibilidad de que el inspector Cain no se limite a presentar una queja por el tratamiento que hemos hecho de la historia de Spooner y de la desaparición de su mujer.

Soy de las primeras en llegar a la redacción y de inmediato me pongo a revisar mi correo y las noticias de la noche.

Hay dos que han saltado después de los titulares matutinos. Un joven ha sido asesinado con arma blanca frente a una discoteca de Camden y una mujer ha sido violada y golpeada por dos hombres que se colaron en su casa de Stratford.

¿Por qué casi todos los días parecen empezar con noticias tan tristes y sorprendentes?, me pregunto. ¿Y cuánto falta para que las autoridades envíen una advertencia oficial de seguridad a aquellos que decidan mudarse a Londres?

Martin llega un poco más tarde que de costumbre y acude directo a mi mesa.

—¿Has conseguido dormir bien? —me pregunta.

—Cuatro horas como mucho —respondo encogiéndome de hombros—, pero con eso es suficiente.

—Y deduzco que Jackman no apareció sin avisar.

—Si llamó al timbre, no lo oí. Pero no creo que lo hiciera.

—Entonces crucemos los dedos para que no vuelvas a verlo más. ¿Y qué hay del otro chiflado? El marido de tu amiga.

—Se me olvidó decirte que habló con él ayer y le dijo que no sé dónde está. Con suerte, le habrá quedado claro y dejará de atosigarme.

Sin embargo, no estoy convencida de que lo haga, y por eso sé que va a resultarme difícil, si no imposible, poder relajarme.

Durante la reunión editorial, Ryan nos informa de que el inspector Cain ha presentado una queja formal al comité de prensa, acusándonos de invadir su intimidad y de pretender socavar su integridad profesional. Y en el documento que ha presentado figura mi nombre.

Ryan me dice que no me preocupe y me ofrece su apoyo, después agrega:

—Quiere meternos miedo para que lo dejemos en paz. Y lo haremos, pero solo si no encontramos ningún otro indicio que sugiera que no es el policía honesto que pretende hacernos creer a todos.

Ryan procede a contarnos que Cain sigue siendo víctima de los troles de internet, que se niegan a aceptar que no haya tenido nada que ver con la desaparición de su mujer.

—Es evidente que la entrevista que nos concedió a nosotros y a otros periódicos no los ha convencido de que la señora Cain lo abandonó sin más —explica.

Nada más concluir la reunión, Martin y yo nos ponemos manos a la obra con el reportaje sobre el crimen organizado. Es un verdadero trabajo en equipo. Debatimos sobre la forma que tendrá y los hechos y datos que incluiremos. Llama por teléfono a diversas personas para pedirles opinión mientras yo empiezo a redactarlo.

A media tarde, llama mi atención sobre la noticia de un inminente documental de la BBC sobre las bandas criminales que operan desde las cárceles londinenses. El documental revelará que miles de reclusos están vinculados a importantes sindicatos del crimen organizado y que la violencia relacionada con las bandas en las cárceles ha alcanzado su máximo histórico.

—Echa un vistazo a la lista de casos que van a mencionar —me pide Martin—. Incluye al tipo acusado del asesinato de Callum.

Me tenso al leer el nombre de Chris Tate.

No figura ninguna imagen, solo unos pocos párrafos que describen cómo, hace tres años, estaba vendiendo drogas para una banda del sur de Londres cuando fue acusado del asesinato de un transeúnte inocente que paseaba a su perro por Wandsworth Common. Mientras estaba en prisión preventiva, se metió en una escaramuza con un preso que trabajaba para una banda rival y este lo mató a puñaladas.

El documental utilizará la historia como uno de los múltiples ejemplos de cómo muchas bandas llevan años declarándose la guerra en las cárceles y las autoridades han sido incapaces de controlar la situación.

—No he hecho mal en enseñártelo, ¿verdad? —me pregunta Martin—. Me preguntaba si debería.

Sonrío y sacudo la cabeza.

—En absoluto. Ya me he acostumbrado a toparme con este tipo de cosas. Pero no creo que hablemos de Tate en nuestro artículo, aunque sí que incluiré una frase sobre cómo el crimen organizado se ha infiltrado en nuestras cárceles.

Pasamos el resto de la tarde trabajando en el reportaje, y está casi terminado cuando abandono la oficina al finalizar la jornada. Mañana por la mañana le daremos forma y se lo enviaremos a Ryan para su aprobación.

La cabeza me da vueltas para cuando llego a casa, pero aun así me acuerdo de estar preparada ante cualquier sorpresa indeseable conforme me aproximo a la puerta.

No sucede nada, gracias a Dios, de modo que estoy en casa poco después de las ocho y todavía de una pieza.

Ya he decidido salir a correr antes de ponerme cómoda. Me vendrá bien y, con suerte, aliviará la tensión que ha ido acumulándose en mi interior.

Afortunadamente sigue sin llover cuando salgo de casa quince minutos más tarde. Las calles están tranquilas y enseguida noto que se me acelera el corazón y comienzan a disminuir mis niveles de estrés.

Sigo corriendo durante media hora y va todo bien hasta que emprendo el camino de vuelta.

Es entonces cuando, de pronto, oigo pasos a mi espalda, pero antes de darme tiempo a detenerme o girarme, recibo un fuerte golpe en la baja espalda que me hace salir disparada hacia delante.

Instintivamente levanto las manos para protegerme la cara cuando caigo con fuerza contra la acera. Consigo rodar hacia un lado y dejo escapar un gemido gutural.

Entonces levanto la mirada y un pánico gélido me atenaza el pecho al ver una figura que me mira desde arriba.

Plumífero negro con la capucha puesta. Mascarilla negra como las que llevábamos todos durante el COVID. Y guantes negros.

No me cabe duda de que se trata de un hombre.

Abro la boca para gritar, pero él me lo impide dándome una contundente patada en la tripa. El dolor es insoportable y me obliga a cerrar los ojos.

Antes de poder volver a abrirlos, me llueven más golpes. En la cabeza. En la cara. En el pecho. En los hombros. Me da puñetazos y patadas, gruñendo como un animal.

Intento contraatacar golpeando a ciegas desde el suelo. Lo agarro de la pierna. De la manga. Pero lo único que consigo es arrancarle uno de los guantes.

El dolor y el pánico no tardan en dejarme indefensa, y temo estar a punto de morir.

Pero entonces, con la misma rapidez con la que han comenzado, los golpes cesan, y soy consciente de que mi agresor se aleja corriendo.

Segundos más tarde, entiendo el motivo, porque oigo voces que se aproximan gritando.

CAPÍTULO 63

—Dios mío. Hemos visto que te estaban atacando. Pero ya estás a salvo. Mi marido está pidiendo una ambulancia. Y ha llamado a la policía.

Me palpitan el cuerpo y la cabeza, y tengo la visión borrosa, pero alcanzo a oír la voz de la mujer. Está arrodillada en la acera junto a mí, con la mano apoyada con suavidad en mi coronilla.

—El muy cabrón ha salido corriendo en cuanto nos ha oído —continúa—. ¿Puedes hablar?

Tomo aliento, que se convierte en un ataque de tos, y consigo murmurar algo que ni yo misma entiendo.

—No te preocupes —me dice la mujer—. Intenta no moverte.

Me duele todo el cuerpo, en especial el pecho y la espalda, donde me ha pateado. Ha utilizado los puños para golpearme la cara y la cabeza, pero he logrado amortiguar casi todos los golpes con las manos y los brazos.

Estoy hecha un desastre, lo sé, pero también sé que he tenido suerte. Mucha suerte. Si esta mujer y su marido no me hubieran visto, tal vez mi agresor seguiría pegándome.

Estoy demasiado aturullada para encontrarle sentido, pero ya empiezo a preguntarme si habrá sido una agresión aleatoria. O si habré sido atacada por alguien que, por algún motivo, quería hacerme daño.

¡O incluso matarme!

La mujer sigue hablándome, pero ya no escucho lo que me dice. Tengo el pulso disparado en las sienes y siento que voy a vomitar.

No obstante, consigo mantenerme consciente y, tras lo que me resulta una eternidad, oigo una sirena que se acerca.

La policía es la primera en llegar. Dos agentes de uniforme. Ambos hombres.

Enseguida evalúan la situación, incluido el alcance de mis lesiones.

—¿Puede usted incorporarse? —me pregunta uno de ellos.

A estas alturas, se me ha pasado un poco el estupor y tengo la cabeza más despejada. Le digo que sí que puedo y ambos me ayudan a incorporarme. El dolor se me clava por dentro y suelto un grito.

—Enseguida llegará la ambulancia —me asegura el mismo agente—. Doy por hecho que estaba corriendo cuando ha sido agredida.

—Sí —asiento—. El… El hombre se me ha acercado por detrás. Me ha tirado al suelo y ha empezado a darme patadas y puñetazos.

—Entonces, ¿seguro que era un hombre?

—Estoy convencida. Iba… vestido todo de negro y llevaba mascarilla.

—La pareja que lo ha ahuyentado nos ha dado la descripción. Por suerte, viven cerca de aquí e iban de camino a casa. También están convencidos de que se trataba de un hombre.

—Tengo que darles las gracias.

—Ya habrá tiempo para eso. Bien, supongo que no tendrá usted forma de identificar a su agresor.

Sacudo la cabeza, lo que me provoca una explosión de dolor.

—No le he visto la cara. Y no sé quién era.

El agente me ayuda a mantenerme erguida con una mano en el hombro. Utiliza la otra para frotarme la frente con un pañuelo.

—Es un corte —me dice, y entonces veo la sangre—. Pero creo que ha tenido suerte. Las lesiones podrían haber sido mucho más graves. Haremos todo lo…

De pronto su voz queda ahogada por el sonido de otra sirena.

A los pocos minutos, un técnico de emergencias ocupa su lugar y enseguida concluye que las lesiones no son graves.

—Pero tendremos que llevarla al hospital —me informa—. ¿Puede ponerse en pie o necesitará una camilla?

—Puedo ponerme en pie, creo.

Me ayuda a levantarme, pero me cuesta bastante y noto el dolor en cada parte de mi cuerpo.

—Enseguida iremos al hospital —me dice el agente de policía—. Pero primero tenemos que tomar declaración a la pareja que asustó a su agresor y comprobar si ha dejado alguna prueba. También le asignaremos el caso a un inspector.

Hacen falta dos técnicos de emergencias para llevarme hasta la ambulancia y, de camino, aprovecho la oportunidad para dar las gracias a la pareja. Rondarán los cincuenta y muchos años y ambos me desean una pronta recuperación.

En la ambulancia, descubro que tengo la cara hinchada, el ojo morado y un corte en la frente, así como hematomas e inflamación en otras partes del cuerpo. Pero, según parece, no necesitaré puntos en la cabeza. Me arden los pulmones y tengo que parpadear para contener las lágrimas.

El técnico me pregunta si hay alguien a quien puedan avisar y le digo que no, al menos de momento.

Eso me hace pensar en mi teléfono móvil y me meto la mano en el bolsillo para ver si sigue ahí. Ahí sigue, lo que me supone un gran alivio.

—¿Su agresor le ha robado algo? —pregunta el técnico de emergencias.

—No, aunque tal vez lo habría hecho si no hubiera tenido que salir huyendo. Llevaba el teléfono encima, pero nunca llevo el bolso cuando salgo a correr.

Me llevan al Hospital St. Thomas y me trasladan al departamento de urgencias, donde me administran medicación para calmar el dolor. Tengo que desnudarme para que puedan examinarme y hacerme radiografías de la cabeza y del pecho. No encuentran ningún hueso roto y se muestran convencidos de que no sufro lesiones internas.

Es entonces cuando me miro al espejo y me estremezco al verme el rostro hinchado y amoratado. El corte de la frente tiene poco más de dos centímetros de longitud, pero ya no sangra. Tengo un moratón asqueroso debajo del ojo derecho y el labio inferior hinchado. Pero al menos mis rasgos siguen intactos.

Sin embargo, me dicen que tendré que pasar la noche en observación y me preguntan si pueden informar a alguien.

Me gustaría que Martin lo supiera, pero Tracy estará de vuelta en casa con él esta noche, así que no me parece buena idea. En su lugar, les doy el número de Ryan y les digo que lo llamaré yo misma.

Lo hago antes de que me suban a planta y, como es natural, se queda sorprendido y preocupado cuando le explico lo sucedido.

—Pero podría haber sido mucho peor, así que no hay por qué entrar en pánico —le tranquilizo, aunque a mí misma me cuesta mantener el pánico a raya—. Es muy improbable que pueda ir mañana a trabajar, así que Martin tendrá que terminar el reportaje que estamos haciendo.

—No te preocupes por eso, Gem —responde—. Tú mejórate. Iré a verte a primera hora.

—No es necesario.

—Claro que sí. Iría ahora si me lo permitieras.

—Pero la policía vendrá enseguida a hacerme más preguntas, y luego supongo que los médicos me darán algo para ayudarme a dormir.

—Bueno, pues cuídate.

—Lo haré. Estoy en buenas manos.

—¿Quieres que se lo comunique a tus padres?

—Ni hablar. No pueden hacer nada al respecto y seguro que a mi madre le da un infarto.

Me trasladan a una habitación privada en lugar de a un pabellón para que a la policía le resulte más fácil hablar conmigo. Y, mientras espero su llegada, me pongo a llorar como una magdalena, y las lágrimas me queman al resbalar por las mejillas.

Viene una enfermera a consolarme y, con su ayuda, además de un par de pastillas para dormir, consigo al fin quedarme frita.

Pero tan solo tres horas más tarde, a las cuatro de la madrugada del sábado, me despiertan de nuevo para que pueda interrogarme la policía.

CAPÍTULO 64

—Soy el subinspector Fenwick, señorita Morgan —se presenta—. Me han encargado tratar de identificar a su agresor. Siento no haber podido llegar antes y que hayan tenido que despertarla. Primero he tenido que acudir al lugar de los hechos para que me informaran los agentes que acudieron a la llamada. ¿Se encuentra con ánimos de responder a unas preguntas?

Tendrá cuarenta y tantos años y mide bastante más de metro ochenta, con rasgos finos y un pelo castaño y descuidado. Tras él hay una agente de uniforme, unos diez años más joven.

—Puedo hablar —le aseguro. Aunque no sea del todo cierto, porque noto la garganta irritada y me cuesta que me llegue el aire a los pulmones.

Empieza preguntándome si vivo sola y a qué me dedico. Cuando le digo que soy periodista de prensa tradicional, mi respuesta despierta su interés y me pregunta para qué periódico trabajo. Sospecho que estará preguntándose si he escrito algo que haya podido enfadar a alguien.

—Lo que sé es que había salido a correr cuando la agredió por la espalda un hombre que llevaba capucha negra y mascarilla —me dice—.

Tras tirarla al suelo, empezó a golpearla. Pero huyó cuando una pareja que pasaba por allí vio lo que estaba sucediendo y empezó a gritarle.

Asiento con la cabeza.

—No quiero ni pensar lo que habría podido hacerme si no hubieran pasado por allí.

—Deduzco que no será capaz de describir al hombre.

—Así es. No paro de revivirlo mentalmente, pero llevaba la cara cubierta y estaba oscuro. Además, sucedió todo muy deprisa.

—Bueno, para su información, vamos a revisar las grabaciones de seguridad de la zona y estoy seguro de que el individuo aparecerá en ellas. El sitio estaba cerca de su casa, según tengo entendido.

—Sí. A doscientos metros como mucho.

—¿Y sale regularmente a correr por las calles de noche?

—Siempre que puedo. Pero nunca antes me había ocurrido nada parecido y llevo años haciéndolo.

El subinspector emite un sonido reflexivo y gutural.

—Por supuesto, no sabemos si se ha tratado de un ataque aleatorio por parte de alguien que quería robarle o solo hacerle daño. O si la han escogido a usted por alguna otra razón. ¿Sabe de alguien que pudiera querer causarle daño físico, señorita Morgan?

Y es entonces cuando, para él, esto deja de ser una agresión callejera vulgar y corriente.

—Ahora que lo menciona, puedo darle el nombre de tres hombres que estoy segura de que se alegrarían de saber que estoy en el hospital porque me han dado una paliza —confieso—. El primero me amenazó ayer mismo. El segundo perdió los papeles conmigo el jueves por la noche y me llamó zorra. Y el tercero me ha acusado de intentar hacer que lo despidan de su trabajo.

El subinspector Fenwick frunce el ceño y me dedica una mirada de incredulidad.

—¿Lo dice en serio, señorita Morgan?

—Completamente en serio —respondo—. De hecho, el primero de los que he mencionado también me amenazó hace una semana y ya lo denuncié a la policía. De modo que habrá registro de ello.

Le lanza una mirada a su compañera uniformada y después vuelve a dirigirse a mí.

—Cuéntenoslo entonces, señorita Morgan —me pide—. Por favor, explíquenos por qué es usted tan impopular.

Empiezo con Sean Kelly y le hablo de las amenazas que me profirió en las dos ocasiones que vino a mi casa. Recuerdo que fue una tal agente Matlock quien acudió a mi llamada, así que le doy su nombre.

Le explico entonces la situación con John Jackman y lo que sucedió en la vinoteca.

—No quiero creer que fue él quien me atacó, pero podría haber sido —admito—. Tiene más o menos la misma complexión.

—¿Y qué hay del tercer hombre? —pregunta.

—Bueno, pues resulta que es uno de sus compañeros del cuerpo. El inspector jefe Elias Cain.

Se queda con la boca abierta y, por un momento, sin palabras. Tanto él como su compañera parecen completamente perplejos cuando les cuento que el inspector la ha tomado conmigo y con mi periódico después de que el pasado domingo publicáramos la historia de las acusaciones de corrupción de Larry Spooner.

—Leí el artículo —me dice el subinspector—. ¿Quiere usted decir que el nombre que dio Spooner cuando llamó a su oficina fue el del inspector jefe Cain?

—Eso es justo lo que le estoy diciendo.

Lo he dicho sin pensar y ahora recuerdo que han mantenido su identidad en secreto para casi todos sus compañeros de la Metropolitana, así como para el público en general.

¡Vaya metedura de pata!

Empieza a acribillarme a preguntas a gran velocidad, y el interrogatorio se prolonga otra media hora. Cuando termina, me siento agotada, pero en absoluto culpable por sugerir que uno de los tres hombres que he mencionado podría haberme agredido o haber contratado a alguien para que lo hiciera en su nombre.

El subinspector Fenwick me asegura que interrogarán a los tres y les pedirán que den cuenta de sus movimientos la noche anterior. Pero, antes de irse, me informa de que han encontrado un guante de cuero negro en el lugar de los hechos y me pregunta si sé algo al respecto.

—Debe de ser el que le arranqué al tipo cuando lo agarré de la muñeca —respondo.

Asiente pensativo.

—De acuerdo. Lo han confiscado como prueba y se lo van a enviar a la policía forense. Con un poco de suerte, encontrarán alguna huella por dentro o por fuera. O por los dos lados.

CAPÍTULO 65

Mi cabeza se niega a vaciarse tras la marcha del subinspector Fenwick y soy incapaz de volver a dormirme. Me sigue doliendo todo el cuerpo y no logro sentirme cómoda.

Una enfermera me da un té con galletas y más medicación para reducir el dolor.

Al final viene un médico para ver cómo estoy y me saca de la cama con el fin de comprobar si me funcionan todas las partes del cuerpo. Tengo las extremidades y la espalda todavía doloridas, pero ya no me resulta tan difícil caminar por el pasillo.

El médico queda satisfecho con la rapidez con que estoy recuperándome de la paliza, pero no me dará el alta hasta que un radiólogo no haya examinado mis radiografías y estén seguros de que puedo irme a casa.

Estoy sentada en la cama cuando, a las siete de la mañana, me informan de que tengo visita. Minutos más tarde, entran en la habitación Ryan y Martin, y la sorpresa es evidente en sus rostros cuando me ven.

—Deberías haberme llamado anoche, Gem —me dice Martin—. Habría venido de inmediato.

—Solo me dio tiempo a hacer una llamada y sabía que Ryan te lo comunicaría —respondo—. Y tampoco es que estuviera a las puertas de la muerte. No tengo ningún hueso roto y la inflamación ya está empezando a bajar.

—Esa no es la cuestión —insiste Martin sacudiendo la cabeza—. No tendrías por qué haber estado sola. No puedo creerme lo que ha pasado. ¿Quién crees que fue?

—Ni idea. Llevaba la cara cubierta. Pero logré arrancarle uno de los guantes de cuero y la policía va a ver si encuentra huellas.

De pronto Martin adopta un gesto de culpabilidad y dice:

—Le he contado a Ryan que has estado teniendo problemas con un par de tíos, Gem, y que uno de ellos te amenazó. Lo siento, pero me salió solo.

—No te preocupes por ello —respondo antes de volverme hacia Ryan—. Martin es la única persona a la que se lo había contado porque no quería hacer una montaña de un grano de arena. Pero, en vista de lo que ha pasado, pensaba contártelo esta mañana. Y ya se lo he relatado todo a la policía.

Ryan me da una palmada en el hombro.

—Sean cuales sean los problemas que tuvieras, Gem, se te ha dado de maravilla disimularlo. Pero, oye, ¿crees que el tío que te amenazó podría ser el que te agredió?

—No lo sé. La policía va a hablar con él, así como con los otros dos.

—¡Dos! Por amor de Dios, Gemma, ¿qué está pasando?

Por segunda vez esta mañana, cuento mi historia de los tres hombres que, por diferentes motivos, han estado complicándome la vida.

Ryan ya sabe que el inspector Cain se ha mostrado crítico conmigo y que cree que estoy empeñada en mancillar su reputación. De modo que es la historia de Sean y John lo que hace que se le queden los ojos como platos.

—Entiendo que hayas estado tan alterada —me dice—. Un tío te acosa mientras otro te amenaza. Ojalá lo hubiera sabido.

—No podrías haber hecho nada —respondo encogiéndome de hombros—. Eran cosa mía y salieron de la nada justo cuando saltó la historia de Spooner, lo que supuso que el inspector Cain se sumara a la ecuación.

Ryan deja escapar un sonoro suspiro.

—Esta es la clase de historia que nos habría encantado contar si no implicara a un miembro de nuestro equipo. Un policía de alto rango que podría ser corrupto. Un marido maltratador que teme perder el control sobre su esposa. Un acosador obsesionado con alguien a quien apenas conoce. Y, por supuesto, una mujer decente y atractiva que parece haberse enemistado con los tres.

—Agradezco el cumplido, Ryan —le digo con una sonrisa débil—, pero ni se te ocurra preguntarme si estoy dispuesta a dejarte publicarlo con mi nombre. Porque no lo estoy.

—No temas, Gem —me dice con otra palmada en el hombro—. Ni se me había pasado por la cabeza.

—¡Sí, claro!

Martin me dice entonces que terminará de elaborar el reportaje sobre el crimen organizado y Ryan confirma que ocupará las páginas centrales.

—No tienes que preocuparte por nada de eso, Gem —me asegura—. Preocúpate solo por ti.

—Eso haré, jefe.

Ryan expresa entonces su preocupación por mi seguridad una vez que abandone el hospital.

—Siempre podemos buscarte un lugar donde alojarte —me dice—. Tal vez un hotel.

Es algo que todavía no se me había ocurrido, y de pronto noto la presión en el pecho, pero decido restarle importancia.

—Estaré bien en mi casa —le aseguro—. No puedo permitir que lo sucedido me convierta en un conejillo asustado.

Ambos tienen que marcharse transcurrida una hora para seguir trabajando en el periódico de mañana, y les prometo que les haré saber cuándo me dan el alta.

Pero no permanezco sola mucho tiempo. Aparece otra enfermera para llevarme al cuarto de baño, donde hago uso del retrete y me doy una ducha.

Después de eso, me quedo sola un rato, tumbada en la cama, con un ruido blanco inundando mi mente.

En un momento dado, me viene un súbito e intenso recuerdo del hombre enmascarado asestándome puñetazos y me quedo sin respiración.

Sigue doliéndome la cabeza pese a la medicación y me siento tremendamente sola e indefensa. Parpadeo para ahuyentar las lágrimas que se me acumulan en los ojos, pero siguen brotando.

Hasta las cuatro de la tarde no me dan el alta y me indican que puedo marcharme a casa. En las radiografías no se observa nada extraño y los médicos están convencidos de que me recuperaré con bastante rapidez.

Justo cuando estoy preparándome para abandonar el hospital, el subinspector Fenwick me hace otra visita. Quiere saber cómo estoy y ponerme al día de la investigación de mi ataque.

—No tardé en localizar e interrogar a los tres hombres cuyo nombre me proporcionó —me informa—. Todos ellos negaron haberla agredido y parecen contar con coartadas sólidas. El inspector Cain estaba en casa de una amiga en Rotherhithe y ella misma nos lo han confirmado. Sean Kelly se quedó trabajando hasta tarde en su oficina y estuvo con varios compañeros. Y John Jackman se encontraba solo en el *pub* de su barrio entre las ocho y las diez. He pedido que revisen la grabación de seguridad del establecimiento y allí se le puede ver.

—Pero cualquiera de ellos podría haber contratado a alguien para que lo hiciera.

—Es una posibilidad. O podría significar que la agresión fue obra de un completo desconocido.

—¿A qué vino entonces esa brutalidad? El agresor sabía que había salido a correr y que no llevaría gran cosa de valor encima.

—Usted misma debería saber, señorita Morgan —me dice encogiéndose de hombros—, que todos los días las mujeres son agredidas en nuestras calles sin ningún motivo. Y las que salen a correr de noche ellas solas suponen un blanco fácil.

—¿Y qué hay del guante que le arranqué?

—Todavía está en posesión de la policía forense. Estas cosas llevan su tiempo. Y, por favor, tenga en cuenta que, si su agresor no tiene antecedentes penales, sus huellas no constarán en la base de datos.

Me pregunta entonces si va a venir alguien a recogerme para llevarme a casa y, cuando le digo que estaba a punto de pedir un taxi, se ofrece a llevarme en su coche.

De camino a casa en un coche civil, aprovecha la oportunidad para repasar algunas de las cuestiones que ya sabe, pero casi todas sus preguntas giran en torno a lo que nos contó Larry Spooner y a las conversaciones que he mantenido con el inspector Cain. No me sorprende, habida cuenta de que se trata de un tema candente dentro de la Metropolitana.

Cuando llegamos a mi casa, no hay peligro de que alguien pueda encararse conmigo, y Fenwick se baja del coche para verme caminar hasta la puerta de entrada antes de volver a montarse y arrancar.

Una vez dentro, me voy arriba y empiezo a llenar la bañera. Vierto sales de Epsom en el agua antes de quitarme los *leggings* y la camiseta de correr, que están hechos unos zorros.

Tengo pensado darme un largo baño de agua caliente con la esperanza de poder calmar mis músculos doloridos y ayudar a desestresarme.

Me siento abandonada, vacía por dentro, y casi me duele la mente por el esfuerzo. Por mucho que lo intente, no logro ignorar el miedo atenazador que crece dentro de mí. Si mi agresor no es uno de los tres hombres que han estado haciéndome la vida imposible, ¿de quién se trata entonces? ¿Y volverá a atacar?

Si ha sido una agresión aleatoria obra de un depredador cruel que merodeaba por las calles, entonces tuvo suerte cuando me vio corriendo. Pero ¿y si no lo era? ¿Y si se trató de una agresión planeada por alguien que llevaba un tiempo siguiéndome y aprovechó la oportunidad de hacerme daño cuando esta se le planteó?

Esas son algunas de las preguntas que hacen que me resulte tan difícil relajarme, y pasados unos treinta minutos en la bañera sigo con los nervios tensos como cuerdas de violín.

Cuando salgo del agua, me seco, me pongo la bata y me preparo una taza de té. Les envío entonces un mensaje a Ryan y a Martin para comunicarles que ya estoy en casa, que me encuentro mucho mejor y que voy a meterme en la cama. También los informo de que Sean Kelly, John Jackman y el inspector Cain ya no son sospechosos potenciales de la agresión porque todos ellos cuentan con coartadas que la policía ha corroborado.

Ambos responden en cuestión de segundos para decirme que están pensando en mí y que me llamarán mañana.

Me tomo una pastilla para dormir y me la trago con el té. Luego, antes de irme al dormitorio, decido revisar todas las puertas y ventanas de la planta de abajo para asegurarme de que estén bien cerradas.

Y es entonces cuando advierto otro sobre entregado en persona tirado encima del felpudo. No estaba ahí cuando he llegado a casa, así que deben de haberlo introducido por la ranura del correo mientras estaba en la bañera. Y no me cabe duda de que es de John Jackman, pues mi nombre vuelve a figurar escrito en letras negras y claras. El miedo se me agarra al estómago porque eso significa que sabe que he vuelto del hospital.

Lo abro con dedos temblorosos y, en su interior, encuentro una tarjeta para desearme una pronta mejoría. La inscripción dice así: «Deseo que te recuperes a toda pastilla». Debajo, John ha garabateado un mensaje:

> *La policía me ha dicho que te agredieron en la calle y has pasado la noche en el hospital. Lo siento mucho, Gemma. Pero ¿por qué decirles que pensabas que tal vez hubiera sido yo el culpable? Jamás te haría daño, aunque me hayas tratado con tanta crueldad.*
>
> *Con todo mi amor. Besos,*

> *John*

CAPÍTULO 66

Jackman

Solo se ha metido unas rayas de coca, pero va puesto hasta las cejas.

Ha corrido un gran riesgo al ir y venir de casa de Gemma con el coche en este estado solo para entregarle la tarjeta, pero ha merecido la pena. Quería que supiera que no ha perdido el interés en ella y que no le ha hecho mucha gracia que enviara a la policía a su casa.

Se ha visto tentado de llamar al timbre para echárselo en cara, pero se ha resistido porque sabía que habría sido un error. Ya ha cometido muchos últimamente.

El primero de ellos fue convencerse de que Gemma y él debían de haber hecho *match* en la aplicación por algún motivo. El segundo fue permitirse enamorarse de ella desoyendo su sentido común. Y el tercero fue caer en la trampa que le tendió en la vinoteca.

Ha sido un gilipollas, se ha dejado engañar. Y no es la primera vez que le sale todo mal por hacer caso a su corazón en lugar de a su cabeza.

Y ahora corre el riesgo de volver a caer en sus viejos hábitos y convertirse en el adicto que era antes.

La primera señal de alarma importante ha sido acudir hoy a ver a un camello que conoce para pillar un gramo de cocaína. Es la primera vez en casi dos años que recurre a las drogas para evitar que le explote la cabeza. Le ha hecho darse cuenta de que debe tranquilizarse y recuperar el control de sus emociones antes de volver a quedar a merced de los demonios que tantos problemas le han ocasionado a lo largo de la vida.

CAPÍTULO 67

Gemma

El tono del teléfono me despierta a las ocho de la mañana del domingo.

Me sorprende que haya logrado dormir tanto —por lo menos seis horas cuando por fin pude quedarme dormida— y lo achaco a las pastillas y a la medicación para el dolor.

Es Ryan quien me llama y se disculpa al darse cuenta de que me ha despertado.

—Llevo tanto tiempo despierto que no se me ocurrió mirar qué hora era —me dice—. Pero me alegra que hayas podido descansar en condiciones. ¿Cómo te encuentras?

—Aún sigo bastante revuelta, pero imagino que es lo lógico teniendo en cuenta lo ocurrido.

No me molesto en contarle lo de la tarjeta que John Jackman me pasó por la ranura del correo y, cuando amablemente se ofrece a venir a verme, le digo que no se moleste, porque pienso pasarme el día entero en la cama.

—En ese caso, se lo diré a Martin —responde—. Me dijo que iba a pasarse por allí.

—Gracias. ¿Qué tal ha quedado el periódico?

—Bastante bien. Y vuestro reportaje es una joya.

—Lo leeré *online* para no tener que salir.

—Que sepas que otros periódicos, además de nosotros, mencionan tu agresión. Pero no te preocupes, la policía no ha hecho público tu nombre, así que no se sabe, y sobra decir que nosotros tampoco lo haremos.

Le digo que, si todo va según lo previsto, volveré a la oficina mañana y me dice que no me preocupe si no me encuentro bien.

Tras colgar el teléfono, tardo solo unos minutos en buscar en internet la historia sobre mi agresión. Aparece en varias publicaciones de noticias y no se le da demasiada importancia porque es la clase de delito que sucede con mucha frecuencia y tampoco es que me hayan matado.

La versión de *The Sunday News* aparece más o menos replicada en otras páginas con un titular similar.

BRUTAL AGRESIÓN A UNA MUJER CUANDO VOLVÍA DE CORRER

Una mujer fue agredida y golpeada anoche cuando volvía de correr por las calles de Balham.

Su identidad no ha sido revelada, pero se sabe que su agresor huyó cuando dos personas vieron lo que estaba sucediendo y dieron la voz de alarma.

La víctima, de unos treinta años, fue trasladada al hospital, donde recibió tratamiento para diversas lesiones. Ha trascendido que el agresor llevaba capucha y mascarilla.

Estoy tan acostumbrada a leer y escribir historias sobre víctimas de delitos violentos que apenas me creo que esta trate sobre mí.

Echo un vistazo rápido al reportaje sobre el crimen organizado, pero decido que preferiría leerlo en el periódico. Si voy andando hasta el quiosco, tendré la oportunidad de que me dé el aire y ver cómo reacciona mi cuerpo magullado.

No me molesto en ducharme, pero sí me cubro el corte y el hematoma de la cara con una gruesa capa de maquillaje. Y me pongo un gorro para taparme el cabello sin lavar.

Fuera, el día es triste, de colores apagados y grises, y, cuando empiezo a andar, la presión me hace daño en los muslos y en la espalda. Asimismo, percibo un dolor sordo alojado detrás de los ojos. Pero en menos de una hora he vuelto a casa y agradezco poder sentarme.

Me gusta mucho lo que hemos escrito Martin y yo, y estoy convencida de que el reportaje agradará a nuestros lectores. Tras hojear el resto del periódico, me preparo un sándwich para comer. Al haberme saltado el desayuno, tengo un poco de hambre.

Mientras me lo como, me sorprende recibir la llamada de la gerente de la residencia donde vive la madre de Larry Spooner.

—Llamo para decirle que Harriet ha vuelto ya del hospital, señorita Morgan, y estará encantada de que venga a verla para charlar cuando quiera —me informa.

—Qué buena noticia —respondo—. ¿Mañana por la mañana sería un buen momento?

—Seguro que sí. Que sea a partir de las diez, y avíseme al menos con una hora de antelación. Así me aseguraré de que esté preparada.

—Gracias. ¿Y puede decirle que estoy deseando conocerla?

Le envío un mensaje a Ryan para informarle y dejo claro que quiero entrevistarla yo misma. Me responde diciendo que le parece bien y me sugiere que vaya directa allí desde mi casa, en vez de acudir primero a la oficina.

Soy muy consciente de que hablar con la anciana podría resultar una pérdida de tiempo, pero cualquier luz que pueda arrojar sobre su difunto hijo podría sernos de gran utilidad a la hora de escribir más artículos sobre él.

Me paso las siguientes dos horas sentada en el sofá abrumada por la sensación de aislamiento. Incluso contemplo la posibilidad de llamar a mis padres, pero decido no hacerlo porque, en tal caso, quizá se me escapara contarles lo sucedido y no quiero que lo sepan.

En lugar de eso, cierro los ojos e imagino a Callum sentado junto a mí con el brazo sobre mis hombros. Está diciéndome que no me preocupe, y me promete que no permitirá que me sucedan más cosas malas. El sonido de su voz en mi cabeza me resulta agradable, reconfortante, tanto que no me cuesta creer que esté comunicándose conmigo desde el más allá.

Me suena de nuevo el teléfono justo cuando empiezo a quedarme dormida. Esta vez es Alice, y percibo en su voz el tono agudo de la preocupación.

—Dios mío, Gem, menos mal que respondes. Acabo de enterarme de lo que te pasó el viernes y no sabía si seguías en el hospital.

—Salí ayer y ahora estoy mejor —le digo—. De hecho, acabo de salir a dar un paseo.

—¿Te hicieron mucho daño?

—Tengo un ojo morado y algunos moratones. El tipo, que llevaba mascarilla, habría seguido pegándome si una pareja no lo hubiera visto y hubiera salido huyendo. ¿Cómo te has enterado?

—He llamado a Sean para decirle que iba a hablar con un abogado. Y estaba hecho una furia porque la policía había ido a verlo. Me ha dicho que les dijiste que tal vez fuera él la persona que te atacó.

—Les di varios nombres y uno de ellos fue el suyo. Y, dado que ya me había amenazado, no me quedó elección. Pero les dijo que, a esa hora, estaba en el trabajo.

—Le ha cabreado mucho que la poli fuese a interrogarlo. Y se ha puesto todavía de peor humor cuando he insistido en que no pienso volver. Ha empezado a amenazarme y me ha dicho que hará lo que sea necesario para encontrarme y, cuando lo haga, me hará desear no haber nacido.

—Ese hombre es la caballerosidad en persona —comento con ironía.

—Lo era cuando nos conocimos, pero ahora es un puto animal.

Nos interrumpe otra llamada que me entra y, al ver que el número corresponde al que me dio el subinspector Fenwick, le digo a Alice que tengo que colgar.

—Hola, señorita Morgan —me dice el subinspector, y empieza preguntándome cómo estoy.

—Mejorando por momentos —respondo—. He salido a dar un paseo y confío en poder volver a trabajar mañana.

—Me alegra oírlo. Llamo para darle las últimas noticias.

—Adelante.

—Bueno, hasta ahora, su agresor no ha aparecido en ninguna de las grabaciones de seguridad de esa zona, pero sí que creemos saber de quién se trata.

El corazón me da un vuelco en el pecho y contengo la respiración.

—Han encontrado varias huellas dactilares en el guante que consiguió arrancarle —prosigue—. Hemos encontrado una coincidencia en la base de datos. Un hombre llamado Aaron Gallagher que vive muy cerca de usted, en Tooting. Desde luego es una joyita de persona, con antecedentes por robo y hurto, y en una ocasión cumplió una breve condena en prisión por agredir a un hombre en un *pub*.

—Ese nombre no me resulta familiar —admito—. ¿Lo han detenido?

—Aún no. Hemos ido a su casa, pero no estaba. Sus vecinos nos han dicho que vive solo, pero no se le ha visto desde el viernes. Podría haberse dado a la fuga porque tema que el guante pueda conducirnos hasta él.

—Y ahora ¿qué?

—Seguiremos buscando. Y, si me lo permite, me gustaría enviarle su foto policial. Comuníqueme si lo reconoce o no.

Segundos más tarde, me llega la foto al teléfono y en ella veo a un hombre de treinta y tantos o cuarenta y tantos años, calvo y con un rostro anguloso y duro. Estoy segura de no haberlo visto antes, y así lo comunico cuando respondo al subinspector.

A continuación, busco en Google el nombre de Aaron Gallagher y encuentro algunos resultados. Pero ninguno de los individuos vive en Londres ni se parece al tipo de la fotografía.

Llamo después a Ryan para informarle del nombre, además de enviarle la foto policial. Me dice que le encargará a alguien que busque información sobre él.

La imagen del hombre que me agredió me acompaña el resto del día y da lugar a más preguntas. Pero no tengo ninguna respuesta, porque, hasta donde yo sé, es un desconocido y para mí supone un misterio por qué querría hacerme daño.

CAPÍTULO 68

Anoche soñé con Callum. Estaba tumbado junto a mí en nuestra cama y me decía que fuera fuerte, que él siempre estaría a mi lado para protegerme. Su voz era suave; su cuerpo, cálido, y el roce de sus labios en los míos me hizo llorar.

Al despertarme, tenía el rostro empapado por las lágrimas, así como la almohada bajo mi cabeza.

El sueño fue tan vívido que me ha animado a tener más fe en mí misma. A contemplar el incierto futuro como un desafío y no como una amenaza.

Sin embargo, eso no significa que, solo con desearlo, pueda ahuyentar la ansiedad de mi mente. Sigue allí por la mañana y hace que me cueste trabajo mostrarme optimista de cara al futuro.

Me siento como un alma en pena mientras voy de una habitación a otra para prepararme antes de salir de casa. Pero al menos mis movimientos no tienen restricción alguna y ya no me duele nada.

Me he duchado, vestido y maquillado el hematoma y el corte de la cara. También he desayunado té con tostadas y me he puesto al día de las noticias en televisión. Pero, a lo largo de mi ritual matutino, la foto del hombre que me atacó no ha parado de aparecérseme en la cabeza, haciendo que me hierva la sangre en las venas.

Aaron Gallagher.

Lo único que sé de él, además de su nombre, es que tiene antecedentes penales, vive en Tooting y fue tan idiota como para dejarse el guante en el lugar de los hechos. Al percatarse de su error, debió de darse cuenta de que en las superficies de cuero pueden detectarse huellas. Y tal vez le entró el pánico y huyó de su casa, sabiendo que la policía no tardaría en aparecer.

Ojalá supiera por qué me atacó tan brutalmente. Y si me habría matado a golpes en caso de que esa pareja no hubiera pasado por allí cuando lo hizo.

Espero hasta poco después de las nueve para sentarme a hacer algunas llamadas. Primero llamo a la residencia, donde la gerente me informa de que ha hablado con Harriet Spooner, que estará encantada de recibirme a cualquier hora a partir de las diez. Después telefoneo a Ryan para hacerle saber que me encuentro bien para realizar la entrevista y que después me pasaré por la oficina.

A continuación hablo con Martin, que parece aliviado de saber de mí.

—¿Seguro que estás en condiciones de ir a trabajar hoy? —me pregunta—. Me parece demasiado pronto. No me importa ir a mí a hablar con la madre de Spooner.

—Me encuentro mejor y tengo que mantenerme ocupada —le aseguro—. La mujer ha accedido a verme y ya está todo acordado.

—¿Qué esperas obtener de ella?

—No lo sé. Pero el asesinato de su hijo sigue siendo un tema candente y no nos vendrá mal averiguar algunas cosas más sobre él.

—Entonces, te deseo mucha suerte. Mientras tanto, Ryan me

ha pedido que recabe más información sobre el tipo que presuntamente te agredió. Aaron Gallagher.

—¿Y qué has averiguado? —le pregunto, y contengo la respiración hasta que responde.

—Nada más allá de lo que ya te han dicho —me dice, y noto una punzada de decepción—. Es un delincuente insignificante que no ha generado mucho impacto en el panorama criminal londinense. Y la policía no quiere dar aún su dirección completa. Pero seguiré investigando.

Llamo entonces a Alice para saber si ha tenido otra conversación con Sean.

—Aún no —responde—. Pero tendré que volver a llamarlo dentro de poco. Acabo de descubrir que ha sacado todo el dinero que teníamos en una cuenta conjunta.

—Qué cabrón.

—De momento puedo apañarme, pero tengo que solucionarlo.

Se me ocurre entonces una idea.

—¿Por casualidad a ti te suena un hombre llamado Aaron Gallagher? —le pregunto.

—No —responde tras una pausa—. ¿Quién es?

—El hombre que me atacó. La policía ha encontrado sus huellas en el guante que le quité de la mano. Al parecer es un delincuente con antecedentes. Te he preguntado si lo conocías porque también vive en Tooting.

—¿Cuál es su dirección?

—La policía no lo ha dicho.

—Trata de averiguarlo. Si vive cerca de nuestra casa, puedo preguntar. Puede que me haya mudado, pero aún puedo ponerme en contacto con las pocas personas que conozco por la zona.

La última llamada que hago es para pedir un taxi que me lleve a la Residencia Comfort de Camberwell, donde la madre de Larry Spooner está esperando para hablar conmigo.

Cuando llego, la gerente me advierte que no espere sacar gran cosa de la señora Spooner.

—Harriet es una mujer encantadora, señorita Morgan, pero padece diversos problemas de salud, incluido un tipo leve de demencia —me explica—. A menudo se confunde y sufre frecuentes lapsus de memoria, en especial cuando se trata de recordar acontecimientos recientes. De modo que deberá tener paciencia con ella.

—No supondrá un problema.

Una de las cuidadoras me lleva hasta la habitación de Harriet y, cuando entramos, la encuentro sentada en un sillón mirando por la ventana.

—Ya ha llegado tu visita, Harriet —le dice la cuidadora—. Es la señorita Morgan, del periódico.

Harriet se vuelve de inmediato y, al verme, esboza una sonrisa.

—Es usted la reportera que quiere escribir algo sobre mi hijo —declara en voz baja y ronca.

—Así es, señora Spooner.

—Entonces, venga a sentarse a mi lado. Y llámeme Harriet.

La habitación es bastante reducida y, además del sillón, alberga una cama individual con una mesita de noche, un armario ropero, una cómoda y un tocador.

La cuidadora saca una silla de debajo del tocador y la sitúa frente al sillón.

—Las dejaré solas —anuncia antes de salir de la habitación.

Harriet es una mujer menuda con una mata de cabello cano y el rostro surcado de arrugas. Viste un jersey grueso y unos pantalones holgados, y sobre su regazo reposa una foto enmarcada de su difunto hijo.

—Gracias por recibirme —le digo mientras me acomodo en la silla—. Y déjeme empezar ofreciéndole mi más sentido pésame. Siento mucho su pérdida.

—Todavía no lo he asimilado —responde, y levanta la foto para mostrármela—. Larry no debería haber muerto antes que yo. Tenía mucha vida por delante. Y, a pesar de lo que dice la gente de él, era una buena persona que, por desgracia, cometió el error de seguir los pasos de su padre. Verá, mi difunto marido nunca llevó una vida decente y Larry eligió seguir ese mismo camino. Por eso acabó en prisión. Se mezcló con la gente equivocada. Gente como los hermanos Hagan, que lo animaban a hacer cosas malas. La razón por la que he accedido a hablar con usted, señorita Morgan, es poder contarle eso. Y espero que lo incluya en lo que sea que escriba sobre él.

—Me aseguraré de hacerlo —le prometo—. ¿Hasta qué punto sabe lo que le ocurrió?

Se muerde el labio inferior y aparece un ceño fruncido.

—Le pegaron un tiro o lo apuñalaron cuando volvía a casa del *pub*. No recuerdo lo que me dijeron. Solo sé que nunca volveré a verlo.

Se le llenan los ojos de lágrimas y toma aliento con la respiración trémula.

—¿Es usted consciente de que se puso en contacto con mi periódico poco antes de morir? —le pregunto.

—Eso me han dicho —me responde—. Imagino que iba a revelar algo sobre alguien y se especula que esa pudo ser la razón por la que lo mataron.

—¿Sabía usted que planeaba hacer algo así?

Sacude la cabeza.

—Nunca me contaba lo que hacía en el trabajo y, la verdad, yo tampoco quería saberlo. Así que no puedo contarle ningún secreto porque él no me los contaba a mí. Pero sí puedo decirle que me leía historias y me recordaba los buenos momentos que vivimos como familia cuando era pequeño. Me gustaban mucho sus visitas. Venía siempre que podía cuando salió de la cárcel.

—¿Sabe si mantenía alguna relación?

—Antes de ir a prisión sí. No recuerdo el nombre de la chica, pero sé que estuvieron juntos bastante tiempo y abrigaba la esperanza de que se casaran.

No tardo en darme cuenta de que no voy a obtener gran cosa de Harriet, pero persevero durante un rato y descubro que, en una ocasión, su hijo se zambulló en un lago para rescatar a una joven que se estaba ahogando. Era hincha del Millwall Football Club y, de niño, su ambición era ser mago.

Recuerdo entonces que Spooner había visitado a su madre la tarde del lunes, dos días antes de ser tiroteado en la noche del miércoles.

—¿Recuerda cómo estaba la última vez que lo vio y de qué hablaron? —le pregunto.

—Claro que lo recuerdo —responde sonriente—. Me dijo que iba a dejar atrás la vida que llevaba e iba a buscarse un trabajo en condiciones. Me puse muy contenta. Pero no pudimos hablar mucho del asunto porque llevaba prisa y tuvo que marcharse. En cualquier caso, aquel día no esperaba su visita, y ahora he recordado que se pasó por aquí porque quería dejarme un paquete. Se me había olvidado por completo hasta ahora. Dijo que volvería a recogerlo el jueves, pero ese fue el día en que vino la policía para decirme que había muerto.

Me inclino hacia delante, llevada por el interés.

—¿Qué contenía el paquete, Harriet?

—No tengo ni idea. Lo metió en ese cajón de ahí y creo que dijo que, si no podía venir a recogerlo, le pidiera a una de las cuidadoras que lo enviara por correo.

—¿Así que no sabe a quién iba dirigido?

—No me lo dijo. O al menos eso creo. Por desgracia, mi memoria ya no es la que era.

De pronto se incorpora del sillón y cruza la estancia hasta la cómoda.

—Creo que lo dejó en el cajón de arriba —murmura mientras lo abre. Tras rebuscar en su interior, saca un sobre acolchado marrón—. Aquí está —anuncia, visiblemente satisfecha consigo misma—. Si no hubiera venido usted hoy, seguro que se habría quedado ahí durante meses. Casi nunca uso ese cajón. Está lleno de camisas que ya no me pongo.

Escudriña la dirección escrita en el sobre y me doy cuenta de que lleva también varios sellos postales.

Tras leer la dirección, se vuelve hacia mí y dice:

—Me ha dicho que trabaja usted para *The Sunday News*, ¿verdad?

—Así es.

—¿Se lo puede creer? —Me tiende entonces el sobre—. Larry quería enviar el sobre a su periódico.

Noto un subidón de adrenalina al cogerlo y ver que va dirigido al editor de *The Sunday News*. Y, escrita en grandes letras mayúsculas, figura la dirección de nuestra oficina en London Bridge.

—Si le parece bien, Harriet, me lo llevaré para entregárselo en mano a mi jefe —le digo sin apenas poder contener la emoción—. Así no tendrá que hacerlo una de las cuidadoras.

Ya ha vuelto a sentarse en el sillón y agita la mano en mi dirección.

—Sí, por favor, lléveselo. Siento curiosidad por saber qué contiene, pero estoy segura de que, si Larry hubiera querido que lo supiera, me lo habría contado.

No me quedo mucho más tiempo porque estoy deseando salir y abrir el sobre. No voy a ser capaz de esperar a llegar a la oficina.

Pido un taxi y, una vez sentada en la parte de atrás, rasgo el sobre con cuidado.

En su interior, encuentro tres fotografías que me provocan un grito ahogado y una hoja de papel tamaño A4 con cuatro acusaciones mecanografiadas contra el inspector Cain. En el reverso de cada foto figuran escritas una hora y una fecha. Y, pegada con cinta adhesiva a una de ellas, hay también una memoria USB.

El sobre contiene asimismo una nota mecanografiada dirigida al editor, que tengo que leer dos veces.

Planeaba entregar este expediente a su periódico para poder explicar cómo y por qué lo he elaborado. No pensaba identificarme por razones evidentes y mi nombre no aparece en ninguna parte de estos papeles.

Si ha recibido esto por correo, significa que he muerto. Supongo que mi colega Roy McBride se habrá chivado. Es la única persona a la que se lo conté y desearía no haberlo hecho.

Hace seis meses, descubrí que el inspector jefe Elias Cain trabajaba bajo cuerda para los hermanos Hagan y me propuse vengarme de él por algo que me hizo hace algunos años. El muy cabrón lleva como tres años trabajando para ellos.

Todo empezó cuando encargaron a una de sus trabajadoras sexuales que se le acercara una noche en un casino. Lo sedujo para llevárselo a la cama y los grabaron en secreto mientras follaban, después utilizaron la cinta para chantajearlo.

Conseguí hacerme con el material porque estaba en un teléfono que le pedí prestado a alguien que estaba en el ajo. A Cain le han untado bien de pasta y eso le ha ayudado a saldar sus deudas de juego.

Eche un vistazo al material que he reunido. En la memoria USB hay suficiente para acabar con ese cabronazo, y he impreso una parte.

Señor Anónimo

CAPÍTULO 69

Cuando entro en la oficina, de inmediato me convierto en el centro de atención. Todas las miradas se vuelven hacia mí y enseguida me rodean mis compañeros, preocupados y sorprendidos de verme, queriendo saber cómo me encuentro.

Respondo a sus preguntas y explico que me encuentro un poco cansada, pero que soy capaz de hacer mi trabajo. Aunque no permito que me entretengan con conversaciones eternas, porque estoy ansiosa por contarle a Ryan lo que he descubierto.

Cuando por fin llego hasta mi mesa, me quito el abrigo y saco del bolso el sobre acolchado.

Ya he advertido que Ryan está en su despacho, hablando por teléfono, y me han dicho que Martin está en el archivo consultando documento.

La emoción me bulle por dentro y, tan pronto como veo que Ryan cuelga el teléfono, corro a su despacho y entro.

—Ya he visto que te han hecho un gran recibimiento —me dice con una sonrisa—. Y me alegra ver que vuelves a ser la de antes.

—Yo no diría tanto, jefe —respondo mientras cierro la puerta a mi espalda.

—¿Qué tal te ha ido en la residencia? —me pregunta.

Entonces soy yo la que sonríe cuando levanto el sobre.

—Muchísimo mejor de lo que esperaba, porque me he encontrado con esto.

—¿De qué se trata? —pregunta, confuso.

—Del expediente que Larry Spooner iba a entregarnos —explico—. Y lo cambia todo con respecto a la historia de corrupción.

Me siento frente a él y coloco el sobre encima del escritorio delante de mí.

—Probablemente sea mejor que lo manipule solo yo para no contaminarlo con demasiadas huellas —sugiero.

Le explico entonces cómo, por un extraordinario golpe de suerte, ha llegado a mis manos. Y que lo he abierto aunque estuviera dirigido al editor porque sospechaba lo que había en su interior.

—Demuestra que Spooner sí que recopiló varias pruebas que incriminan al inspector Cain a lo largo de seis meses —le digo mientras extraigo el contenido del sobre—. Después lo reunió todo aquí y tenía pensado entregárnoslo. Su objetivo, tal como le explicó a Martin por teléfono, era delatar a Cain como agente corrupto por motivos personales. Pero, por temor a que alguien pudiera darles el chivatazo a sus jefes mafiosos antes de que pudiera dárnoslo, tomó la precaución de dejarle el sobre a su madre. Pensaba recogerlo de su habitación antes de reunirse con nosotros en Covent Garden el jueves por la mañana.

»El sobre está franqueado y dirigido al periódico, y en teoría su madre debía pedir en la residencia que lo enviaran por correo si él no volvía para recogerlo. Pero la mujer se olvidó de que estaba ahí.

A Ryan le cuesta procesar tanta información y se le abren los ojos como platos mientras le leo la nota del «Señor Anónimo».

—¡Caramba, Gem! Esto es una mina de oro.

—Ahora echa un vistazo a las fotos y a lo que ha escrito en esa hoja de papel.

El inspector Cain aparece en las tres fotografías. Dos de ellas son imágenes sacadas de un vídeo grabado a escondidas. En una aparece tumbado y desnudo en una cama mientras una joven, también desnuda, le acaricia el pene erecto. En otra, está sentado encima de la cama junto a la mujer y ambos dan la impresión de estar fumando porros. Las fechas y las horas escritas en el reverso de las fotos revelan que las imágenes se grabaron a primera hora de una noche de hace más de tres años. Y, por entonces, Cain seguía con su mujer.

Aparentemente, la tercera fotografía se tomó hace tan solo cuatro meses y muestra a dos hombres, uno al lado del otro, de pie en una calle desierta. Uno de ellos es Cain, y el otro, alguien a quien Ryan y yo reconocemos como el líder mafioso Charlie Hagan. La foto fue tomada desde lejos, probablemente por el propio Spooner, pero se ve con claridad cómo Hagan le entrega al inspector lo que parece ser un sobre pequeño.

—Supongo que es razonable pensar que se trata de Cain aceptando un soborno —conjetura Ryan.

Centramos entonces nuestra atención en la hoja de papel A4 en la que figura una lista con las cuatro acusaciones contra Cain.

- *Dio el chivatazo a los hermanos sobre una redada que iba a tener lugar en uno de sus clubes.*
- *Saboteó el proceso judicial contra un miembro de la banda de los Hagan filtrando información que era fundamental para los argumentos de la Fiscalía.*
- *Mientras trabajaba en la Unidad de Delitos Graves, destruyó pruebas que podrían haber supuesto la condena de un miembro de la banda por intento de asesinato.*

• *Y, desde que está en la Unidad Anticorrupción, ha encubierto a otros policías que trabajan para la banda y que se han visto bajo sospecha.*

—¿Crees que todo esto podría ser inventado? —me pregunta Ryan mientras introduzco la memoria USB en su ordenador.

—Supongo que es muy improbable —respondo—. Es evidente que Spooner se esforzó mucho en hacer esto. Debió de seguir a Cain de vez en cuando y, como trabajaba para la banda, seguramente estaría al corriente de algunos de los servicios que les prestaba Cain, si no de todos.

La memoria USB contiene el vídeo de Cain acostándose con la mujer cuando su esposa aún estaba con él. Dura unos treinta minutos e incluye a la pareja fumando cannabis al final del encuentro sexual.

Y también hay algunas fotos más de Cain junto a uno de los hermanos Hagan o con ambos.

Además, encontramos un documento que contiene las mismas acusaciones que figuran en la hoja de papel, solo que este contiene muchos más detalles, incluyendo nombres, fechas, horas y ubicaciones.

—Tenemos que hacer copias de esto antes de enseñárselo a la policía —declara Ryan—. No les va a hacer ninguna gracia. Pero lo que me sorprende es que Spooner se tomara tantas molestias en elaborarlo. Corrió un gran riesgo y debía de saber que no solo serviría para acabar con el inspector Cain. Dando por hecho que podamos demostrar que todo esto es cierto, aquí hay material suficiente para meter entre rejas a los propios hermanos Hagan.

—Bueno, no sé si a Spooner le habría importado eso —admito—. Según su madre, quería dejar atrás esa vida de delincuencia e ir por el buen camino.

En ese momento se abre la puerta del despacho y entra Martin sin llamar.

—¿Os importa que os interrumpa, chicos? —pregunta.

—No hay problema —responde Ryan—. De hecho estaba a punto de ir a buscarte. Tenemos un…

Pero Martin le interrumpe y se vuelve hacia mí.

—Acabo de enterarme de que la policía ha capturado al tío que te atacó, Gem —me dice—. Aaron Gallagher. No sé los detalles, pero al parecer lo tienen bajo custodia y lo interrogarán en breve.

Sus palabras me dejan sin respiración y apenas oigo a Ryan cuando dice:

—Cierra la puerta, Martin. Nosotros también tenemos noticias que darte.

CAPÍTULO 70

Recibo la noticia de la detención de Aaron Gallagher como si me hubieran abofeteado y siento un calor intenso que me sube por dentro.

Se trata de otra sorpresa inesperada, aunque esta sea agradable, y me invade un profundo alivio porque significa que no tendré que preocuparme más por que pueda volver a atacarme en algún momento. También debería significar que pronto descubriré por qué lo hizo y si fui víctima de una agresión aleatoria.

—¿Cómo te has enterado? —le pregunto a Martin.

—A través de uno de mis contactos en el cuerpo —explica—. La llamé anoche para ver si sabía algo sobre el tipo y me dijo que haría algunas averiguaciones. Acaba de devolverme la llamada para decirme que lo han detenido a primera hora de esta mañana. Pero todavía no conoce las circunstancias.

—Es un gran avance, Gem —me dice Ryan—. Seguramente el inspector que te interrogó se pondrá en contacto contigo en cualquier momento para darte la buena noticia. Dínoslo en cuanto te llame. —Se vuelve entonces hacia Martin—. Acerca la otra silla, colega. Que ahora te vamos a sorprender nosotros a ti.

Martin escucha en un silencio perplejo mientras le cuento lo del sobre y cómo ha llegado a mi poder. Extiendo las fotos y los documentos sobre el escritorio de Ryan y le advierto que no los toque.

Esta vez no me resulta fácil contar todos los detalles porque tengo muchas cosas en la cabeza. Pero Ryan está aquí para ayudarme y tardamos solo quince minutos en poner a Martin al corriente de la situación, lo que incluye mostrarle un breve extracto del explícito vídeo.

Tras asimilarlo todo, deja escapar un resoplido y dice:

—Así que Roy McBride mintió al decirnos a la policía y a nosotros que Spooner planeaba difundir un puñado de mentiras sobre Cain. Lo único falso de ese vídeo porno es el orgasmo de esa mujer.

A partir de ese momento, las cosas avanzan con rapidez. Me pongo a la tarea de hacer copias de las fotografías, los documentos y el contenido de la memoria USB, mientras Martin comienza a investigar las acusaciones hechas por Spooner.

Ryan se pone en contacto con la policía y acuerdan que vendrán a recoger el expediente y a hablar conmigo.

Después reúne al equipo editorial para informarle de la situación.

—No publicaremos nada *online* hasta que sepamos cómo piensa reaccionar al respecto la Metropolitana —ordena—. Pero investigaremos las acusaciones realizadas y elaboraremos un perfil más extenso del inspector Cain. Si las cosas van bien, todo estará listo para causar una gran sensación el domingo.

Resulta todo muy emocionante, pero al cabo de poco tiempo siento que me va a explotar la cabeza por el esfuerzo que me supone pensar tanto.

En menos de una hora, llegan tres agentes vestidos de paisano de la Unidad Anticorrupción de la Policía Metropolitana; todos ellos compañeros de Cain. Se pasan una hora hablando con Ryan y conmigo en su despacho, donde les entrego el sobre y su contenido y les muestro un segmento del vídeo en el que aparece Cain manteniendo relaciones sexuales.

Les explico cómo he llegado a estar en posesión del expediente y aclaro que soy la única persona que lo ha manipulado además de la madre de Spooner.

Informamos a los agentes de que hemos realizado copias de todo, lo cual no les hace mucha gracia. Pero, salvo recurrir a algún tejemaneje legal para confiscarlas, no hay gran cosa que puedan hacer.

Proporcionan a Ryan el nombre de un agente veterano que hará las veces de enlace entre la Metropolitana y el periódico, y nos aseguran que seremos informados lo antes posible de las acciones que van a emprender, en caso de emprender alguna.

Poco después de que se marchen los agentes, recibo una llamada del subinspector Fenwick, que quiere ponerme al día de la detención de Aaron Gallagher. Le sorprende descubrir que ya lo sé.

—Me temo que, de momento, no hemos conseguido sacarle nada —me explica—. Le hemos dicho lo del guante y que lo hemos pillado con las manos en la masa, pero su abogado le ha dicho que, por ahora, se abstenga de hacer comentarios.

—¿Dónde lo han encontrado? —pregunto.

—Su coche fue identificado por una cámara de reconocimiento de matrículas de Putney. Hicimos algunas averiguaciones y descubrimos que allí es donde vive su hermana. Enviamos varios agentes a la casa y, por supuesto, allí estaba.

—Gracias a Dios.

—La mantendré al corriente de los acontecimientos, señorita Morgan, pero el instinto me dice que el tipo no tardará en cantar.

Está hecho un manojo de nervios y, claramente, no quiere empeorar la situación.

A las cuatro en punto, Ryan me llama a su despacho para darme las gracias por haber dado un giro de ciento ochenta grados a la historia sobre corrupción.

—Encontrar el expediente ha sido un golpe de suerte, jefe —respondo.

—Da lo mismo —me dice sacudiendo la cabeza—. Has sido muy fuerte al volver al trabajo tan pronto después de tu agresión. Y ahora quiero que te vayas a casa y descanses. Tenemos por delante una semana muy ajetreada.

Ya estoy que me caigo de cansancio y soy incapaz de pensar con claridad, de modo que agradezco poder marcharme temprano.

Para cuando llego a casa, tengo la cabeza embotada, pero sigo alerta ante la posibilidad de que haya alguien esperándome allí. Sin embargo, no hay nadie, y me invade un profundo alivio.

Poco después de acomodarme en el sofá con un cuenco de patatas fritas y una copa de vino, el peso de los acontecimientos de la jornada empieza a pasarme factura. De pronto se me quita el hambre y me estalla un dolor de cabeza.

Tiro a la basura el resto de las patatas fritas y me tomo una pastilla para dormir con lo que me queda de vino.

Después me voy arriba a acostarme, con la esperanza de que la oscuridad del sueño no tarde en envolverme.

CAPÍTULO 71

Un trueno me despierta de una noche de sueño razonablemente tranquilo. Seis o siete horas, tal vez. Y además sin pesadillas.

Conforme avanza la mañana, me permito creer que las cosas bien podrían estar poniéndose a mi favor. El hombre que me agredió se encuentra bajo custodia policial. El inspector que no para de poner en duda mi integridad periodística podría verse entre rejas dentro de poco. Y no he vuelto a saber nada de mi acosador ni del marido de mi mejor amiga, que se dedica a amenazarme. ¿Será que ambos han decidido dejarme en paz?

También me encuentro mucho mejor. El corte de la frente ya apenas se nota y hace falta solo un poco de base para cubrir el moratón de debajo del ojo.

En cuanto termino de arreglarme, prácticamente salgo corriendo por la puerta para poder llegar temprano al trabajo.

En la redacción se palpa todavía un elevado grado de entusiasmo, y muy pocos de mis compañeros se han tomado el día libre, a pesar de ser martes.

Durante la reunión editorial, Ryan nos dice que ha tenido una conversación nada menos que con el comisario de la Policía de Londres.

—Me ha dicho que el inspector Cain ha sido suspendido de sus funciones mientras se evalúa el contenido del expediente de Spooner. Y quiere que nos abstengamos de publicar nada hasta que hayan decidido si hay un caso que investigar, cosa que calcula que sucederá a lo largo de las próximas veinticuatro horas. Es una petición razonable, dadas las circunstancias, de modo que he accedido a ello. Entre tanto, seguiremos elaborando el reportaje.

Es un día ajetreado, pero aun así encuentro el tiempo para comer con Martin. Y es entonces cuando me dice que Tracy y él han decidido terminar su relación.

—Hemos estado despiertos casi toda la noche hablando del tema —me dice—. Ambos acordamos que ya ha cumplido su ciclo vital, razón por la cual en los últimos tiempos estábamos teniendo tantas dificultades. Es evidente que buscamos algo diferente en la vida.

—Lo siento mucho, de verdad —le respondo—. ¿Cómo te encuentras?

—No tan mal como imaginaba —confiesa encogiéndose de hombros—. La relación no iba a ninguna parte y ahora me doy cuenta de que probablemente nos desenamoramos hace ya un tiempo.

Me llama la atención que lo esté llevando tan bien, y me da por pensar si no lo habrá asimilado todavía. Puede que uno o los dos se lo piensen mejor cuando sean de verdad conscientes de la realidad.

La noticia supone para mí una sorpresa y siento una mezcla de emociones. Por supuesto, es triste que la cosa no parezca haber funcionado entre ellos, pero una parte de mí se alegra de tener la oportunidad de conocerlo mejor.

—¿Por qué no nos tomamos algo después del trabajo y me lo cuentas mejor? —sugiero.

Se le iluminan los ojos y asiente con la cabeza.

—Me encantaría.

Así que al menos ahora tengo algo que me apetece hacer cuando termine una jornada que promete ser intensa.

Mi tarea es aumentar lo que ya sabemos sobre el inspector Cain y empezar a trabajar en un artículo con sus antecedentes. Ya disponemos de una gran cantidad de información sobre su carrera profesional y su esposa desaparecida, pero quiero averiguar más acerca de su vida privada. ¿Tiene más secretos que ocultar? ¿Es adicto al juego? ¿Con qué frecuencia consume drogas? ¿Le era infiel a su mujer con regularidad?

Sigo absorta en el proceso de elaborar una lista de adónde ir y con quién hablar cuando, a las cinco de la tarde, vuelve a llamarme el subinspector Fenwick.

En cuanto empieza a hablar, noto que se me agarrotan los músculos del estómago.

—La buena noticia es que por fin hemos obtenido una confesión de Gallagher —me dice—. Ha admitido que sí que fue a Balham el viernes por la noche con el propósito de agredirla cuando volviera a casa del trabajo. Pero se retrasó a causa del tráfico y, después de aparcar a varias calles de distancia, llegó justo cuando salía usted a correr. De modo que la siguió y escogió el momento para atacarla.

—Pero ¿ha dicho por qué deseaba hacerme daño?

Fenwick hace una pausa antes de responder.

—Dice que un amigo suyo le pagó una suma de dinero para hacerle daño como castigo por algo que había hecho.

346

La sorpresa me deja sin aliento y tardo unos segundos en encontrar las palabras.

—¿Quién le ha pagado entonces? ¿Lo ha dicho?

—Asegura que fue el hombre que le ha estado dando tantos problemas, señorita Morgan. Sean Kelly. En estos momentos, un coche patrulla estará llegando a su casa en Tooting.

CAPÍTULO 72

Siento como si me hubieran dado un puñetazo en la tripa y, cuando cuelgo el teléfono, me quedo varios minutos sentada a mi mesa, sin moverme. La rabia me arde en el pecho y las manos han empezado a temblarme. Aunque supongo que no debería sorprenderme.

Al fin y al cabo, muchos hombres se convierten en monstruos cuando no se salen con la suya, y evidentemente él es uno de ellos. No contento con abusar de su propia esposa, al parecer ha decidido dirigir su ira contra mí porque, en su mente enferma, soy responsable de que Alice lo haya abandonado.

Recuerdo lo que me dijo cuando me estuvo esperando frente a mi casa el día que volvía de correr.

«Si no te mantienes alejada de mi mujer, me tomaré la justicia por mi mano. Y, créeme, no acabarás solo con unos pocos hematomas».

Pero parece ser que el muy cabrón ha sido demasiado cobarde para llevar a cabo el trabajo sucio.

Estoy segura de que debe de notárseme la tensión según atravieso la oficina hacia el despacho de Ryan.

Como es natural, la noticia le sorprende a él también y desea saber más sobre mi relación con Sean y Alice. No sabía nada de ellos hasta que me agredieron y me resulta incómodo explicarle cómo me vi arrastrada a sus problemas maritales.

—Vete a casa, Gem —me dice cuando termino—. Tienes que asimilar toda esta mierda y no podrás hacerlo si te quedas aquí.

—Tenía planeado tomarme algo rápido con Martin primero.

—Me parece buena idea. Llévatelo contigo cuando salgas. Él también tiene problemas, así que podréis haceros compañía.

—Entonces te ha contado que ha roto con su pareja.

Me dice que sí con la cabeza.

—En cuanto llegó esta mañana. Por lo que tengo entendido, se veía venir desde hace tiempo.

Hay algo que debo hacer antes de salir de la oficina y es llamar a Alice. Me responde enseguida.

—Iba a llamarte luego, Gem. Me preguntaba si hay alguna novedad sobre el tío que te atacó.

—Pues precisamente por eso te llamo —respondo—. Lo han detenido.

—Qué bien. Esperemos que se pase una buena temporada encerrado. ¿Saben por qué lo hizo?

Tomo aliento con la respiración entrecortada y digo:

—Dice que le pagaron para hacerlo, Alice. Que fue Sean quien le pagó. La policía ha ido a detenerlo.

Oigo que Alice emite un grito ahogado.

—¿Lo dices en serio? —pregunta.

—Así es. El tipo, Aaron Gallagher, les dijo que Sean quería castigarme por lo que le había hecho.

—Dios mío, Gem. Es horrible. Ambas sabemos que mi marido

es un cabrón asqueroso, pero no puedo creerme que haya llegado a ese extremo.

—El tío ha dicho que Sean es amigo suyo, según parece. ¿Estás segura de que nunca has oído hablar de él?

—Segurísima. Conozco a muy pocos de sus amigos. Podría ser alguien que trabaja para la empresa de recaudación de deudas de Sean, o incluso uno de los que juega al billar con él.

—Pues la policía querrá contarte lo que está pasando. ¿Sabrán cómo ponerse en contacto contigo?

—Le pediré a una de las trabajadoras de apoyo de aquí que les dé un toque.

—Y, si vuelve a llamarme el inspector, le pasaré tu número.

Alice se dispone a responder, pero de pronto se le quiebra la voz y empieza a llorar por teléfono.

—¿Te encuentras bien? —le pregunto.

Transcurren varios segundos hasta que logra hablar.

—No, no me encuentro bien. Esto es…, es demasiado, Gem. Siento mucho lo que te ha hecho. Es todo culpa mía. No debería haberte contado lo que me estaba haciendo.

—No digas eso, Alice. La culpa es suya.

—Mira, tengo que colgar, Gem. Estoy mareada. Pero te llamaré si me entero de algo.

Y, sin más, cuelga el teléfono.

Antes de marcharnos al Rose and Crown, le cuento a Martin lo que presuntamente ha hecho Sean. Me parece justo que sepa dónde tengo la cabeza cuando nos sentemos a tomar algo.

Su reacción, como era predecible, es de estupor e indignación.

—Así que un tío que maltrata a su mujer te culpa a ti porque ella ha decidido abandonarlo. Y entonces paga a alguien para que te dé una paliza. Me parece increíble, joder.

—Ya me advirtió que me mantuviera alejada de Alice —respondo—. Me tomé en serio la amenaza y llamé a la policía. Pero, aparte de eso, no había mucho más que pudiera hacer.

—Por lo menos lo han trincado, Gem. Así que vamos a brindar por el hecho de que ya no suponga una amenaza.

Una hora más tarde, vamos por la segunda botella de vino. Pero aún me resulta imposible relajarme. Tengo demasiados pensamientos apelotonados en la cabeza y me cuesta seguir el hilo de la conversación.

Ambos tratamos de centrarnos en los aspectos positivos: la detención de Aaron Gallagher y el hecho de que haya salido a la luz la implicación de Sean Kelly en la agresión. Y también está el descubrimiento del expediente de Larry Spooner que delata al inspector Cain como policía corrupto.

Pero no basta para animarnos y a ambos nos cuesta reprimir nuestras emociones. En un momento dado, tengo la impresión de que Martin va a ponerse a llorar mientras habla de su ruptura con Tracy. En lugar de eso, cierra los ojos con fuerza para evitar que le caigan las lágrimas y se apresura a ir al baño.

Son casi las seis y media cuando decidimos irnos a casa, pero, nada más levantarme de la mesa, me suena el teléfono.

Se me eriza el vello de la nuca al ver que se trata de otra llamada del subinspector Fenwick.

—Siento molestarla de nuevo, señorita Morgan, pero quería preguntarle una cosa.

—No hay problema —respondo—. ¿De qué se trata?

—Me preguntaba si sabría usted cómo puedo ponerme en contacto con Alice, la mujer de Sean Kelly. Por lo que me ha contado, deduzco que ya no vive con él, pero el número que tengo no está disponible.

—Eso es porque tiene un teléfono nuevo y se ha trasladado a un refugio para mujeres maltratadas. Puedo darle su número, y además ya le he contado lo que dicen que ha hecho Sean. ¿Piensa decirle que lo han detenido?

—De hecho, señorita Morgan, no hemos tenido oportunidad de detenerlo. Me temo que la noticia que debo transmitirle a su esposa es que ha fallecido. Los agentes que han acudido a su domicilio se lo han encontrado muerto en el interior.

CAPÍTULO 73

Trato de hablar, pero siento que se me han quedado las palabras atascadas en la garganta. De modo que me limito a sostener el teléfono pegado a la oreja con una mano temblorosa y escucho el resto de la información que me da el subinspector.

—Según parece, es posible que el señor Kelly haya sufrido un traumatismo craneal como consecuencia de una caída por las escaleras —me explica—. Creemos que sucedió en algún momento de esta mañana, cuando estaba solo en casa. Pero aún debemos determinar con exactitud cuánto tiempo llevaba tendido al pie de las escaleras.

—¿Así que ha sido un accidente? —consigo preguntar.

—Presuponemos que sí. No hay indicios de allanamiento y parece que no han tocado nada. Pero, en este punto de la investigación, lo que le he contado es confidencial, señorita Morgan. Por favor, guárdese la información para usted y absténgase de ponerse en contacto con la señora Kelly hasta que le hayamos dado la noticia.

Tras enviarle el número de Alice, vuelvo a sentarme y le digo a Martin:

—Necesito otra copa antes de irme. ¿Te importa pedirme algo más fuerte que el vino? Un vodka. Doble.

—¿Qué sucede, Gem? —me pregunta, visiblemente preocupado—. ¿Quién era?

—Te lo contaré cuando me traigas la copa. Primero tengo que intentar asimilarlo.

Mientras espero a que regrese a la mesa, noto que me palpita la sangre en la cabeza y tengo el corazón encogido.

Visualizo la empinada escalera de caracol de casa de Alice. He subido y bajado por ella las suficientes veces como para saber que una caída podría provocar lesiones graves. Alice me contó que, una vez, tropezó, cayó varios peldaños y acabó con un esguince de tobillo y un moratón en la barbilla. Aunque ahora no puedo evitar preguntarme si de verdad tropezó o si Sean tuvo algo que ver.

Cuando Martin regresa con mi vodka, veo que se ha pedido un *whisky* para él.

—Venga, Gem —me anima—. ¿Qué ha pasado? ¿Quién te ha llamado para darte más malas noticias?

Doy un trago al vodka antes de responder.

—Era el subinspector. Me ha dicho que Sean ha muerto.

Mientras le cuento a Martin lo que sé, percibo por su expresión que le está costando trabajo no sonreír.

—Bueno, míralo de este modo —me dice—. Ha obtenido lo que merecía. El destino se ha asegurado de que no saliese impune con lo que os ha hecho a su mujer y a ti.

Pasa entonces a recordarme que, cada año, en Reino Unido mueren cientos de personas como consecuencia de una caída por las escaleras, y miles resultan heridas.

A mí no me interesan los hechos y las cifras, pero sí que me pregunto si llevará razón al decir que Sean se lo merecía. Y no tengo claro cómo sentirme. ¿Me da pena o me alegra? Puede que no lo sepa con certeza hasta que haya asimilado plenamente lo sucedido.

* * *

Cuando salimos a la calle, decido tomar un taxi a Balham en lugar de andar complicándome con el metro.

Mientras esperamos ambos a que aparezca algún taxi, caigo en la cuenta de que no se me ha ocurrido preguntarle a Martin si Tracy y él seguirán viviendo juntos por ahora.

—Ya está pensando en mudarse el fin de semana —me dice—. Se va a ir a vivir con una amiga a Chiswick. El contrato de arrendamiento del piso está a mi nombre y, de momento, me voy a quedar viviendo allí.

Logramos parar dos taxis al mismo tiempo y nos damos un abrazo antes de separarnos, y entonces me doy cuenta de lo agradecida que me siento por tener en mi vida a este hombre tan maravilloso.

De camino a casa, me consume una sensación de irrealidad. Es como si estuviera atrapada en una pesadilla interminable y el ritmo al que se suceden las cosas me provoca terror.

La súbita muerte de Sean es el último de una serie de acontecimientos que me han dejado pasmada. Su fallecimiento sucede a mi agresión, a las amenazas, al desastre con la aplicación de citas y a la presión de estar trabajando en una historia explosiva que ya se ha cobrado una vida.

Y, por supuesto, también está Alice, mi mejor amiga, cuya vida ha quedado hecha pedazos a manos del maltratador de su marido. El difunto Sean Kelly.

Tengo muchas ganas de hablar con ella, de saber cómo está, de ser su hombro en el que llorar si acaso siente la necesidad de llorar.

Me he propuesto llamarla cuando llegue a casa porque estoy segura de que, para entonces, el subinspector Fenwick ya se habrá puesto en contacto con ella. Pero resulta que no es necesario, porque en cuanto cierro la puerta a mi espalda, me suena el teléfono y es ella quien me llama.

—El subinspector me ha dicho que sabes lo de Sean —me dice cuando respondo—. No puedo creerme que se cayera por las escaleras. Es una locura.

—Lo siento mucho, Alice. ¿Cómo te sientes?

—Para serte sincera, no sé si reír o llorar. Sé que suena tremendamente cruel, pero me ha jodido la vida y lo que te hizo a ti fue algo enfermizo. Se merecía morir y así se lo he transmitido al policía.

Entiendo su reacción, pero me da por pensar si cambiará cuando empiece a asimilar la realidad.

—¿Y qué vas a hacer ahora? —le pregunto.

—No lo sé. Nada me impide volver a casa, y lo haré, pero todavía no. Y supongo que me corresponderá a mí organizar el funeral. Sean perdió el contacto con sus padres hace años. Y Dios sabe qué ocurrirá con su empresa.

—Puedes contar con mi ayuda, ya lo sabes.

—Lo sé. ¿Y tú qué sientes, Gem? ¿Te alivia que ya no esté?

—Claro que sí. Pero no le habría deseado morir de esa forma. Y me gustaría saber con certeza si pagó a ese hombre para que me atacara.

—La policía está convencida de que el tío dice la verdad. El subinspector me ha dicho que Aaron Gallagher sí que trabajaba a media jornada para la empresa. Solicitaban sus servicios para recaudar las deudas de aquellos que se negaban a pagar y montaban una escena.

—¿Y el subinspector te ha dicho exactamente qué le dijo Sean que me hiciera y cuánto dinero le pagó?

—No quería hacerlo, pero he conseguido sacárselo. Me ha dicho que Sean le dio varios cientos de libras para que te diera una buena paliza. Para que acabaras en el hospital, pero sin matarte.

Suspiro.

—Entonces, cuesta trabajo no admitir que el muy cabrón está donde se merece.

Hablamos diez minutos más y acordamos vernos pronto.

—Ahora ya puedo salir de mi escondite sin miedo —me dice Alice—. Y el bestia de mi marido ya no podrá impedir que sigamos siendo amigas.

Cuando cuelgo el teléfono, me tomo unos instantes para reflexionar sobre lo que acabamos de decirnos. Ha sido una conversación extraña, aunque sincera, durante la cual ambas hemos expresado lo que de verdad sentimos. Me ha hecho darme cuenta de que hay un destello de luz al final del túnel.

CAPÍTULO 74

El miércoles por la mañana, no paro de pensar en el sueño que tuve anoche.

Me llevó de vuelta a la última conversación que tuve con Callum. Fue justo antes de que saliera de casa con Sampson para dar aquel fatídico paseo por el parque. Me dijo que no tardarían más de una hora.

—Cuando vuelva, podemos abrir una botella de vino y una bolsa de patatas y engancharnos a una nueva serie de Netflix —me dijo.

—¿Hay algo que te guste?

—¿Aparte de mi futura esposa?

—Sí. —Le sonreí—. A eso me refería.

Se rio mientras le ponía la correa a Sampson.

—¿No habíamos dejado claro que el control del mando a distancia lo tienes tú? Así que elige. Pero, por favor, que no sea nada demasiado cursi o deprimente.

Después me estrechó entre sus brazos y me besó en los labios. Fue nuestro último beso. La última vez que lo vi. La última vez que de verdad fui feliz.

El sueño me hace olvidar el resto de las cosas que me mantuvieron despierta gran parte de la noche. Y se me queda en la cabeza durante el trayecto a la oficina, lo que me ayuda a combatir el pesimismo que amenaza con abrumarme.

En cuanto llego a mi mesa, llamo a Alice para ver cómo está. Y me alegra oír que se encuentra bien y que el subinspector Fenwick ya ha ido a visitarla al refugio para explicarle con más detalle lo que creen que le ocurrió a Sean.

—Al parecer, tenía moratones por todo el cuerpo, incluido un gran chichón en la cabeza que creen que fue el golpe que lo mató —me explica—. Probablemente se cayó desde lo alto de la escalera. Le he preguntado al subinspector si saben por qué Sean no estaba en el trabajo cuando sucedió y me ha dicho que sí llegó a ir a la oficina, pero les dijo a sus compañeros que se marchaba a casa porque no se encontraba bien. Aaron Gallagher dice que la última vez que lo vio fue el domingo, cuando le pagó por atacarte.

Alice añade que le han dicho que puede irse a casa cuando se sienta preparada.

—No creo que pueda hacer frente a eso todavía —me confiesa—. A lo mejor, si voy dentro de uno o dos días, tú puedes acompañarme.

—Claro que sí —le aseguro—. Te llamaré más tarde.

A partir de ahí, los acontecimientos comienzan a sucederse a un ritmo frenético. Nos enteramos de que la Metropolitana ha abierto una investigación a gran escala sobre las acusaciones de corrupción contra el inspector Cain. Los agentes han concluido que las pruebas proporcionadas por el expediente de Spooner son mucho más convincentes de lo que se esperaban. Tienen planeado llevar a cabo un registro exhaustivo del hogar de Cain e indagar en todos los aspectos de su vida. Significa que podemos publicar la noticia *online,* siempre y cuando no mencionemos su nombre.

También nos informan de que Roy McBride, el dueño de la cafetería, ha confesado que mintió al asegurar que Spooner le había dicho que la información que nos iba a pasar era inventada.

—Me comunican que los policías le han presionado mucho —nos informa Ryan cuando nos convoca a la reunión editorial—. Ahora afirma que Spooner sí que le dijo que el expediente contenía información verídica y que entonces les dio el soplo a los hermanos Hagan a cambio de guita para ayudarle a mantener a flote su cafetería. Presuponen que los Hagan encargaron el asesinato de Spooner. Después, le pidieron a McBride que difundiera la historia de que Spooner se lo había inventado todo. Lo han acusado de obstrucción a la justicia.

—¿Y qué pasa con los Hagan? —pregunta alguien.

—Los están interrogando, pero lo niegan todo, y además cuentan con abogados —responde Ryan—. Pero ahora la policía está convencida de que sí que fueron los artífices del asesinato de Spooner. Que puedan demostrarlo o no ya es otra historia. Probablemente no.

Ryan nos encarga a Martin y a mí que sigamos con el reportaje sobre Cain, y a mí me pide que intente conseguir una declaración del hombre en cuestión.

Llamo a su número privado desde el despacho de Ryan y pongo el teléfono en altavoz.

Para mi sorpresa, Cain responde a la llamada y, antes de poder preguntarle nada, dice:

—Imagino por qué me llama, Morgan. He oído que es usted la que instigó toda esta patraña después de hacerse con el expediente falso de Spooner. Debe de estar muy satisfecha consigo misma. Pero dejará de estarlo cuando me absuelvan y mis abogados se lancen sobre usted y su periódico de los cojones.

Cuelga el teléfono y, de inmediato, Ryan se arrepiente de no haber grabado la llamada.

Poco después de eso, el subinspector Fenwick vuelve a ponerse en contacto conmigo para darme novedades.

Aaron Gallagher ha sido acusado de provocarme lesiones corporales graves y permanece bajo custodia.

De manera que, en términos generales, acaba siendo otro día más de intensa actividad. Al concluir la jornada, le pregunto a Martin si quiere que volvamos a ir a tomar algo, pero tiene algunos asuntos que resolver con Tracy.

Me parece bien, así que me voy directa a casa. Lo cierto es que tengo ganas de pasar una velada larga y tranquila conmigo misma. Por primera vez en lo que me parecen siglos, me noto preparada para relajarme. No me están amenazando ni intimidando, y confío en que pronto pueda dejar atrás este doloroso período de mi vida.

Y el optimismo sigue creciendo, justo hasta el momento en el que entro en mi cocina y enciendo la luz.

Es entonces cuando me fijo en que uno de los paneles de cristal de la puerta trasera está roto.

Me invade el pánico, pero antes de poder reaccionar oigo un movimiento a mi espalda. Según empiezo a darme la vuelta, un brazo me rodea por el cuello y, ante mis ojos, aparece una mano que empuña un enorme cuchillo.

—Buenas tardes, Gemma —me susurra al oído una voz familiar—. ¿De verdad creías que iba a dejarte escapar después de todo el dolor que me has causado?

CAPÍTULO 75

—Si gritas o intentas escapar, Gemma, te rajo la garganta.

Me quedo helada cuando me aprieta con fuerza contra su cuerpo, y su aliento a alcohol me invade las fosas nasales.

—No te pongas nerviosa —continúa—. Voy a retirar el brazo y a agarrarte del pelo. Y luego vas a caminar derecha hasta el salón, donde vas a ponerte cómoda mientras te cuento algunas verdades un tanto dolorosas. Y que sepas que no pienso separar este cuchillo ni un centímetro de tu nuca en todo el trayecto. Solo necesito una excusa para clavártelo.

Me palpitan los oídos con un golpeteo ensordecedor cuando John Jackman me agarra del pelo antes de retirar el brazo.

Cuando me saca a empujones de la cocina y llegamos al recibidor, me dice:

—Por si acaso te lo estás preguntando, llevo aquí más de una hora. Primero he llamado al periódico para comprobar que estabas allí. Ya había hecho un reconocimiento de la casa, así que sabía que podía acercarme por el muro trasero. Y colarme aquí ha sido más fácil de lo que esperaba, porque has cometido el mismo error que comete mucha gente, que es el de dejar la llave de la puerta trasera metida en la cerradura.

Sus palabras me provocan un escalofrío de terror que hace que me cueste respirar, pero, no sé cómo, consigo que me salga la voz.

—¿Qué haces aquí, John? ¿Qué es lo que quieres?

—Tenemos un asunto sin resolver, Gemma —me responde muy calmado—. No quería tener que llegar a esto, pero no me has dejado elección después de cómo me tratasteis el otro día en la vinoteca ese tío y tú. No solo decretaste el fin de nuestra relación antes incluso de que hubiera empezado, sino que además me humillaste, y no pienso dejar que te vayas de rositas.

—Pero esa no es razón para hacerme daño, John. Tienes que darte cuenta de que…

—No es solo eso —me interrumpe, cortante—. Hay mucho más. Y se remonta todo al día en el que tu difunto prometido me jodió la puta vida.

Me invade entonces una oleada de pánico y confusión que me provoca un temblor por todo el cuerpo.

Antes de poder preguntarle a qué se refiere, estoy en el salón, donde me empuja para sentarme en el sofá. Ya ha colocado una silla del comedor allí delante, que ahora utiliza para sentarse.

Y de pronto está delante de mí, mirándome cuchillo en mano, con expresión sombría e intensa.

Viste sudadera negra con capucha y vaqueros, además de unos guantes de látex azules que, imagino, se ha puesto con la intención de no dejar ninguna huella.

—Mantén la boca cerrada y déjame hablar a mí, Gemma, y no me interrumpas. Tengo mucho que decir y no quiero alargarme, porque tengo que ir a otro sitio después.

Noto que me trepa un grito por la garganta, pero estoy demasiado asustada para dejarlo escapar. John está sentado a poco más de un metro de distancia y podría apuñalarme en un abrir y cerrar de ojos.

—Empezaré por el principio —me dice, y la voz le sale tan calmada que me resulta inquietante—. Aquella noche de hace tres años, en Wandsworth Common, tu vida y la mía quedaron arruinadas por lo que sucedió.

Lo único que puedo hacer es mirarlo mientras la sangre me palpita en la cabeza.

—Verás, Gemma, lo cierto es que no fue Chris Tate quien mató a tu prometido. Fui yo.

CAPÍTULO 76

Noto que se me abre la boca, pero no digo nada. No puedo hablar. No puedo moverme. Me quedo ahí sentada, mirando a John Jackman.

—Por entonces, yo también vivía en Wandsworth y, en su momento, consumía drogas —me dice—. A menudo acudía al parque por las noches porque mi camello traficaba por ahí; se llamaba Chris Tate. Yo estaba sentado en un banco, a mi bola, esperando a que apareciera, cuando tu chico pasó por delante con su maldito perro, que iba sin correa. Se me acercó directo y empezó a ladrarme y a gruñir. Lo ahuyenté con la mano, pero se negó a moverse, así que me levanté y le di una patada.

A estas alturas, me envuelve un entumecimiento frío y tengo el pulso disparado en la garganta.

—El caso es que tu chico se acercó y empezó a gritarme. Le dije que se fuera a tomar por culo y lo empujé cuando se me acercó demasiado. Él me devolvió el empujón y empezamos a pelearnos. Acabamos cayendo sobre la hierba y mi mano aterrizó sobre una piedra contundente. La agarré y le golpeé con ella. Primero en la cara y después en el lateral de la cabeza.

»No me di cuenta de que estaba muerto hasta que intenté hacer que se moviera y no pude. No tenía intención de matarlo, pero el culpable fue él por no controlar a su perro. Supe que parecería que lo había asesinado, así que me di el piro, pero no antes de utilizar la misma piedra para lograr que el chucho dejara de ladrarme. Me alejaba corriendo de allí cuando me crucé con Chris Tate, pero no me reconoció porque llevaba la cabeza cubierta.

Sus palabras son como un hielo que se desliza por mi columna y, cuando intento hablar, me pincha con el cuchillo.

—Te he dicho que no me interrumpas. No he terminado de contar mi historia.

Hincha el pecho y me clava la mirada corrosiva como el ácido, y yo permanezco ahí sentada, envuelta en una niebla roja.

—Aunque no pretendía matarlo, me ha costado vivir con la culpa, y se me rompió el corazón al verte en la tele concediendo una entrevista desgarradora —prosigue—. Pero no tuve el valor de entregarme, ni siquiera cuando acusaron a Tate del asesinato de Callum. Y fue un gran alivio cuando lo mataron en prisión, porque eso supuso que ya no hubiera juicio. Pero, al mismo tiempo, la culpa se volvió más intensa y descubrí que me costaba trabajo vivir conmigo mismo.

Hay una pregunta que siento la necesidad de hacerle y no puedo contenerme, a pesar de su amenaza.

—Pero ¿por qué narices contactaste conmigo en la aplicación de citas si sabías quién era?

Para mi alivio, él responde sacudiendo la cabeza.

—Cuando vi tu foto, me llevé una sorpresa enorme. Pero me sentí tentado de conocerte, por pura curiosidad. Quería ver cómo lo llevabas. Cuando nos intercambios aquellos mensajes, mi curiosidad creció y me convencí a mí mismo de que una forma de mitigar mi culpa sería hacer todo lo que estuviera en mi mano por hacerte feliz. Y entonces nos conocimos y, desde ese momento, supe que deseaba pasar el resto de mi vida contigo. Pero entonces me rechazaste. Sinceramente creía que, si no me rendía, al final te conquistaría. Pero tú no estabas dispuesta a darnos una oportunidad, así que es culpa tuya que hayamos llegado a esto. Primero me jode la vida tu chico y ahora tú.

Me he quedado helada por dentro y tengo el corazón latiéndome como un caballo desbocado contra las costillas.

—¿Para qué has venido aquí, John? —le pregunto—. ¿Qué vas a hacer con ese cuchillo?

Tiene los ojos fuera de las órbitas, las fosas nasales dilatadas, y yo trato de prepararme para lo que está por venir.

—Pensaba que resultaría evidente, Gemma. No ha sido una decisión a la ligera. Me he tomado el día libre en el trabajo para reflexionarlo y, como imagino que ya habrás adivinado, he bebido un poquito. Pero el caso es que te me has metido en la cabeza y en el corazón, y ahora me doy cuenta de que no podré seguir con mi vida sabiendo que estás viva, pero no conmigo. No podré ser una persona funcional si tengo que estar todo el rato preguntándome dónde estarás y con quién.

Se pone en pie muy rápido y empuja la silla hacia atrás.

—Levanta, Gemma —me ordena, y le obedezco porque sé que, si piensa matarme, por lo menos tengo que darme la oportunidad de contraatacar.

Pero no se mueve, solo se queda mirándome, con el cuchillo apretado en la mano.

Le devuelvo la mirada, pero yo tampoco me muevo porque temo que pueda atacarme si lo hago.

Sigo sin poder creerme lo que acabo de oír. Las revelaciones me han dejado sobrecogida. Noto la frente perlada de sudor y el corazón como loco en el pecho. Lo único que puedo hacer es quedarme quieta en mitad de la estancia y dejarme arrastrar por el tumulto de emociones que me desgarra por dentro.

—Es todo culpa tuya, Gemma —me dice él—. No tenía por qué acabar así.

Sus palabras hacen que se me vuelva a helar la sangre en las venas y me siento vulnerable, indefensa, impotente.

Lanzo una mirada a la puerta que conduce al pasillo y me pregunto qué ocurrirá si corro hasta allí. Ni siquiera estoy segura de si lo conseguiría. Y, si lo hiciera, entonces ¿qué? En ningún caso lograría salir de la casa. Estoy atrapada en mi propio hogar con un hombre armado con un cuchillo que me quiere ver muerta.

—He estado dándole vueltas a qué hacer, Gemma, y he decidido que tiene que ser así. Has hecho demasiado y ahora sabes demasiado. Y, tal como yo lo veo, esta es la única opción que me queda. Lo siento.

El pánico se apodera de mi pecho, hace que me cueste respirar y, al ver que da un paso hacia mí, me invade una oleada de terror paralizante.

Solo hay una cosa que puedo hacer, así que me lanzo a un lado y corro a la puerta. Pero solo logro dar dos pasos antes de chocarme contra una silla que no debería estar ahí y caerme de cara contra la moqueta.

Ruedo por el suelo y, al elevar la vista, lo veo de pie sobre mí, con una pierna a cada lado de las mías y el cuchillo en la mano. Sacude la cabeza y aprieta la mandíbula.

—Será rápido —me dice—. Tú cierra los ojos.

—Por favor, para, John —le suplico mientras elevo las manos—. No tienes por qué hacerlo. Y no hará que tu futuro sea más soportable. Debes de saberlo.

Se inclina hacia delante, apuntándome el pecho con el cuchillo, pero de pronto se detiene. Su actitud sufre un cambio y frunce el ceño, como si estuviera poniendo en duda lo que está a punto de hacer.

—Tú no eres así, John —le digo, con voz desesperada—. En esencia, eres una buena persona. Me di cuenta cuando nos conocimos. Te has convencido a ti mismo de que quieres matarme, pero la verdad es que no quieres.

Sus ojos siguen clavados en los míos y su respiración suena cada vez más pesada.

Contengo el impulso de estirar el brazo para intentar agarrarle la mano o clavarle la rodilla en la entrepierna. Sin duda eso le llevaría a actuar por instinto y no dudaría.

—Puedes matarme, John, pero seguiré metida en tu cabeza —le digo—. Y, si ya te notas consumido por la culpa, la cosa no hará sino empeorar. Puede que ahora no te caiga bien, pero has dicho que me quieres. Imagina entonces cómo te sentirás si te quedas ahí viéndome morir.

Estoy chillando, pero me doy cuenta de que me está escuchando. Está asimilando lo que le digo. Preguntándose si de verdad quiere seguir adelante con esto.

Vuelve a sacudir la cabeza, despacio.

—Ojalá me hubieras dado una oportunidad, Gemma. Sé que habría funcionado. Podríamos haber… —Se atraganta con sus propias palabras y las lágrimas empañan sus ojos.

Entonces se yergue y veo las diferentes emociones que recorren su rostro. Confusión. Arrepentimiento. Sorpresa. Está peleándose con su conciencia. Estoy convencida de ello. Claramente no había pensado bien en esto. En las consecuencias. En sus verdaderos sentimientos. En el hecho de que asesinar a alguien a quien quiere va a ser más difícil de lo que había imaginado.

De pronto deja escapar un largo suspiro y dice:

—Tienes razón, Gemma. Esto no es lo que deseo hacer. Me he convencido a mí mismo de que era lo que necesitaba hacer. Pero ahora me doy cuenta de que no resolverá nada. Aunque tú ya no existas, mi vida seguirá estando jodida. Y eso no es por ti. Es por los errores que he cometido.

Levanta el cuchillo y se queda mirándolo unos segundos, como si estuviera tratando de entender por qué lo lleva en la mano. Y entonces lo deja caer al suelo.

—Por una vez en mi vida, voy a hacer lo correcto. Ya me odio bastante a mí mismo, y matarte solo conseguirá hacerme más infeliz.

—¿Qué vas a hacer entonces, John? —le pregunto con un hilo de voz.

Levanta la cabeza, como si estuviera orgulloso de sí mismo.

—Voy a marcharme de aquí y a irme a casa. Y, cuando llegue, decidiré si acabar con mi vida o esperar a que venga la policía y me detenga.

Me pregunto si lo dirá en serio. Si de verdad habrá visto la luz. ¿O estará tomándome el pelo, alargando la situación porque la disfruta?

Veo que está a punto de moverse, así que tiendo la mano.

—Por favor, ¿me ayudas a levantarme antes de irte, John? Me duele la espalda y no sé si puedo sola.

Da un paso hacia delante mientras yo me giro sobre el costado. Entonces me agarra de la mano y tira de mí.

Sucede tan deprisa que no me ve recoger con la otra mano el cuchillo que ha dejado caer sobre la moqueta.

Y, un segundo más tarde, emite un grito de dolor cuando se lo clavo en el estómago.

CAPÍTULO 77

Suelto el cuchillo y doy un paso atrás. Pese a lo que he hecho, me noto extrañamente tranquila.

John sigue de pie, como un borracho que se ha desorientado. Tiene el gesto desencajado, la boca abierta y los ojos clavados en mí.

Percibo que quiere decir algo, pero es incapaz de hablar.

—Mataste al hombre al que amaba y permitiste que otro hombre fuese a la cárcel y muriese allí —le digo—. Ahora tienes tu merecido.

Se le ponen los ojos en blanco antes de que las piernas le fallen, y entonces cae al suelo emitiendo un ruido sordo.

Me quedo mirándolo, con el pulso acelerado en la garganta, y me veo obligada a contener el impulso oscuro y seductor de extraerle el cuchillo del estómago y clavárselo en el corazón.

En lugar de eso, me conformo con ver cómo se le escapa la vida y no siento ni un ápice de culpa.

Quién sabe si de verdad pensaba marcharse sin matarme. Y, si lo hubiera hecho, ¿en serio se habría suicidado o se habría entregado a la policía?

Lo dudo mucho.

Mueve la cabeza y su lengua hinchada asoma entre unos labios finos y azulados. Entonces cierra los ojos, sus rasgos se relajan y me embarga un profundo sentimiento de satisfacción al verle exhalar su último aliento.

Me paso casi un minuto sin poder moverme y, cuando al fin lo hago, es con la intención de prepararlo todo para la llegada de la policía. No quiero que sepan exactamente lo que ha sucedido aquí.

Debo convencerlos de que no pretendía matar al hombre que había venido aquí a matarme a mí.

CAPÍTULO 78

La policía se cree lo que les digo sin problema. Al fin y al cabo, es cierto que Jackman se ha colado en mi casa con la intención de asesinarme.

Está la ventana rota de la cocina, el cuchillo que trajo consigo, los guantes de látex, sus huellas sobre la hierba y el desorden que he generado para que parezca que hemos estado peleando.

Les muestro la nota que me metió por la ranura del correo hace varios días y la tarjeta deseándome una pronta mejoría, más los diferentes y siniestros mensajes de texto. Y les sugiero que se pongan en contacto con el subinspector Fenwick, que sabe que Jackman había estado acosándome y que me sentía amenazada por él.

—Estaba esperándome cuando he llegado a casa —les digo—. Me ha agarrado por el cuello y me ha dicho que, si no podía tenerme, se iba a asegurar de que nadie más me tuviera. Cuando se me ha acercado con el cuchillo, ha cometido el error de pensar que sería fácil. Pero me he resistido. He conseguido tirar el cuchillo al suelo de un manotazo. Ambos nos hemos abalanzado sobre él, pero yo he llegado primero y, al levantarme, se me ha echado encima y el cuchillo se le ha clavado.

El inspector a cargo reconoce que sí que parece un claro caso de defensa propia.

Por un instante fugaz, me planteo contarle lo que Jackman le hizo a Callum, pero decido no hacerlo. No serviría de nada, salvo para que la policía se pregunte si lo he matado deliberadamente a modo de venganza. Y no quiero complicar las cosas más de lo que ya lo están.

Tengo que abandonar la casa para que los inspectores y el equipo de la policía forense puedan hacer su trabajo.

La policía pide un coche que me traslade a un hotel. Para cuando llego allí, es casi medianoche; demasiado tarde para contarle a nadie lo que ha sucedido.

Tengo que esperar hasta el jueves por la mañana, cuando llamo a Ryan, Martin y Alice, que se quedan totalmente pasmados con la noticia.

No me voy directa a casa porque los agentes de la escena del crimen siguen allí limpiando. En vez de eso, me voy a la oficina y, de camino, el subinspector Fenwick me llama para ofrecerme su comprensión.

—Me han contado todo lo que sucedió anoche, señorita Morgan, y no puedo creerme la suerte que ha tenido —me dice—. No conozco a nadie más que haya pasado por lo que ha pasado usted en tan breve espacio de tiempo. Pero demuestra, nuevamente, que el mundo se mueve de forma misteriosa. Dos de los hombres que la amenazaron han muerto. Y es probable que el tercero pase el resto de su vida en prisión.

—¿De qué está hablando? —le pregunto—. ¿Se refiere al inspector Cain?

—Así es. Acabo de saber que están a punto de acusarlo.

—Entonces, ¿se ha demostrado que está corrompido?

—Todavía no, pero seguro que es cuestión de tiempo. Sin embargo, el cargo al que se enfrenta el inspector jefe Cain es el de asesinato.

CAPÍTULO 79

La Policía Metropolitana emite una declaración oficial justo antes de que yo llegue a la redacción, y entre mis compañeros se dispara el nivel de entusiasmo.

A algunos de ellos les parece una historia más interesante que la que tengo yo para contar.

El cargo por asesinato contra Cain se produce tras el descubrimiento de los restos del cuerpo de su esposa en el sótano de la vivienda de ambos. Resulta que, cuando la policía lo registró hace un año, cuando la mujer desapareció, no hicieron muy buen trabajo.

Esta vez, mientras buscaban pruebas que demostraran que está corrompido, han sido más concienzudos y han descubierto un agujero en un muro de separación detrás de un armario de herramientas. Cain la había metido ahí tras cubrir su cuerpo desnudo con vinagre y bicarbonato sódico para disimular el olor de la descomposición.

De forma extraoficial, nos dicen que ha confesado que la mató. Según parece, sucedió durante una violenta pelea después de que ella descubriera que se había endeudado con los hermanos Hagan. Cain alega que lo abofeteó y, en respuesta, él la empujó. Ella cayó hacia atrás, se golpeó la cabeza con el lateral de una mesa y murió al instante. Pero Cain fingió que lo había dejado, por miedo a que lo acusaran de asesinato.

Así que el misterio de la desaparición de su esposa se ha resuelto al fin, aunque aún queda por esclarecer qué parte de lo que les ha contado es verdad.

La atención no tarda entonces en centrarse en mí, y enseguida empiezan a acribillarme a preguntas. Ya han empezado a cubrir *online* la noticia de lo que me ha pasado, y esta vez sí que figura mi nombre.

Me siento obligada a conceder una entrevista en exclusiva a un reportero que va a publicarla para *The Sunday News*. Describo que ha sido una experiencia terrorífica. También me aseguro de decir que lo ocurrido debería servir de advertencia a todas las mujeres que buscan el amor en las aplicaciones de citas.

La jornada termina temprano para mí, siguiendo órdenes estrictas de Ryan, que insiste en que me vaya con Martin y con él a tomar algo al Rose and Crown. Al final se nos suman una docena más de compañeros. Quieren transmitirme lo mucho que se alegran y lo aliviados que están de que haya matado al hombre que intentó matarme. Y desean darme la enhorabuena por ser la persona responsable de acabar con un inspector que no solo está corrompido, sino que además es un asesino. Sonrío y les doy las gracias, pero me resulta todo muy estresante. No me arrepiento de nada de lo que he hecho, pero me cuesta contener mis emociones.

Al final, recibo una llamada de la policía informándome de que ya puedo volver a casa. Los agentes de la policía forense han terminado y han limpiado el lugar lo mejor que han podido.

Martin no quiere que vaya sola y me acompaña. Cuando llegamos, me sorprende lo ordenado que está todo y que hayan logrado limpiar hasta la sangre de la moqueta.

—Tu calvario ha terminado, Gemma —me dice Martin—. Los hombres asquerosos que te amargaban ya no están en tu vida. Ahora las cosas pueden volver a ser como eran antes.

Entonces soy consciente de la realidad y me derrumbo en un paroxismo de lágrimas.

Por suerte, Martin está conmigo y, cuando me pasa un brazo por los hombros, me doy cuenta de que, por fin, vuelvo a sentirme a salvo.

EPÍLOGO

Tres días más tarde, estoy con Alice en su casa de Tooting. Ha vuelto a mudarse aquí y estamos tomando una botella de vino mientras hablamos por primera vez de todo lo que nos ha sucedido.

El secreto que guardo sobre lo que realmente le pasó a John Jackman resulta para mí una carga muy pesada, de modo que decido compartirlo con ella, tranquila sabiendo que no se lo contará a nadie. Incluso le confieso que fue Jackman quien mató a Callum.

Lo que no me espero es que ella me responda con un secreto de su propia cosecha.

—Me alegra que hayas confiado en mí, Gemma, porque yo me moría de ganas de contarte una cosa que había hecho —me dice—. Verás, Sean no se cayó por las escaleras de casa. Lo empujé yo.

Me cuenta entonces toda la verdad. Que vino a casa esa mañana pensando que su marido estaría en el trabajo para poder recoger unas cosas que quería llevarse al refugio.

—No quería que ni él ni nadie supiera que había estado aquí, así que me puse un abrigo que me habían prestado y me tapé la cara con una bufanda —explica—. Estaba arriba, rebuscando en los cajones, cuando oí abrirse la puerta de casa. Al salir al rellano, lo vi y

379

él me vio. Subió corriendo y supe que iba a hacerme daño, así que, cuando se acercó, le di un empujón. Salió disparado hacia atrás y se precipitó escaleras abajo.

»Quedó malherido y no podía moverse. Tenía la cabeza hinchada y los brazos atrapados bajo el cuerpo. Pero seguía consciente y me suplicó que pidiera una ambulancia. No tenía ninguna intención de hacer tal cosa. En lugar de eso, agarré un cojín y se lo puse encima de la cara hasta que dejó de respirar. Y después me marché y volví al refugio. A la policía ni siquiera se le ocurrió que yo hubiera estado aquí.

—Creo que ninguna de las dos debería arrepentirse de lo que ha hecho —le aseguro—. A ambas se nos presentó la oportunidad de salvarnos y la aprovechamos.

Lloramos las dos entonces, pero son lágrimas de alegría las que derramamos, porque ahora, por fin, podemos mirar hacia el futuro.

—Solo espero poder conocer a alguien que me trate bien —me dice Alice cuando recupera la compostura— y con quien quiera formar una familia.

—Yo espero lo mismo, con el tiempo —respondo—. Pero he llegado a la conclusión de que, de momento, prefiero estar sola. No estoy preparada para embarcarme en otra relación y, desde luego, no volveré a utilizar ninguna aplicación de citas.

—¿Y qué me dices de ese tal Martin del que siempre hablas? —pregunta Alice—. A mí me parece que cumple todos tus requisitos.

—Ahora mismo no es más que un amigo —le digo con una sonrisa—. Pero ¿quién sabe? Puede que, con el tiempo, se convierta en algo más.

AGRADECIMIENTOS

Me gustaría dar las gracias a Amy Mae Baxter, mi nueva editora en Avon/HarperCollins. Se involucró mucho con este libro y sus aportaciones han sido inestimables. Es una auténtica profesional y trabajar con ella es un placer.